独证 菩提

田耳 —— 著

南方出版传媒

花城出版社

中国·广州

图书在版编目（ＣＩＰ）数据

独证菩提 / 田耳著. -- 广州 ： 花城出版社，
2016.5
　（现代性五面孔）
　ISBN 978-7-5360-7853-6

　Ⅰ．①独… Ⅱ．①田… Ⅲ．①中篇小说－小说集－中
国－当代 Ⅳ．①I247.5

中国版本图书馆CIP数据核字(2016)第013194号

出 版 人：詹秀敏
特约编辑：张　鸿
责任编辑：黎　萍
技术编辑：薛伟民　凌春梅
封面设计：棱角视觉 ANGULAR VISION
封面插画：Dola Sun

书　　名　独证菩提
　　　　　DU ZHENG PU TI
出版发行　花城出版社
　　　　　（广州市环市东路水荫路11号）
经　　销　全国新华书店
印　　刷　广东新华印刷有限公司
　　　　　（广东省佛山市南海区盐步河东中心路23号）
开　　本　880 毫米×1230 毫米　32 开
印　　张　8.375　1 插页
字　　数　180,000 字
版　　次　2016 年 5 月第 1 版　2016 年 5 月第 1 次印刷
定　　价　29.80 元

如发现印装质量问题，请直接与印刷厂联系调换。
购书热线：020－37604658　37602954
花城出版社网站：http://www.fcph.com.cn

目　录

平凡之路偶有奇迹

—— 田耳

（自序）

　　一贯跟别人扯，写小说是不小心，写了，得以发表，再写，再发表，一路纵有波折，硬着头皮挺过来，慢慢地，直到成为职业的写作者。听同行自述生平，也一再重复着无心插柳柳成荫的写作经历。这样的话，说多了，自己也信。

　　忽然有一天，一次聚餐，某小学女同学跟我说，毕业纪念册上，她给我留下一行字：祝你成为一名作家！我深深记得有这事，但不知为什么，很多时候，我宁愿忘记。我以为她也早已淡忘，这只是若不经意的细节。那是一九八九年，她十三岁，我一样大小。那年月我觉得世界很大，我们很小，毕业走散，应该就是天各一方。她的毕业纪念册，我这么写：海内存知己，天涯若比邻。古诗上扒下来的，以为是很好的句子，回头一想，分明没有吃透句意就贴送他人。读初中跟那女同学是邻班，时常见着面，便有些尴尬，就像去火车站送人，先前已郑重告别，没想到站后却误了点，还得一同返回。而她，祝我成为作家，一语成谶似的，预言了很久很久以后的事。

当然，她祝我当作家，也有前因。小学时我们那班，恰好是作文教改实验班，还起个名叫"童话引路"，该写作文时全写童话。记得当时还闹了不小影响，四年级有一个学期几乎没法正常上课，班主任上公开课，接受电视台采访，我们怀着荣幸的心情予以配合，争抢回答问题的机会。小学毕业之前，全班四十五人，有近九成在公开刊物上发表过童话或作文，有的作文杂志给我们班同学开专辑，一发一溜。那是二十世纪八十年代，文学热至烫手，想当作家的人路上随便抓，一抓一把。但当时我写作文并不冒头，记得班上作文写得最好的是两位女生，姓熊、姓黄。班内搞起小作家协会，正副会长好几人，我混上副秘书长。在老师看来，我好歹也算第二梯队人选。我以为她们必将成为作家，而我也希望向她们靠近。后有"神笔马良"之父洪汛涛莅临我班指导工作，摸出一支钢笔，说是神笔。班主任指派，由姓熊女生接收。彼时，在我看来，不啻是一场仪式，宣告她已光荣地成为一名作家。那一刻，我的心里，酸甜苦辣咸，羡慕嫉妒恨。

还在读小学，我就以为所读班级是有专业方向，老师一心要扶植、培养一帮作家。我以为，即使毕业，也有一帮同学内心已揣定当作家的志向，表面上不管如何地不露痕迹，其实这志向已如信仰一般牢固。我们正向着作家这一身份发动集团冲锋，若干年后，再保守地估计，那几位种子选手，总是拦不住。我想象着，若干年后，我们一同以写作吃饭。我以为将来必是这样，从不曾怀疑。想当一名作家，这愿望于我而言来得太早，十岁就有，十多岁已变得坚固。这是很可怕的事，想得多了，纵然只发表三两篇童话作文，我便在一种幻觉中认定自己已是作家。那年月，文青比现在想着靠唱歌一夜成名的愣头青还多，我区别于他们，他们是想当作家，而我知道自己日后就是作家，毫无道理，却毋庸置疑。这种幻觉，使我在任何状况下都不以为然。读书成绩飞流直下，离大学越来越远，没关系，作家不是大学教得出来的；读大专时给校刊投稿未被采用，没关系，校刊的编辑往往肉眼凡胎；毕业后有好几年不名一文，躲家里蹭老，被人嘲笑，没关系，心里默念高尔基《海燕》里的名言：让暴风雨来得更猛烈些吧……因这幻觉，身无分文的那几年，我并不觉得苦。现在有记者找我谈谈人生经历，暗示我不妨走一走励志路线，虽然我也予以配合。访谈和小说一样，何尝不是按着一种预设的方向瞎编乱造，一逞嘴瘾？事实上，我能成为作家，不是靠努力，励不了谁的志，现在作家这身份本就跟"励志"两字毫不搭界，整体上沦为不合时宜的人。我是靠一种幻觉的力量，心中总盼着奇迹发生，得以写作至今。我不知道心底向往奇迹到底意味着什么，但有就是有，隐隐约约，让人时而兴奋，体内产生一阵阵莫名的悸动。朋友老说我一根筋，我将自己干过的事罗列起来，爬梳一番，仔细分析研判，一根筋的情况显然是有。我被幻觉牵引想当作家，幸好幻觉成真，要不然就是神经病。当年，我以为会一同当上作家的小学同学，各有各的经历，都不再与写作有丝缕瓜葛。我不知道他们为何抛开好好的作家不当，去干那些古怪职业,比如老师、医生和领导。反正,只有我一个一条胡同走到黑,竟还看到亮光。所以,那女同学唯独祝我成为作家,估计也了解了我这人一根筋。

不管怎么说,成为作家,于我个人而言,是生命里小小的奇迹,是将文学视作信仰后的一次"应验"。就像乡贤沈从文所说,我怎么创造生活,生活怎么创造我! 与生活发生互动的关系,这应是很少人能体验到的美妙。

然后,按照要求,将收入本书的几个中篇做些自我的阐释。我不知道怎样阐释算是博尔赫斯式,什么是昆德拉式的或者李浩式的,我还是愿意信马由缰地说一说,也许这能算我自己式的。收入本书的四篇小说分别为《独证菩提》《友情客串》《瓣月亮砸人》和《人记》。我长中短篇都写,长篇自行成书,短篇结一本书就已用完,手头还有二三十个中篇,此前结集成书的仅三分之一左右。剩下二十来篇未结集的中篇里头,挑出这四篇,若要给它们找一个关键词串联在一起,我宁愿使用"奇迹"二字,尽管这是含义宽泛、非常任性的大词。

《独证菩提》原名《一朵花开的时间》,写鲁智深。他的一生,我以花开作比。鲁智深一个浑人,把他喻为一朵花,当时还自鸣得意,时隔多年想想,总觉有些不妥。这小说,是我自作珍爱、自鸣得意的篇什之一。在一篇创作谈中我说到,作者本人对作品的把握,总有那么点阴差阳错,同是自己创作的小说,发表以后,就各自有了命运,有的命好,有的无声无息。说这话时,我头脑想到的正是《一个人张灯结彩》和《独证菩提》。我一度认为这一篇和《湿生活》是自己迄今最好的两个中篇,但只是个人的想法而已,这篇小说几乎没有任何反馈意见。随着写作经验的积累，我知道写反映当下生活的小说，若可以百分制考量，那么写历史题材或者经典重构的，字面上无论如何漂亮，文本结构上无论如何繁复精巧，也只能打八十分到顶。但我还是私爱这一篇，我对我笔下的作品有一套泾渭分明的判断，好或坏，不太好或不太坏，都在脑海里一一摆明。但这对别人未必有用，就像郑庄公寤生惊了老娘，老娘不喜欢这"寤生"，只爱他弟弟。这样的爱与憎，当然没太多道理好讲。而我对《独证菩提》的喜好，是不是也掺杂了太多个人情绪？首先，《水浒传》是我重读最多的小说，各种版本尽量搜全，包括把高冲汉写成武功第一的"古本水浒传"。我还记得，童年时在老家乡村，大家围炉夜话，故事讲来讲去，《水浒传》始终是话题的终结者，没有哪部小说的魅力可与它抗衡。读得多了，最喜爱的人物始终是鲁智深，却不明白他为何叫花和尚。他实在是，呃，一点都不花的。心有困惑，即是动力，围绕"花和尚"三个字，虚构诸多细节，以期与原小说互为印证。我的私爱在于，我写出了信仰的状态。信仰之物也许从未出现，但却不妨碍信仰之境的终身伴随。到最后，写到鲁智深六合寺坐化，我设想着他"听潮而圆，见信而寂"，随着钱江潮消逝于海天之间。鲁智深坐葫芦漂于水上，眼见诸多曼妙画面，有朋友认为是人死之时的幻觉。我表示认同。人总是天生害怕，回避死亡，忽有一天，奇怪地，忽然正儿八经考虑自己如何面对死亡，应如何修炼那一刻的心境和态度。这恰是人之异于动物的几微之差。终于明白有些事无可逃避，对奇迹的期盼才显如此重要。

　　《掰月亮砸人》大概要算我迄今为止，将故事写得最复杂的一个中篇，有些文友看得头皮发麻，没能撑到底。这故事看似玄虚，却有原型，一直流传在我老家都罗寨。说是解放前，当叫花子的韩宗玉曾去辰溪煤矿做工，因坍塌事故困于井下，两个月后竟奇迹般生还。我记得当时说起这事，后辈有人就怀疑，宗玉叫花子是不是在矿井下面生吃人肉，得以保命。这样的怀疑一下子打开我想象的空间，有些人信有奇迹，另一些人却怀疑事事必有因果法则。这一信一疑的出入，本就不可调和，是为生活中诸多烦恼的缘起。但我做了夸大处理，成人间剧烈的冲突，写到最后，变成一个少年的成人礼。我自己喜欢这个变形的过程，这个环环相扣的故事，到最后被我敞开，少年怀揣着情窦初开的悸动，步入尔虞我诈、险象环生的成人世界。我知道，即使成年以后，偶尔心情大好，脚底下不经意踩出一溜跑跳步，一旦意识到，马上停住，环顾四周，怕别人看见。我们为何将跑跳步视为失态，将麻木不仁视为得体？我们都是这样的人。

《人记》本想影射一名时常现于屏幕，喜好扮成大师模样的作家，没想发表以后无人看出。可能，现在的小说已经日益缺少暗通款曲的玩法，简单粗暴成为必然途径。既然无人看出，这一篇我自己多说，又有何益？只想说说，《人记》中的"人记"这概念，没有出处，完全杜撰出来，是受汪曾祺《异秉》一篇的影响。我知道，每个人都暗自怀有期待，天降大任于己，体内定然藏有不凡禀赋，会通过一次奇特的、仪式般的行径，突然开启，转眼间，自身就变得光芒万丈。韩瘤子和十一哥这样的土匪，也有这样的自命不凡，杀人越货，也仿佛是天意颐指，不得不为。所以十一哥对韩瘤子死亡的求证，不需任何理据，只为自我开释。有些人愿意被"奇迹"牵引，心生信力；有的人自以为与奇迹同在，其实什么也不肯信。

《友情客串》，富家女子苏小颖有"救风尘"的情结，而她的穷闺蜜葛双并不买账。为了弥合彼此之间的距离，苏小颖有了友情客串、当一把妓女的冲动。在葛双看来，苏小颖的一切行径都是纡尊降贵，居高临下，这也是彼此真正的间距。既然苏小颖有心客串，葛双也乐得将计就计，一切都在她的算计中，毛大德将替换郑来庆，使得苏小颖的"客串"变成一次真正的卖身。于是有了粉哥豺狗子阴差阳错的"救风尘"之举。在我们生存的当下，很多人拿着钱兑换感情；苏小颖对郑来庆明明心存好感，却要将这好感"象征性"地兑换成钱。这个中篇人物众多，唯有苏小颖，是相信奇迹存在的。苏小颖飞蛾扑火般想去拯救他人，最终达成心愿，同时竟还保全了自身。这在葛双、毛大德、马桑、豺狗子构成的边缘社会里，无疑就是一场奇迹，只是，这是一种苦涩的奇迹，在苏小颖的视线之外，有了太多辛酸的铺垫。犹如我们抗争生活这无物之阵，纵有胜利，常是惨胜；纵有奇迹出现，人也不再敢于相信。

当然，这样的自我阐释，有太大的随意，如果以"奇迹"两字统摄串联，我如是说，你给我换一个词，也许我照样洋洋洒洒地说一通。这正是我吃饭的本事，似是而非本就是小说家的惯技。只是，对写下的小说进行一番自我阐释，心情总不免古怪，往往也是遵嘱而为。我宁愿自己总结得不准确，甚至让人不知所云，以印证读者本人的客观公允。小说家就是这样一种矛盾动物，要让人信，同时又要让人在信中生疑，疑窦中又生成更彻底的信。前一个"信"只能算是小说家的本事，最后一个"信"才见着能力高下。

如果我这小序能有导读作用，你翻开书连带小说一并看了，也许说，你这人，从小敢当自己是作家，一俟写出来，也就这么些玩意！我以何对焉？只好说，呃，你毕竟还看了。这年月看小说的还没有写的多，你能于百忙之中抽出时间看一看，鄙人已是感激不尽！

马尔克斯说，小说里头，时常抛出一些细节，犹如往地上扔西瓜皮，等着看评论家踩上去。我知道，这是他写作时巨大的快感。鄙人不才，也有相似的经历。在访谈中，我曾说过，写小说以来，年年给沈从文烧纸，求得庇佑。没想这样的细节，更能引人注目，以后每次访谈，对方常常要扯出这事，要我再次发挥。也有的问我到底信不信，我只好说，这是自我认信，越是信它，越能平添一股力量，何乐不为？一烧十几年，现在若不坚持，心里会发毛，怕来年写不出东西。这样的话，我瞎说说，别人随意听听，爱信不信。但我确实暗自地问：你真的不敢不烧，害怕才思枯竭？既然有此一问，某一年我真就没给沈老烧纸。事实是，那一年东西照样写，小说照样发，除了我本人，谁又知道我当年有没有去沈从文墓地烧纸？谁又真正在乎？不去给沈老烧纸，我也很容易找出别的招数代替，比如找一找当年算准我要当作家的女同学，请她再算一算，今年鄙人文运如何。不要指责我不够严肃。在我们生存于斯的，一切难以具名、一切难以指称的奇葩时代，即便要厘清何为严肃，也并不容易。

小说家言，当不得真。我敢不去烧纸，是认定沈从文是小说家里罕有的好人，他不会跟我计较这点鸡毛蒜皮的小事。但那一年，心底确实战战兢兢，随时想着，要是情况稍有不对，一连半月写不出一个字，赶紧去沈老坟头多烧几刀，求得宽恕。走夜路多了会撞上鬼，我们写小说的，虚构为业，杜撰谋生，时不时也该把自己绕进去，大概才算职业道德。

独证菩提

三癞子

　　小的时候他自不会被唤作花和尚。他爹老鲁把式给他取了个俗常的贱名：三癞子。他并非排行第三，家中就他和他爹两口；也不见得说，头顶定然长满疤癞。每天天黑下后，鲁庄的人便听见老鲁把式漫山遍野叫唤着，三癞子哎，死哪去了啊……名字贱一点，其实是图他生命强健，这一生从容安稳地活下去。名字里要有个"宝"字，光泽易暗哑；有个"玉"字，质地易碎裂。这都是老鲁把式这样的穷门敝户所忌讳的。

　　当年三癞子细脚伶仃，几根棒骨支起一个上凸下凹，形如水瓢的大脑壳。谁又看得出，日后三癞子能长成两百几十斤的胖大和尚？鲁庄的人日后都说，纵是老面发馍，也鲜见能发得这般饱胀蓬松。

　　倒是他惊人的膂力，早年就现出几分端倪。某日丁员外庄上跑脱一只三百斤的肥猪，说是肥猪，实则骨架大腰腿长，体格健硕，三百斤的重量，全是实膘，奔突起来，倒像鬣狗一样。丁员外庄上好几个庄客自后面追赶，那大猪跑遍鲁庄四围的沟坎岇梁，毫不显露倦怠之象，哪是轻易擒得住？倒是几个庄客跑得歪歪倒倒，勉力支撑。

不知哪时，三癞子倏地从一丛棘茅后面闪出来。套用说书人那俗词，真个是"说时迟那时快"，三癞子浑身一长，一个纵跃在大猪身背上骑稳了，两手揽住猪鬃。那大猪尖厉地嚎叫几声，作死地颠了几颠，想将背上骑着的人掼倒在地。三癞子两腿紧得有如捕兽铁夹，并且生有相互咬合的啮齿，挟得大猪渐不能支撑。三癞子骑着大猪跑下一道狭长的矮梁，能用腿脚察觉到大猪气力衰退过半。三癞子找准时机，陡地一声暴喝，双手揪住蒲扇般的猪耳朝一侧拧动，双腿打马似的猛然几个挟紧，那大猪的肋条骨便吃受不住，嗞喇喇几声断响，尻子后面立时有一脬屎尿飙射出来。紧接着，又飙出一股赭红色血浆，伴着一股荤腥气味弥漫开，不是猪血，又能是别的哪样？大猪硬挺不过去，终于四蹄一软趴在地上。三癞子依旧保持骑坐的姿势，两手下劲搋住猪头。大猪两个后蹄最后抽风般摊了几摊，就再也动弹不开了。

那几个庄客好一阵才跟上，但见大猪嘴角挂出浮腻泡沫，仿佛遭了猪瘟。庄客只道一声"辛苦小哥了"，就待把那猪捆好架走。三癞子哪里肯让他们走脱，说道，几位老哥，我捉这肥猪费了天大的工夫，身上伤了好几处，哎……你们总不至于一句屁话就把我打发了吧？刚才道谢的那年轻庄客回头睃来一眼，呵呵一笑，问，那你还想怎地？三癞子就说，别的不要。

你家员外吃肉，你们定然分得些肥油，剩下的心肺留给我，我也好回去焖一锅荤汤。那庄客龇牙一乐，说，哟嗬，胃口不小，得你搭把手帮个忙，你倒讹起人来了。庄客对三癞子掸灰似的挥挥手，说道，给我一边靠，回头取个篾箕，到庄后头钩些猪粪，帮你家肥田。看着另几个庄客也谑笑起来，那个庄客来了侃性，还在三癞子的脑袋上摸一把，说，多撮几篾箕猪粪无妨，到时你爹也好跟人夸说，养得一条好崽。那庄客说完，别的几个庄客抬起大猪，要往回走。

三癞子并不作声。他斜眼朝方才说话那庄客剜去。那庄客挑着杠子一端走在后面。三癞子偷悄地紧上去几步，猫着身子，又是一个纵跃，就跟大壁虎似的粘在了那庄客的后背上，两条麻秆腿儿盘在那人腰际，棕绳似的细胳膊，发狠箍住那庄客的脖颈。庄客一声闷哼，整个身板像一扇门板样地，朝后头仰倒，和三癞子合为一体随着坡势向下滚了几滚，最后堵在一丛低矮的白蜡木当中。另几个庄客拢过来，想把三癞子从那人身背剥离下来，三癞子早有提防，换一只胳膊搂住近旁一些矮树的桩，再次将那庄客箍紧，直到把那庄客的头和树桩紧密地绑为一体。另几个庄客本想先掰开麻秆儿细腿，哪晓得，三癞子的腿是越掰就盘得越紧，如老藤缠树，直到把那庄客的腰箍得也像脖颈一样细。那庄客开首还干号得两声，被箍了这一阵，竟然不能说话了。

年纪最长的庄客冯二伯凑近了一看，着实吓得一跳，忙说，小哥，手松开些，我家丁七的脸都煞白了啊，要弄死人的！三癞子毕竟还小，吃得一惊，但并不松劲，说，那你叫他不许挣脱，不然，就别怪我了。冯二伯赶紧说，那是那是。三癫子稍一松劲，丁七就想挣脱。三癫子不待他反应过来，又把手脚绷得铁紧。丁七这才晓得厉害，不敢再有丝毫妄动。

冯二伯讨饶说，小哥，不就一副猪心肺么，好说好说，送你就是。三癫子这时却变了主意，说，方才你们不给，害得我多费了这些手脚……再添一挂油肠，我才肯放过他。冯二伯应承下来，三癫子小眼珠一转溜，还是不肯。他怕这庄客说话不作数，要他把丁员外叫到当场。冯二伯稍有迟疑，三癫子手臂加几分力气，丁七一双眼泡子便像死鱼样鼓凸出来，血红肿胀，仿佛顷刻就会迸裂并发出脆响。冯二伯马上支一个庄客飞跑回去报信。两锅烟的工夫，丁员外才被抬了来。三癫子嫌等待时间太长，又讨了一碗水酒。员外一并答应下来，只求放人。

三癫子这才松开手，丁七被人搀扶着站起来，一张团脸全没有了血色，让人捏捏人中，揉搓腹背，才把岔开的气弄顺畅，接着他哕的一声，喷出几口鲜血，活像刚才那只猪样。丁七觑了三癫子一眼，三癫子把目光直直地迎了过去。丁七并不吱声，看向别处，跟跟跄跄地走掉了。三癫子活络一下筋骨，又跟没发生任何事一样。

他爹这时又在老远地方扯着嗓子喊，三癫子哎，死哪去了啊……

那年三癫子十几郎当岁，还是个半大崽子。

莲花

另一日，三癫子和他爹在家中喝肉汤啖食炒圈子。肉味和那酒的浓香勾引来一个游方和尚。酒是陈年好酒。丁员外送来三癞子索要的几样东西，而且，要的是一碗酒，送来的却是一整坛子。丁员外啧啧地跟老鲁把式说，老鲁把式，你这穷院落，迟早出得一条好汉子。那坛酒，剥去泥封，酒味十二分醇香，一飘好几里地，这就引来游方和尚，勾得他馋虫蠕动，肚肠都打起结来。和尚那扁塌鼻头，竟跟狗鼻子一样好使，循着气味，精准地寻到这家院落。和尚在篱笆外唱喏，老鲁把式见着了很是高兴。老鲁把式生成一副宽心好客的脾性，只是家道一直不振，多少年没见有客上门了。他一脸难色对和尚说，今晚开荤，没备得素菜。和尚呵呵哈哈一笑，说道，四处为家的摇马郎，荤素都吃得，酒也喝得。老鲁把式说，原来是个野和尚，那就进来喝几盅。

这和尚虽然僧衣破烂，但生得圆头大耳，气色朗润，和他的衣着并不搭调。和尚也不客套，进去后盘起两条粗腿，在土炕上坐定，捞起一碗酒一口啜到底，连呼过瘾。老鲁把式说，好酒量。于是又添上一碗。那和尚依然是一口啜尽，吐着酒嗝，道一声谢，脸上就全是酡红颜色。三癞子先前并未喝过酒，看那和尚喝得如此来劲，不知好歹，趁他爹老鲁把式闪神的工夫，也如法炮制，放掉一碗酒。那和尚说，你这条崽，倒也性情。老鲁把式这才发觉，瞪了三癞子一眼，说，伢崽，小心把你肠胃烧着了。三癞子吐一吐舌头，这才觉着搛菜手头不稳，再看看爹以及那和尚，均是面目歪斜，挤作一团。

和尚又喝得半碗，浑身燥热，就把破僧衣脱掉，撂在一旁。三癞子这才觉着脑门上烧出热汗，就把衣衫脱了，还贪凉，把裤头索子一扯，脱了裤子，里头当然没有底裤。家中一直就他和他爹，从不知避讳，再加上自己只有这一身衣裤，所以时常脱得光丢丢一丝不挂，才好把衣裤浆洗一番，早成了习惯。三癞子看那和尚两条粗腿拧得麻利，跏趺打坐，觉得新鲜，就立刻学着那样，把两条腿绞起来。他腿本来就细，一绞就绞成麻花样，挨着和尚坐着，看着有模有样。那和尚觉得这崽子倒是讨人喜欢，定睛一看，眼前一个恍惚，那崽子身下仿佛绽起一片光芒，竟像是坐在一朵莲花上。和尚心说奇哉怪也，赶紧一抹眼皮，那光芒那莲花，早已消逝不见，眼前仍然只是个干瘪黑瘦的小孩儿。和尚想，莫不是酒喝得多了，眼前有了幻象？但即使是幻象，哪能来得这样真切，活脱脱呈现出一朵莲花形状？他记得自个师傅老早就说过，佛光乍现，莲花绽开，从来都是稍纵即逝的事情。

和尚又想，莫非这小孩竟结了佛缘，生有慧根？早先听法，几个大和尚都说过，虽然执着一念，苦心修持，参悟三昧，最终都能得到佛光接引，虽然都到得极乐净土，但又分了九品化生，彼此之间有了偌大的差距，甚至判若天壤云泥。上品上生者只需悟其本性，见地廓彻，自同于佛。其性情之中，缘分冥结，光含万有。若是悟后见性，那显然就等而下之了。这小孩……

和尚满脑袋疑问，见老鲁把式敬了酒，就跟他说，我看你这崽子以后会是个和尚，而且非同一般，定然是个了不得的大和尚。

老鲁把式心想，蹭吃就蹭吃好了，想讲几句讨好的话，也不必说三癞子以后要跟你当和尚嘛。老鲁把式心中想事的时候，和尚支起了偌大两只耳朵，仿佛听得见什么，忽然转头瞥了老鲁把式一眼。和尚说，我这哪是得你好处，随口讲讨好卖乖的话？出家人不打诳语，别看我穿着破败，荤腥不忌，一双招子倒是亮得很，看人入骨三分。我说这话，自有我的道理。

老鲁把式一惊，想这野和尚怎晓得我的心事？倒不可小觑人家。赶紧又帮和尚添半碗酒。

三癫子早就晕头晃脑，听不明白两人说些什么。问他爹，老鲁把式就说，三癫子哎，这师傅说你日后会去当和尚。三癫子也不信，一脸嬉笑地说，我怎么会当和尚？我要娶个媳妇，不想当和尚。大和尚，你先帮我娶个媳妇，我就跟着你当和尚好了。

老鲁把式回头又跟和尚说，说别的倒还肯信，你说三癫子有佛缘，却着实不敢信。这崽子自小顽劣，惯爱动手揸架，前庄后寨，年纪大他半轮的都惧他三分。好比说，今日这餐酒肉，就是这崽子横不要脸，死缠烂打诳来的。你还说他有慧根，我这些年，只见他傻得可以，愣得不轻。

和尚淡淡一笑，说，顽劣也好，弄性使气逞勇斗狠也好，俱是皮相之谈，不打紧的。我佛摄机甚广，纵是十恶五逆，临苦改悔，一念回心，也能蒙受我佛接引，得以往生。再者说，慧者并非智者，慧根也从不会在俗表中流露，哪是随便看得出来？我说的话，自有根据，你信就是。

老鲁把式早就被这和尚绕晕了，加之酒劲上头，没有听懂一字半句，就搭不上腔。和尚酒喝得差不多了，又说，其实，所谓慧根即是挣脱不去的宿命啊，纵然阴差阳错，命途多舛，终会花开见佛，立证菩提……

老鲁把式已经阖上眼皮，佯装在听，实际上对和尚一切念叨都充耳不闻了。和尚却一时禁不住言语，自顾念叨，句尾拖长了腔调，半是吟咏，半带颂唱，渐渐摇头晃脑，自得其乐，非常受用。

三癞子的脑袋本来已经被酒劲烧得挂了下去，昏昏欲睡，忽然听得那和尚高声念颂了一句"你本在极乐土，个个莲花化生"，三癞子一只眼就睁开了，问，和尚，哪里还有花生？三癞子不记得多久没吃花生了，以前庄上时常会来一些挑担的小贩，卖咸卤花生，掰几粒喂进嘴里嚼，满口酱香流溢，卤酥滋味到处乱窜。

和尚打了几个嗝，也不清醒，看着三癞子那瓮脑袋瓢脑门，愈发觉得，这小孩骨相合着书上那些高僧的面目，尽管他眼仁子中闪烁着山林旷野那些猛兽的气息。和尚又想，粗野率性，蒙昧不开，何尝不是好事？犹如璞玉，慢待雕琢，即便不事雕琢，本身也蕴蓄着别样的光泽。

和尚说，哪有花生？只有莲花。

三癞子扑闪着醺醉的眼睛，说，大和尚你又是骗我，这屋里哪来的莲花？

和尚本来想跟这小孩摆一摆关于莲花的故事，以及道理，忽然一想，小孩本来就没有开化，加上才搞得一肚子酒，哪还能听出个囫囵意思？和尚这样一想，就缓和了神情，嬉笑地说，你站起来，站起来，你身上好歹都藏得有莲花，信是不信？

三癞子当然不信，看看这和尚，说起话来不但醉态而且癫得起劲。三癞子就在炕头上站了起来，在和尚眼前打了个转身，然后问他，在哪里咯，大和尚？

嗯，尿巴子倒长得雄壮，像把棒槌，蛮像我年轻时候的模

样。和尚夸了一句，兴致也被这酒烧得蛮高，又叫三癞子返过
身去，然后指着三癞子左边那瓣屁股，诳他说，那个记号，你
自己看过没有？那就叫莲花记。一旁的老鲁把式把脑袋凑过
来，看看那青蚨大小、灰黑色的疤印，就喷着鼻子笑了，仿
佛是给牛犊子搐鼻治病时弄出的那种声响。老鲁把式说，说别
处我还不挂在心上。这处疤印我倒记得清楚。那是三癞子才一
岁多那年腊月，我一时招呼不到，小子一屁股坐在火坑里。三
癞子坐在了火炭上面竟然一声不吭，我回过头来看见了，这小
浑球竟然还龇着牙不晓得是哭是笑，模样怪异。我吓得不行，
赶紧把三癞子从火坑里抱起来，一粒火炭竟然粘在他屁股上
了——咴，把火炭拍掉，那疤印却落了下来。

　　和尚说，你过去看看，那疤印是个什么形状？看仔细喽。

　　还能有什么形状？倒从来没去留意。老鲁把式说着把眼
睛凑得近一些。和尚在后面说，是不是像个莲花骨朵？老鲁把
式这餐酒也喝得不轻，但见那疤印像水中的一滴墨汁，洇化不
定。他拿手肘子用力拭了拭眼皮，这才稍稍看清了。老鲁把式
说，嗯哩，你这一说，倒真像是花骨朵。三癞子又盘腿坐下，
跟和尚说，到底是怎么个形状？洗澡的时候，别的崽崽老拿腔
上这块疤印取笑我，说像什么的都有。我自个能不能看见这块
疤印？大和尚，你要是能让我看见疤印，今天你说的话我句句
都肯信。

　　那有何难？拿一个平底碟来，说话就让你看个明白。和尚
说，倒也不是诳你相信，今日你听不明白，日后自会懂的。你
拿个平底碟来。

　　但老鲁家没一个碟，只有几个粗瓷碗。和尚说，那就将就

着吧。和尚取了个粗瓷碗,用碗底罩在油灯火苗之上,碗底立时黑起一片,全是烟炱。和尚说,这是上好的墨,这便是我常用的笔头。他说着伸出右手的食指,晃给鲁家爷俩看。他从怀里摸出一块素绢,用食指擦下一些烟炱,在绢上涂抹起来。和尚一身衣物脏得泛出了油光,那块素绢却出奇地干净,没落一处污渍,让人难以相信竟是从这和尚怀里掏出来的。和尚动作极快,三涂两抹,素绢上就现出一朵莲花——哪是花骨朵,和尚分明是画了一朵莲花。三癫子不信,他说,我那疤印会是这样?老鲁把式晓得和尚是拿三癫子开心,但看那花确实画得神似,即便是用烟炱涂上去的,都能看出水汪汪的意味。老鲁把式钦佩得紧,也帮着腔说,对啊,就是这个样子。

和尚把素绢递给三癫子说,这个,给你了。三癫子说,那我拿来揩鼻涕。和尚嘿嘿笑了几声,不再说话。他感觉困意直打脑门,这晚上,酒真是喝得太过了。于是他蜷起身子想睡,随口诵道,阿弥陀!

三癫子也跟着念,阿弥陀佛。和尚的眼睁开了,看着三癫子。三癫子嬉皮笑脸,没半点正经神色,又一次地念道,阿弥陀佛。

阿弥陀即是佛了,何必再添蛇足,道一个"佛"字?你就不觉着累赘?和尚正色道,要念就跟着我好好念,阿弥陀!

阿弥陀佛。三癫子使劲打了个酒嗝,这才会意过来,依然嬉笑着,说,阿弥陀!

三个人把小桌一撤,就仰倒在炕头上,睡相一片狼藉。次日,三癫子醒得最晚,睁开眼后没见着和尚。他把手往身边一摸,素绢还贴身放着,烟炱画成的花被揉得一塌糊涂不辨面目。三癞子用这素绢揩了揩嘴角挂出的睡涎。

丁家小姐

过得三年，老鲁把式突发喉痈，起初也没当成什么病，过了几天，竟然死了。三癞子请庄上的亲戚搭个帮手，发埋了老鲁把式。那时他已经长到七尺，全然是成年人的体格，力气不是一般的庄户汉子可比。丁员外就叫他在自己庄上干长年，吃住都管，岁末和别的庄客一样能得五贯制钱。此外，丁员外每到冬春时节，各给他置一身粗布衣物。这种格外的恩遇，让别的庄客都高看他三癞子一眼。

这样又过了两年，三癞子已经成年了，身材魁梧，头发如一捆败棕，做起活来顶两三个人。丁员外觉着再三癞子三癞子地叫唤，也不成体统。有一天他把三癞子叫到跟前，说，三癞子哎，你也老大不小了，你老子以前没给过你一个大名？三癞子想了想，没想起来。丁员外说，那你自己拿一个，以后也别再叫三癞子了。贱名把你保佑到这年岁，就应该换个贵气的名字。

三癞子想都不想，就说，那我就叫鲁达好了。嗯，就叫鲁达。

丁员外说，何事捡出这个字来？

三癞子说不出个所以然，呆头呆脑看着丁员外。他问，不行么？丁员外说，将就你的意思，鲁达就鲁达好了，回头我叫账房把你这名字记上去。

丁员外返身要走的时候，鲁达又问，丁老爷，还想问一下，这"达"字如何写法？丁员外笑了笑，说，真个是，一个人再不识字，也应该能写自己的名字。丁员外折了根树枝，就地蹲了下来，一边写一边在口中念叨着，"达"字，也就是一个"幸"字，下面加个"走"字底。鲁达看着丁员外钢钩铁画的书体，在心中默念，一个"幸"字，底下一个"走"字。

鲁达长到十八岁，盯上了丁员外的女儿丁小莲。那年丁小莲长到十六岁，和所有说书人嘴巴子里编排的一样，员外家的女儿都出落得有几分模样。娇生惯养不说，丁小莲成天在家里绣花，风吹吹不着，日晒晒不着，肤色一片煞白。鲁达看在眼里，觉得丁小莲的粉脸比铜镜还亮哩。有一天鲁达在后园里铺地砖，见丁小莲和两个丫头进园掰指甲花，就麻起胆子迎上去，问一个好。丁小莲仰起脸看了看眼前这个粗黑的汉子，吓了一跳。她还不怎么认得这庄客，平日里，也很少有男庄客唐突地站在自个面前，还问了声好。这是城里官宦人家的下人才懂的规矩。丁小莲受了惊吓，旋即羞赧地一笑，挪着寸步走开了。鲁达觉得她脸比老远见着时，还要白上三分。方才，鲁达在她的脸上照见了自个的脸，这张黑脸犹如阴翳一样映照在丁小莲的脸上。那一刹，鲁达为自己生了张黑脸而陡生懊恼。

年底得工钱那天，鲁达又邀人喝了几碗酒。鲁达一年得的五贯制钱，不够他一个月的酒钱。他也不晓得怎么就贪上了这一口，他记得头一次是跟一个野和尚喝，当晚脑袋里是翻江倒海地晕眩，搞得他事后下了决心跟自个说，以后可再也不喝酒了，有他妈什么鸟喝头。但酒劲消了，过不了几日，他便把当时那醉酒的滋味忘在脑后，又寻思着到哪里弄些酒来。长到十八岁这年，鲁达对酒已经上了些瘾头。

那晚陪鲁达喝酒的有冯二伯、丁七。

几个人喝到二五二五，就开始说醉话。冯二伯劝他说，三癞子哎，年岁也不小了，以后也别只想着喝酒，要攒些钱，替自个找个老婆，生一堆娃娃。男人要这样活，那才叫有意思，你爹老鲁把式泉下有知，也才能安心，晓得不？

丁七自顾往碗里添酒，屈起手指把咸卤花生往天上弹，再一抻舌头接住。他说，冯二伯你真是，三癞子是个明白人，怕是老早就打定了哪家女孩的心思，还待你教？

瞧着不像啊。冯二伯说，三癞子成天闷声闷气，哪有这些花花心思？正说着，鲁达竟然诡谲地笑了起来。丁七就说，看吧看吧，定然是我又说对了。——三癞子，不妨跟你丁哥讲明白，回头叫你丁嫂帮你去访一访那女孩的家底。

鲁达不肯说，脸上却堆起了晕红的颜色，纵使他皮肤黝黑，依然没把这洇开的颜色藏住。冯二伯和丁七都瞧了个分明。冯二伯说，好呵，相处这么多年，你小子藏着花花肠子，竟然没被看出来。跟二伯说，谁家的闺女？但凡二伯帮你出面，庄里庄外，都会卖我几分情面的。

鲁达拈掇着不能说，于是他说，我不说。那天酒还是喝得有一些，要不然，鲁达就晓得搪塞，告诉那两人，没有的事。但他说，我不说。丁七经验老到，接了话去说，好好好，不想说就不说，也没有谁能勉强你。他只管往鲁达的酒碗里倒酒，劝他连喝了好几碗。这几碗过后，鲁达脑袋里想法就不一样了，他先是跟自己说，他娘的，一条汉子肚子里有话藏着掖着，倒像个娘们。然后鲁达告诉那两人，老叔老哥，也不瞒你们，其实我跟员外家里丁小莲，相互喜欢上了。我喜欢她，她也喜欢我。

丁七一听，半口酒就朝天上喷洒开了，之后笑得喘气不匀，哪里肯信。冯二伯却没笑，只是说，三癞子，这话乱讲不得，要讨员外一顿痛打。你倒是说说，你跟小姐都有什么誓约，可以摆明这层关系？

倒是没有。鲁达说，但年来我跟她在后园子里碰上了，她朝着我笑一笑，我也朝着她笑，想上前去讲点什么，腿根子又稀软得很，迈不开步。

冯二伯晓得这崽子愣得不轻，想多劝几句，却被丁七劝住了。丁七又是使眼色又是在桌底下踩冯二伯的脚，示意他别劝。丁七就说，鲁达兄弟，你不说我倒还看不出来，你一说，我把这前后捋一捋，嘿，你小子艳福是不浅。你想呐，员外干嘛一年给你置两身衣服，为何不给我置办？冯二伯到丁家这么多年，也没捞到。搞不好，员外他老人家早把你当倒插门的女婿看待了。

鲁达听着这话，脑门子热得烫手，偌大一个人都能飘得起来。他盯着丁七问，真的么？丁七摆出万分肯定的眼神，跟鲁达说，几时骗过你？你又不是没长脑子，好好捋一捋这事。依我看，事不宜迟，有种你应该自个跟丁员外去提一提。丁员外看上你的，还不就是你这家伙浑身的胆量？

冯二伯呵斥地说，丁七，你莫要在这里讲酒话诳人。

冯二伯，你那死脑筋，哪又晓得年轻人的心事？丁七扭转过头，挑衅似的问鲁达，鲁达兄弟，你敢是不敢？当年敢讨一副猪下水，今天有种把丁小莲那娘们也讨要过来，那才叫本事。

鲁达这人是激不得的急性子，哪受得了丁七这么一番说道？他挽起衣袖站起来，一脚踏凳，抱着酒坛子就要往嘴里倾倒。丁七说，酒壮尿人胆。别再喝了，有胆子现在上路就是。
鲁达早就喝得差不多了，于是把酒坛子搁在桌子上，跟跟跄跄
往庄上走去。冯二伯还想劝阻，丁七却在背后紧紧抱住他，不
让冯二伯撵上鲁达。

　　回到丁家庄上，门外灯笼都熄了，看这辰光，过了丑时。
鲁达倚仗着酒劲，进去之后径直往正院子里闯，敲左厢的门。
敲了半天，听见房里面吭哧吭哧地一片乱响，丁夫人才掌起油
灯掩着衣服开门。她倚在门上说，狗日的鲁癞子，毛都还没长
齐，就来敲门。你敲个死呵。鲁达说，我要找丁老爷，我有重
要的事跟他讲。丁夫人指了指后面那进院子说，去后面找那个
死鬼，他在那个骚婆娘的房里。鲁达就晓得了，这个晚上丁
员外睡的是谢姨娘。结果到后院敲了一通，谢姨娘跟丁夫人摆
着一样的姿势开了房门，却回答说丁员外不在她那里。鲁达正
不晓得去敲哪扇门，丁员外急匆匆地从右边那个侧院跑来了，
说，鲁达，何事找我？三更半夜，别大声喧哗，不成体统。

　　鲁达见着了丁员外，才安心下来，喘匀了气，也不来些铺
垫，单刀直入地跟丁员外说，老爷，跟你打个商量。我喜欢你
家丁小莲，能不能把她送我做老婆？

　　呃，呃，呃……丁员外仍然忙着整理纷乱的衣裳，他说，
我说三癞子，你是不是喝酒了？

　　鲁达喷着滂臭的酒嗝说，没有哩。

　　丁员外闻得出来，他说，你定然是喝酒了，你看你一脸酒气。

　　鲁达不得不说，多少喝了些。

　　丁员外说，无端端怎么跟我摆起这个事。小莲那个骚妮
子，不会是许给了你什么口惠吧？

鲁达说，没有，我想小姐她也喜欢我。

看不出来。丁员外嗬嗬一笑，说，那你说，小莲她都怎么喜欢你的？

鲁达就怔住了，在那晚的月光下抓耳挠腮。这段时日以来，他分明感觉到丁小莲对自个蛮有那么几分意思，但这事要摆明了说，要具体说出个证据，又什么都没有。鲁达说，反正，小姐就是喜欢我。

丁员外气恼地笑了。他说，你这就是讲浑话了。年轻人，少喝些酒。鲁达内心一股急躁劲，想说些什么，又找不到一个字启开自个的嘴巴，站在院心，憋得慌。丁员外就安抚地拍拍鲁达的肩膀，说，时辰不早了，回去歇着。看看鲁达呆气上来了，赖在原地不想动弹，丁员外只好好言劝说道，你总不能说她喜欢你，我就得把她嫁给你吧？我总不能只听你一面之词啊。回头我去问问那骚妮子，看她自个怎么说。

鲁达心里一片瞀乱，不晓得如何是好，觉着这是十几年里，自己度过的最糟糕不过的一个晚上。丁员外试着把鲁达往外推搡，却没能推动。他只得继续跟鲁达摆道理，说，你总不能……按你这个说法，要是你说我老婆喜欢你，我是不是要把我老婆嫁给你啊？要是你说，谢姨娘喜欢你了，那我岂不是……

丁夫人就在一旁吃吃地笑了。丁夫人的笑让鲁达稍有醒悟，他觉得丁员外说得蛮有道理，这才挪开步子，回庄客们居住的那个侧院里去。

接踵而来的那几日，鲁达天天都在盼着丁员外能给个消息，看丁小莲到底怎么个心思。本来，鲁达蛮有把握，觉着丁小莲不可能无缘无故看着自个微笑，但拖得几日，他心里就打起鼓来，觉得这想法真玄。丁员外要是在路上碰见鲁达一副痴相，就说，莫慌咯，干活去，我总要找个好些的时机才是。

鲁达暗无天日地挨过了半月，丁员外这才找他说，三癞子哎，怕是怕是，你这一阵自个想得太多了。我问过了丁小莲，她听得摸不着头脑。她从没跟你许下什么话吧？鲁达只得点点头，小姐哪跟他讲过几句完整的话？鲁达一脸苦楚，一忽儿工夫，又嘿嘿嘿怪笑起来。丁员外一看这状况，怕他是发了魔怔，赶紧掐他一把，把他拖到墙角的林荫下面，说，别急啊，还有好事。我把谢姨娘那个丫头翠翠许给你。……其实人家翠翠也蛮不错，要胸脯有胸脯，要屁股有屁股，生崽准是一把好手，你哪找去？

鲁达想要记起那翠翠的样子，脑袋里面却很恍惚。他点了点头，跟丁员外说，那好。

丁员外放话把翠翠许配给鲁达的事，搞得侧院一干庄客眼馋得很。丁七原还想鲁达去讨一顿打，不承想，小姐没搞到，却也顺手掂来一个看着惹眼想着花心的丫头。

翠翠看着鲁达武高武大，熊颈虎背，也是满心喜欢。丁员外还没有给定一个成亲的时日，翠翠就时常蹿到鲁达住的厢房，摆出一派贤良女人的模样，帮着鲁达缝缝补补，浆洗衣物。要是不出意外，这两人来年就可以做成夫妻了。鲁达见着翠翠，提不起精神。他觉着她眉目举止之间，透出一个成熟妇人的模样。

丁小莲马上要嫁给镇上的鲁秀才了，丁员外收彩礼收了好几十箩筐。

这几日，鲁达坐也不是站也不是。翠翠在他房里，他老像是视而不见。翠翠哪能看不出来？翠翠说，人要守个本分，葫芦头傍秧瓜，绿毛乌龟揪王八，哪样配得上哪样，那都是天上王母娘娘老早就分派好了的。

鲁达看着窗框外面，嗯了一声。

翠翠仍不肯罢休，又说，人家丁小姐和鲁秀才真是一对，郎才女貌，门户相当。但丁小姐细手细脚一个人，干不了半点粗活。我家鲁大哥准不会看上丁小姐，回过头来，丁小姐也绝不会嫁给鲁大哥。……鲁大哥哎，你说，是的不？

真是哪痛戳哪，鲁达啪的一声把一个瓷碗摔个粉碎，响炸雷似的跟翠翠说，丁小莲看不看得上我，我不管；我他娘的怎么就不能喜欢丁小莲了？

一日，丁员外庄子里外找不见鲁达的影子。翠翠最是焦急，丁员外已经把两人成婚的时日给定下来了，没想事前鲁达就把自个撂在一边凉快，不由得在心中一遍遍地骂，挨千刀的。又过去半年，鲁达仍然没有回来，翠翠一咬牙，另寻一户人家，把自己变成个妇人，免得庄上的人看笑话。

金翠莲

直到看见那个叫金翠莲的女子，鲁达皮囊里面一副花花心思又活泛起来，每天晚上脑子里都会浮现女人姣好的身段。那女人唱出来的歌子，也有如撮着嘴吹出来的哨音，尖锐蜇人，且蜇得人浑身舒坦。

其时，鲁达从丁员外的庄子上跑出来已有六七年的时间。

鲁达辗转一些地方，穷困潦倒的时候就去帮一些大户充当看庄护院的庄客，银两捞不到，饱饭还是有的吃。这些年下来，鲁达断断续续跟了好些庄户上的枪棒教头、耍把式学的功夫，都是三招两式鸡零狗碎的花耍，得不到要领，成不了体系。后来，鲁达到得渭阳城，阴错阳差混进了经略府谋得一份打杂跑腿的差事，这才做得安稳一些，好几年没见变动。

渭阳城中的老百姓，见鲁达每日进出经略府，丝巾皂靴都是武官的置备，便都开口管他叫提辖。鲁达起初那会听得心头一凛，心想这提辖也是随便叫的吗？提辖好歹也是管着几千号人的武官呐，要真个是提辖，还用得着每天上这街市买葱头蒜脑吗？但多被叫上几次，鲁达耳根子就听顺了。别人这般叫的时候，都摆起低眉顺眼的神色，毕恭毕敬。鲁达哪曾被别人这般对待，听着就有一股暖意滑下喉舌直搅肚肠，浑身上下都受用。经略相公十里抽一地吃兵缺，饷银实打实地落在了腰包里，但军需置备则按实数发下来，不折成银两。经略相公一想也好，就拿着多出来的衣物发给下人，省了一笔置办费用。鲁达在经略府里做事勤快，小相公叫他自己到库房里挑两身换洗衣物。鲁达攒了心劲，衣裤拣不起眼的挑，但方巾皂靴，则挑了提辖一级武将的置备。鲁达头裹芝麻罗万字顶头巾，脚蹬一双鹰爪皮四缝干黄靴，乍一眼让人看不出来，但又隐着官威，暗藏了官派。

只是头顶脚上换了官制物件，鲁达整个人都焕然一新了，再走到街市里，脚下麻溜溜的，煞是轻快。他暗自感叹，这经略相公就是好，空缺都吃到提辖头上了；换是皇帝不捞下大票大票的银子才怪，他还不得吃几个宰相的空缺？

再去到街市，买肉沽酒，鲁达忽然生出个主意，跟那商贩说，今天换衣，银两忘带了，粉板上记一笔吧。商贩把鲁达上下打量几眼，都说，啧啧，鲁提辖今天又高升了吧，那几个小钱就当是孝敬得了，哪还敢记你一笔呐？

几两银子，这么轻易就讹下了，鲁达想着还有些不可思议。当初要讹一副猪下水，都得拼着命去干。抚今追昔，鲁达免不了生出一番感叹。离了街市，鲁达开脱地想，也活该，你们这帮商贩，成日提辖长提辖短叫着热闹，我这厢不捞点实惠可不行。

时日还早，鲁达当日心情好得一塌糊涂，就准备花掉刚刚赚得的银子，去酒楼上喝些酒吃些肉。在酒楼上，隔着镂花木屏风，鲁达看见了在另一个隔子里唱曲的那个女人。那女人脂粉厚了一些，唱曲的时候，目光像水波一样流转，韵味十足。鲁达仿佛看见那女人含情带俏的目光也透过屏风往这边来得几遭。鲁达犯起了眼晕，这个女子令他不可避免地想到了丁家小姐。丁家小姐，也不晓得帮那鲁秀才生下几条崽女了。他将一把腮帮上的胡髭，一把一大把，比猪鬃更扎手。鲁达心思黯淡了些，这才想到，得有一个女人了。一个人，着实没意思。

鲁达又往那唱曲的女人瞟去，女人也不闪避，扬起一脸娇羞神色，把目光直勾勾回了过来，并且盈盈一笑。过不多时，那边的唱曲戛然而止，有个老头就抱着弦琴走到这边隔子，问，官人，听曲吗？鲁达稀里糊涂地点了点头，事后也爽利地给出一把碎银。

事后他问了酒保，那唱曲的叫金翠莲。金翠莲，金翠莲……鲁达喃喃地念叨着这个名字，心里想，又他娘的一个"莲"。

　　到得自己房中，闩上门，鲁达捉着那一把胡须生气。有了这么多的胡须，别人看着，不但老相许多，还显出一身莽夫脾性。依鲁达看来，娇小的女人都是喜欢那种白脸书生；而像自己这种莽夫，合着只配去寻那些柴火妞儿，一身烟熏火燎的气味，攒家过日子干活生孩子都是好手。这样一合计，鲁达想，能寻个金翠莲那样的，也应该是顶不错的了。但这一脸硬扎扎的毛，别吓着人家才是。鲁达借来剃刀，把胡须像割麦一样一撮一撮割掉，再贴紧脸皮恶狠狠地刮尽剩下的青胡茬。他往镜里照照，自己其实还蛮年轻，脸廓虽然显着肥胖的样，像是刚被人痛打一顿，但鼻子眼睛长得都还周正。

　　把脸皮打理出来，又打磨光净以后，鲁达平添几分自信。他打算明天再去那酒楼上，好好听金氏父女唱两曲。曲子唱罢，又何事搭上腔呢？这样的难题搅得鲁达头昏脑涨，又喝了几碗酒，便睡去了。醒来，发现胡须长回原有的长度。鲁达使劲回忆起昨晚的事，肯定昨晚自个剃过胡须的，但一晚的工夫，又是原来模样了。当天，鲁达不便去寻金氏父女，打算忙到晚上，再把胡须重剃一番。次日早上，奇怪得紧，那胡须长得比先前还长了一截。鲁达头脑犯蒙，他想，这又是犯了什么煞？谁在有意阻拦小爷的好事呢？想来想去，按捺住自个，打算迟几天再上街去。

　　那以后，好长一段时日，鲁达没能在街市上见到金氏父女。鲁达心头暗自一凛，无端端有种预感，以后怕是见不到那个女人了。旋即，鲁达又自嘲地笑了，这是哪回事呀，只是见着一面，哪来这些无根无底没着没落的念想？丢了丢了，兀自让人烦心。

但这心底的东西，想丢又丢不掉，每到晚上，月上窗棂，把盐白色的光芒丢进鲁达屋内，鲁达会睁开眼，看见金翠莲的样貌在屋内某个黑漆漆的角落闪了几闪，眼底依然含情带俏，顾盼生辉，让人黯然魂销。这时，他往往一捋胡髭，暗骂道，三癫子啊三癫子，明明一副粗了吧唧的相，何事摆起多情书生的做派来了？何事念念不忘那个再也见不着的女人？若说你这粗糙物件是个情种，别人一看，打死了也不肯信呵。

鲁达想的事多了，老半天睡不着，干脆身子一蜷爬了起来，走到屋外月光地里，打了几路虎虎生风的拳脚，还把余劲撒在花园里的石鼓上，把几个石鼓垒起来，又一脚踹倒，然后重又垒起来。搅得管家老远听见，循声过来骂道，搬石磙子打老鼠啊，养你还不如养只猫呢，回去睡去。

拳打镇关西

一日，华阴县的史大郎找上门来。他在外颠簸好一阵时日，身上盘缠用光了，听人说鲁达也会些拳脚，见面就道"普天之下皆兄弟，道上好汉胜亲人"，套近乎。鲁达晓得这是江湖上的朋友蹭饭吃，他兜中没几个钱了，又拉不下一张脸，只好拽了史大郎就近寻一家酒馆随便点些菜饭，挂在账上就是。这史大郎自个蹭饭不说，半道上还碰上一个卖狗皮膏药的跟他蹭。鲁达没法，只好把两个都叫上。这样，鲁达看着那卖狗皮膏药的家伙，腰上拴着几根牛棒骨偏说是虎骨，就横竖不顺眼，只是不便说出来。

没想到在这酒楼上，又碰着了金氏父女。金氏父女正在隔座唱曲，唱完了，鲁达正要把人叫到自己隔子里，不想那厢，金翠莲哭哭啼啼说起了自己遭遇的事。哭唱也是金翠莲的看家本领，和着弦音，如泣如诉，把郑屠如何空钱实据占有她的过程摆了一遍，那厢的听客就掏钱了。之后鲁达叫两人进到这厢，金老汉正要唱曲，鲁达就说，莫唱莫唱，只想听听郑屠是如何害你父女的。金老汉说，客官你这厢听真了！手一拨弦，金翠莲捏着嗓音就要唱起来。鲁达大手一挥，说，不好不好，你所说郑屠的事，又不是戏文，何事唱成曲了呢？你这一唱，恁地别扭，真事情听着也假了。金老汉就苦着脸说，本来是真事，哪有心思唱，但这么多年唱苦曲顺溜了，唱起来还能把事摆出来龙去脉，要是光仅嘴说，子丑寅卯就全乱套了。鲁达说，还是说说，大体说清楚哪门子事，我们也好帮你。

　　金老汉和金翠莲父女俩你一言我一语，伴着哭声，好不容易把事情又摆了一遍。鲁达听得七窍生烟，他想，没想到这段时日里头，金翠莲已被郑屠那厮不花银两白白享用了，是可忍孰不可忍？他跟史大郎和卖狗皮膏药的说，两位，道上好汉，路见不平得拔刀相助不说，先掏些银两周济这父女俩，让他们快快逃离此地是正事。史大郎掏了一把银子出来，卖狗皮膏药的手探进怀中就拔不出来了。他说，就几个铜钿，留我明天当早饭钱吧。值钱家当就这几根虎骨，要不，我敲下半根让他俩拿去换些银钱？鲁达喊的一声，自己也掏出一块碎银，把给金翠莲，嘱咐她明天早点逃离渭阳，余下的事，由他理会。

　　鲁达本来和史大郎约好了，次日去把郑屠痛打一顿，这边拖住郑屠，那边金氏父女也好从容逃走。卖狗皮膏药那汉子自个说还收得几个徒弟，明日一块来助拳，别让郑屠在人数上占了便宜。但到得次日，鲁达早早到得约定的地方——经略府后面一棵稠李子树下，那帮人却左等不来，右等不来。日头看着升高了，鲁达赶到金翠莲的住处，把看管的人一顿拳脚打醉，直奔状元桥去。

那日临场的人蛮多，仿佛老早晓得会生出事端，都凑去看热闹。鲁达原想诳郑屠剁上几十斤肉臊，消减他几分气力，再料理他不迟。但郑屠看见鲁达奔他过来，就有气。鲁达到得案前，跟郑屠说要切十斤精肉，切做臊子。郑屠鼻子一哼，说，鲁大官人，以前欠下的肉账，多少销掉些，再添新账如何？鲁达说，又不会少掉你半分毫，先剁肉再说，那边催得急。郑屠却不动，拿起一把刀撂到空中，耍着玩。鲁达说，拿刀唬人是不是？你切还是不切？郑屠说，鲁达你他娘的，叫你提辖是给你脸，别当真了，哪见过当了提辖还出来跑腿的？不怕问你一声，按大宋体例制度，提辖管多少兵丁，你说得上来么？

鲁达真还说不上来，见这家伙当着人揭了他的短，脸登时就黑下了，冲过去便和郑屠揉作一团。郑屠身板也是蛮大，手下多数人正在库房里宰杀生猪，在场的几个小徒弟，只敢袖了手在一旁看热闹。两人都是打着架长大的，手脚都不轻，专捉对方的脑袋，往麻石铺就的路面上跄。两人你来一手我回一手，跄得对方后脑全是肿包。本来也分不出个高下，有一回鲁达骑在郑屠肚皮上面，不再捉郑屠的发髻往地上跄，而是拿着手往他脖子上死掐。掐得他两眼翻白了，再捉住发髻连跄了七八下，没想到就把郑屠跄死在当场。鲁达好生奇怪，他想，这家伙死得可比我预想的快，这般经不起摔打，逞什么强使什么坏啊，分明不是料嘛。他骗旁观的人说，郑屠是诈死，然后从人堆里寻了一条缝隙，撒腿往偏僻的巷弄里跑。

鲁达也不晓得怎么会流落到了雁门县，冥冥之中，不知何去何从，像是被人拽着一样。他在这个地方竟碰见了金老汉。金老汉把他领到一户大户庄头，见着了金翠莲。这回碰面，金翠莲已经成了赵大户的妾室。鲁达看着她那张脂粉愈加浓重的脸上，眉目依然活泛着，向自个这边看来，纤长的睫毛不时翕动，仿佛含着一股剪不去的怨愁。当她启开嘴唇时，叫出一声让鲁达诧异的称呼：恩公。

呵呵，原来竟成了别人的恩公。鲁达暗自笑了，闹了半天，在渭阳城闹出这么大的动静，却原来闹成了这小女子的恩公。自个原是揣着心思想寻这小女子的门路，没想到，阴错阳差，却成了急人所难拔刀相助的义士了，真是的。鲁达心底有些无奈，一声恩公叫得他像变了个人似的，端正坐着，受金翠莲六拜之礼。接下来见着了赵大户，着实吃了一惊。这姓赵的富户虽说脸相清癯，但眉眼神情，跟郑屠委实太像了，皮面上谦和热情，骨子里却隐藏不住一股不屑神色。鲁达看在眼里烦在心里，却对自个说道，你一个粗皮糙面的角色，哪来得这么多细腻心思呢？像金翠莲这样的小娘儿们，迟早都会黏附到有钱人的府上呵。即便做成小老婆，看着也是蛮欣喜的样子。我空有一腔欢喜她的心肠，又有何用？

赵大户当年两路来财，说黑不黑说白不白，现在坐稳了庄头渐成地方贤达名流，心里却隐着不少憾事，不时吃斋颂佛，还给五台山文殊院施舍下不少钱财。文殊院智真和尚有日和赵大户喝得烂醉，把着手称起兄弟，还说，这么多年得了赵大户这许多好处，无以回报，但凡赵大户家里有哪个亲眷犯下事体无处藏身，到他那里去剃度了隐在和尚堆里，却是再好不过。赵大户心里隐隐不快，他想我酒肉款待你，你却讲这不吉利的话，许个和尚名额给我，这不是糟践人吗？但表面上，赵大户连声道谢。智真和尚算是欠下赵大户一个口诺。这些年，赵大户差不多把这事忘后脑勺上去了，现在，见鲁达进到自个家里，忽然想到，智真和尚那个口诺，不就是合着这个人许下的吗？这智真能掐会算，怕是早就算好了我庄头今日会来那么个祸害。

鲁达初听赵大户说起这事，一肚皮的无名业火。他想呐，姓赵的，你个直娘贼呵，搞了我先瞧上的女人不说，回头还打发我去做和尚。哪有这么作践人的事？本来鲁达就要再发一回泼皮脾气，把这赵大户的庄上闹一闹，金老汉这时却神色惶恐地跑来，跟鲁达说，恩公，你今日可要静一静，把酒瘾头暂且压一压。方才有几个官差寻到大门口，拐七绕八问了好些事，怕是怕是，听到了什么风声，冲恩公来的。鲁达一凛，心里想以前只当衙门里的人都是酒囊饭袋，吃干饭不干事，但真个犯下事体，你就瞧着这帮子人的厉害。这一来二去，鲁达的心思又改变了，他跟自个叨咕说，做和尚就做和尚吧，先做上一阵和尚，再见机行事。到时候把头发一蓄，下了山去，照样娶妻生子。

智真和尚这天起来，睁眼看见，七层宝塔的塔尖上，那一方天空中飘起几片形态祥瑞的云朵，被隐匿在后面的太阳铺下金光，云朵的边缘都镀得金光灿灿，煞是好看。

祥云丹霞直铺七层宝塔顶上，莫非今日会有大好的事情来临？智真和尚这么揣摩着，踱到院外，就看见赵大户带了他的表弟上山剃度。智真和尚暗自奇怪，天色云相所示，难道就是眼前这人么？但赵大户这表弟生得戟眉剑眼，一张团脸上遍生横肉，分明隐藏着几分杀机，一看绝非善茬。智真和尚正纳闷着，那人已经到了眼前。智真再一看，这人两耳扇风，打得死蚊子，人中又宽又长，眼仁子深厚有如井水，皮相凶煞，内里却又铺着一层悲悯的柔光。智真两颗深邃乌黑有如药丸的眼珠，越瞧越是瞧不出门道了，只是晓得，今日碰见的这人万不可小觑。

过得两日，给鲁达剃度的仪式上，智真和尚自个坏了律例，不但召集寺内六百僧众一一到齐，合掌作礼见证仪式，还一步登天地把这鲁达记挂在"智"字辈上。长老唱念了赐名偈语，法座之下六百僧众一片哗然。在场许多老僧在寺中混到半百年纪，两鬓苍苍，头顶斑驳，好不容易混到监寺都寺之职，稍有出人头地高人一筹的快意，也才是"悟"字辈。这个刚来的胖大小子，竟然直接记挂在"智"字辈上，若按俗世的字辈排序，智深在他们面前口称老子也不过分。这样的事，谁吃受得了？

这且不说了，那胖大小子竟然老大不愿意，先是想留下髭须，而后又嫌智深这法号听着吃亏大了。他说，什么"智深"呐，子生子生，儿子生的，那不就是孙子辈了嘛？我不叫智深，叫莲花行不？大师傅，赐我个名叫莲花可好？

什么莲花？

丁小莲的莲，也是金翠莲的莲。鲁达咽着唾沫，想了想，又说，花就是莲花的花。

你净胡诌，我这一脉，哪来的"莲"字辈？智真和尚说，给你个"智"字辈，已经是高抬你了，比一般僧众少说大得有两辈，和我齐平。以后日常起居，别人顾着一个"智"字，都会照应你几分，你这厮却还不晓得好歹。

呵呵哈哈，那倒是好，原还以为要当孙子，没想到却做了爷爷。鲁达听智真和尚这么一说，就乐了，嘴里念着，智深，鲁智深，蛮好。小哥……鲁达把脸转向一旁的书记僧，问他，这"智深"二字，怎么个写法？

花和尚的"花"

鲁达做了和尚，闹不多时就得来一个绰号叫"花和尚"。这寺里一直都有相互给绰号的习惯，一帮子大老爷们成天堆在一块儿，你看着我我看着你，大眼小眼对着鼓凸，日子过得实在没甚滋味，取几个绰号，倒也解闷。譬如智真和尚也躲不过这风头，手下僧众明里叫他长老长老，恭敬得很，背地里照样派了他一个绰号：老搓。智真和尚不晓得犯了什么煞，临老得了糙皮症，顽固得很，好些年头了，偏方开得有一摞，怪药捡了几箩筐，没见治好。每天智真坐在禅床之上，有人在眼前问事拿话，智真和尚就笔直端坐着哼哼唧唧指点别人，别人一走，马上就把手搁在脚丫子上搓来搓去，搓出一丸一丸的泥屑，自呼其为"活舍利"。

后来鲁达成就一番英名，列入梁山一百零八好汉当中，就有一帮好事者做"花和尚"的本事考，考了半天，摸不着头脑。按他们手头掌握的有关鲁达的生平事迹，酒常醉肉常啖，人不枉杀，但也有几个在鲁达手底下了账了，只是翻来找去，找不见这个人"花"在哪里。这鲁达，若是称作"酒肉和尚"或者"荤和尚"，都说得过去，考证起来能找到一把一把相关佐证，写起文章也顺手。但"花"字从何而来？好事者们都耽搁在这里了，无从下手。二龙山下，鲁达曾跟青面兽杨志自道，背上有花绣，故得此绰号。但好事者寻来寻去，鲁达背上哪有花绣？只考证得出，鲁达臀上有几粒蚕豆大的胎记，说是花绣，委实勉强，因此得名，更是荒诞。

其实，在五台山文殊院中，众僧友要给他起个绰号。鲁达情知不能免俗，别人给的绰号，诸如胖墩、三丑（三醜，即言酒鬼）、跷头佬等等，鲁达听着都不蛮受用，想来想去，就说，弟兄们叫我莲花好了，这个我爱听。于是，别的人叫他莲花和尚，叫得顺溜了，就嬗变为花和尚。鲁达在山上混得有几个月，认得几个要好的，一同喝罢酒后，甚至将他叫作花哥。鲁达也认，只是醒酒后问那人，你哪字辈的？那人说"觉"字辈的。鲁达就骂开了，你个小猢狲，占爷爷的便宜，乱了辈分。我得跟老搓哥哥言语一声，要他晚上赏你几粒活舍利吃。

花哥不能乱叫，鲁达不爱听这绰号，于是众人还是依照往常，叫他花和尚。

鲁达做了和尚，经过那遭剃度，脸和面颊被抹上一层滂臭的药汁以后，头发和胡须就再也长不出来了。文殊院里的僧众成年累月都顶着贼光贼亮的头颅，使得山下那些村落的小孩们，都管这五台山叫作星星山。此外，鲁达发觉自个忽然胖了，更胖了，浑身上下逐渐去掉了棱角，越长越圆。偶尔，鲁达想忆起金翠莲那小娘儿们，她的俏模样却在他脑海当中揉得七零八落，再怎么使劲，也无法让其清晰呈现。鲁达不甘心，又要记起丁小莲的模样，更是虚无缥缈见不着面目。鲁达心里暗暗叫苦，想这哪是做和尚，还老惦记着还俗哩，却被这烟熏火燎的所在整得像个阉人。

鲁达有时还跑去赵大户庄上弄几锭银子，喝了酒，回到寺里借酒撒欢。把寺里的物件一通乱砸，大是过瘾；回头赵大户上到山里给智真赔钱，鲁达心里又是一阵过瘾。他暗自说，金翠莲这个女人，可不能让你得来太过轻易。

这日执事僧又慌慌张张跑进智真长老的房中，情急之下忘了敲门，推开门板就跨进去，口里嚷着，不得了了不得了了，智深和尚又在犯浑。智真正搓着活舍利，搓得遍身血流通畅，暗呼过瘾，被执事僧这么一搅和，心里老大不痛快，指斥他说，出家人持慧修定，哪能似你这般栖惶样子？执事僧说，长老，那智深大和尚，又到山下喝醉了，嘴里嚷嚷着一个女人家的姓名，色戒大开，在寺门口那个地方，把一尊金刚塑像硬生生抱了起来，抱往禅房，嘴里说着淫话，对那大金刚做出……做出……下流举动，看在眼里都臊死人了。

呃，都叫着谁的名字？智真和尚问道。执事僧想了想，说道，好像是什么金翠莲吧。智真和尚一听，就全明白了，他想，好你个赵安谦，什么狗屁倒灶的表弟，却原来是把王八宿主放到我这厢来了。智真和尚吩咐说，小事而已，不要声张，叫几个人把那尊金刚弄到原处就是。

执事僧又说道，哪还拾得起来？智深和尚摸着金刚说了半天醉话，后面回过神来定眼一看不是他想要的女人，发了泼皮气，拎起金刚往地上跶，嘴里还大骂说，你这泼皮，把我的翠莲拐哪去了？还有更腌臜的话哩，不好妄传，污了口舌。谁要劝阻，就遭他一顿拳脚，不多时，他就把那金刚跐回原形，只剩得满地土坷垃了。

呃，智真和尚说，晓得了，既然已经跐坏一个，就把地面打扫干净，回头赵施主自会来重塑一具的。智深发泼，不必理会他，由他睡在哪里都行。这阵寒气上升，要是他卧在地上，别忘了帮他披一条被子。执事僧应诺了一声，折回去了。

这日掌灯时分，寺内的首座、维那、监寺、都寺一干人等，都邀约了涌进智真和尚住处，个个一脸愤怒神色，语带诘责地问，怎么能够容忍智深这般胡来？建寺数十年，可从未有这样的状况发生，哪曾让这种浑人一再犯事？智真和尚说，你们哪看得着个真切，那日他刚进得山门，我就察觉天色云相俱显异常之状。这数月也时常观察他言行举止，此人上应天星，心地恁直纯良。虽然时下显出些许凶顽状况，命相驳杂，心头暂未舍下一个"色"字，但久后却必修得正果。他最终所能到达之境界，哪是尔等成天碌碌钻营之人可比？

一班僧从面面相觑，哪里肯信智真这番话，心想这老东西即便护短，也不必把人往天上捧呐。一个吃酒闹事的浑人，怎么就上应天星了？天上有几颗星子，能被他占着一颗？首座僧就问了，长老，有没有看出来，这智深和尚应的到底是哪颗星辰？

智真念了句偈，众人没能听清，往下他说，天罡之中，地煞之上，这没错的，还要具体坐实，那是要遭天谴的。天机不可泄露，这样的道理，还待我说么？一般人读经坐禅靠的是持之以恒坚信不疑，偶有小成；他这样的人，佛是命里因缘，犹如俗人遭灾罹病一样，修成正果是躲都躲不去的定数。首座僧发问，那他言行也太过放肆，长老这番话，如何服众？智真说道，表虽一相，里有万端。或者是，他在俗世中还藏着一段夙缘未了，即便入我佛门，一时也安定不下来。又或者，佛法自西土传入，脉络广布，支派甚多，智深虽具慧根，却命不该是这一宗的子弟。既入错了地方，心智偶有失常，也不必大惊小怪。

首座僧把舌头吐了半截出来，心想这样荒诞不经的借口都说得出来？智深闹出这许多事端，不是他的错，倒是本寺的宗脉没能合他的辙？真是咄咄怪事。于是说，既然受不得吾宗教化，到错了地方，那更应让他去到该去的地方才是，若误了他的天赐禀赋，断了他的前途，岂不是造下大孽？智真说，这个我自有理会，你就别多问了。

僧众还是不信，也不服，心下里说，不晓得赵大户把给他多少银子，铁了心护这智深。但智真把话说到这份上，一班人晓得多说也无益，只好离去。

往后，智深更是得尺进丈，下到山脚吃酒的次数愈见频多。而且这人性子还爽快，自个喝了，还拽一桶带到寺里，拉得几个同伙一块吃喝，败坏寺风，搅得几位供养寺庙的大户也颇多微词。寺门左侧的密执金刚像尚未修复，智深另一日又是酩酊大醉，把右侧的那罗延金刚捉去调戏，又讲了一番淫话，照样拿手跐坏了那泥坯。

赵大户这些时日不得安宁，银子赔去不少，还把积攒的人情消耗大半，心想怎么就招来这么个孽障？加之金翠莲进门已有些时日了，在她身上再也寻不到当初那份欢情，赵大户就拿下主意，不打算在鲁达这厮身上无休无止地贴钱了。智真再招他上山议事，他付了重修那罗延金刚的银钱，而后说，这年头不好，庄上薄收，用度不比往年了。我对智深，仁至义尽，智深于我，却不体恤半点苦情。再要闹这样的事，你也不必劳人通报了，按着律例，该怎地，还怎地。

既然赵大户摊了底，智真和尚只好另作计议。近几个月，智深在文殊院中犯事太多引得众怨，若不是自个一手压制，智深被赶出庙门十次也不为多。到这时分，智真对自个先前的看法也暗自起疑，他想，莫非我老眼昏花，那智深和尚根本就是个顽劣难化之徒？他下定决心，智深再犯事的话，就打发他走。恰在这时，智真的师弟来信一封，向智真讨要个能拳会打的武僧，帮助看护寺后菜园。智真一合计，他想，智清要的不正是这个智深么？

智深转眼又犯事了，他不晓得从哪拖来一只死狗，去了心肺，就在禅房里用柴火烤着吃，吃起来故意让狗油乱溅，肉香四溢，嚼出巨大响声，惹别人生出馋虫。就近几个禅房的僧人，都被智深搅得瞀乱焦躁，念错经文，乱引佛偈。凡人生得胃口，哪有不爱吃狗肉的道理？智深自个吃还不消停，歪着嘴哼道，酒肉穿肠，隔日变粪，佛坐心头，万载千秋。

智真抓着这次事由，要把智深遣到东京大相国寺。僧众一听，又是欢喜又是嫉羡，这以后寺中可以清静了，但从这五台山遣往东京繁华地界，那可是从糠箩跳进米箩的好事呵。智深倒也无所谓，他把腰间青绦紧了紧，心说，去哪也少不了一碗饱饭。临去，智真要赠他四句偈言。智深暗想，这老搓也着实抠得紧巴，我这一去，他不多舍些盘缠，却只给下几句空话，有甚作用？但这几月来智真在别人面前极力袒护他，智深念着这份情面，恭敬跪了下来，领受智真和尚的话。智真和尚说道，遇林而起，遇山而富，遇水而兴，遇江而止。智深听得一头雾水，他想这偈言当不得银子也就罢了，还要人猜灯谜，这可是书生喜好的玩意。智真见智深怔在当场，呵呵一笑，说，你这愣杆子，料你也听不明白，我另备下一个锦囊，把这偈方写在上面，你日后临事不知如何是好，打开看就是。

智深到山下打了一根禅杖一柄戒刀，一路去往东京，俨然一派行脚僧的模样。这一路他走走停停，不去投寺挂单，只在客店打火安身，每晚上少不得将酒吃肉，一番醉饱。赵大户托人送来的盘缠银两还算宽裕，每日遇到有好的山水景致，就驻足看个尽兴。智深自个也奇怪得紧，这回下山，怎么多了这种风雅爱好？不由得苦笑，心想，大抵是年龄增长的缘故，喜好的事物悄然有了改变，眼仁子就爱沾染些山水风物。

这日他因贪看路上的山水，误了投店时辰，一路越走越黑，不见人户。借着星光，又走得十几里路，眼前突兀现出一片庄子，庄客正频繁出入，往庄外搬运什物。智深晓得这一晚得在这庄上借住，走上前去，却看着门枋上张灯结彩，仿佛正置办着喜事。再看看一干庄客的脸色，个个惊恐慌张，哪有半点办喜事的样子？一问，说是庄上刘员外今晚招赘，附近桃花山上一个大王下来插门。智深听得这事，一股无名业火往脑门上升去。他最看不得的就是强抢妇女，霸蛮成奸。他走进庄里，跟刘员外讨要一顿饭菜，自道是从五台山学来一套说辞，能说得石佛动心，铁人弹泪，任何神仙妖孽，都收降得住。刘员外事出无奈，且信了智深所说，让他到洞房中迎候那桃花山上的二大王。

智深睡到那软榻里头，合上帐门，就闻得阵阵异香，忽然想到这闺床平日是刘家小姐睡着的，心思就活络了。躺在这张床上，他又能把丁小莲还有金翠莲的模样翻找出来，历历在目，仿佛刚才还见着。智深想得浑身燥热难以按捺，尿巴子突然竖起来老高。这可是好久都没碰到的事了，五台山的香火气息，让男人渐渐断了对女人的那份念想，下了山，不日又全找回来了。智深把自个脱得赤条条的，看看那鼓槌似的尿巴子，歉疚地说，老弟，哥哥可亏欠你了。

　　那二大王进到庄中，也把自个喝得烂醉，这才踅进洞房，摸来摸去，摸到了床头。他撩开帐子伸手一捉，却不想捉着了鼓槌一样的物件，大是奇怪，心想这算是刘家小姐身体上哪一块肉呐？忽然就听见瓮声瓮气的笑声，让人脊头起腻。二大王还没回过神，就被床上那人一拳掼倒在地。

　　智深从床上跳了下来，按着那二大王就是一顿暴风雨般的拳脚。这家伙比郑屠还是硬挺一点，先是诈死，智深稍有松动，他一个鲤鱼打挺跳起来，夺门而逃，嘴里还不服软，说贼秃你等着，我去搬我哥哥来，给你好果子吃。智深站在门沿笑着应他，把你爹你娘一齐搬来，你们一家老小我一齐打理。

　　那刘员外吓得魂飞天外，他说，小哥，你可害死我了，不是说有一套说辞么，怎么动起手来了？你走了清静，我这一庄老小可怎么办？智深把裤头穿上，说，没事，来几个我打几个，不会舍下你这一家的。刘员外说，好汉有这等身手，还当什么和尚？不如我把你招赘做了女婿，如何？智深理着裤头，问，那你家小姐叫的什么名字？刘员外说叫刘盈盈。

　　刘盈盈？不好不好，我看还是罢了。智深说，你看你看，你这不是前门送神后门请鬼吗？你有心嫁女，我却是个和尚，还不如让那二大王来当女婿，更像那么回事。

说话间，桃花山的二大王把他哥哥引来了，一路马蹄翻动，咯噔咯噔地响。待那个大王挑了灯凑近智深，忽然说，怎么好生面熟啊？智深听这声音也耳熟，瞧那人的模样，好半天记起来了，原来是当初和史大郎一齐蹭饭的那人，卖狗皮膏药的。智深乐了，说，卖狗皮膏药的，又见着了啊。卖狗皮膏药的这下也记起来了，说，莫非是渭阳城的鲁提辖？智深哈哈一笑，说，现在成了和尚，早不是提辖了。卖狗皮膏药的说，小鲁兄弟，即便是做了和尚，还这么火爆的脾性呵。智深就说，不过你那弟弟倒还吃打，这么一顿拳脚下去还爬起来就跑，比那状元桥的郑屠强多了。卖狗皮膏药的说，怕是没被鲁兄弟踮着脑袋吧，算这小子万幸。他回过头去斥责那二大王，嘀咕着说，你他娘的算是倒了血霉，偏偏看上鲁达欢喜的女人，能落得好下场么？当初郑屠铆上唱曲的金翠莲，被鲁达当街踮死，还不是白死了？

智深只见卖狗皮膏药的回过头去，嘴角飞动，听不见他说些什么。他问，嘿，老李头，都说些什么哩？卖狗皮膏药的把脑袋摆正，说，鲁兄弟，今日难得见面，到我山寨上把酒一叙。智深说，要得要得，只是以后你那个小兄弟别再缠这刘家妹子了，刘老太公养得这么个花花闺女，是要招赘女婿养老的，他一个莽汉，不是帮人养老送终的料呵。二大王揪着身上的伤处，说，自不必说，哪还敢呐？

到得卖狗皮膏药那人的山寨，又是一顿海吃海喝。来了兴头，两人就聊起分别以后，这段时日的遭际。智深说起智真赠偈言的事，本想把这偈言也一并说出口，却真个忘干净了，这才想起智真哥哥还赠得有一个锦囊。于是从怀里掏出来，要拆开看看。卖狗皮膏药的说，既是锦囊，不到万不得已还是不拆的好。智深说，你也和那帮和尚一样，成天故弄玄虚，不就一个破布袋嘛。于是拆开了，拿出一张纸笺。智深和卖狗皮膏药的都不识字，那二大王原先生在破落的富户，幼时进过私塾，把纸上四句偈言念了一遍。智深说，和尚干的事，专爱打哑谜。二大王就说，哥哥，这哪是哑谜，浅显得很，比谜底更明白不过了。中间两句看不出意思，头一句，说是你会上山落草，最末一句，说你最终死在一条江上。智深就笑了，说智真哥哥一天搓脚板不赢，还装作看得清别人的生死。也真是怪事，以前在家放牛，有人劝我去当和尚；后来做了和尚，却又被人劝去当山贼土匪。合着这算什么事？卖狗皮膏药的眼皮子一跳，当即跪在智深面前，说鲁兄弟，哥哥虚长你几岁，若是你想上山落草，情愿虚了首座，我以后给你当老二便是。智深手指胯中之物，依旧笑着说，你太抬举我了，再说，我的老二在这里，哪敢劳烦你哩。我要去东京大相国寺，继续做我的和尚。卖狗皮膏药的暗自松了一口气，嘴上说，既然鲁兄弟心意已决，我也不便强留，待我下山捞一票，给你添作盘缠。你先坐这里，只管吃酒。

卖狗皮膏药的走后，智深把桃花山山寨里外走了一遭。山寨委实不大，瞧不出个气候，再想想卖狗皮膏药那人的悭吝性情，长久相处，还不得憋死？智深等了一阵，心下里烦躁，就把留守的几个小喽啰打晕在地，把山寨洗劫一遍，劫得的金银细软扎成一个大包袱，心里直乐。智深不走前山，去到后山小道上，把自个团成个团，和着包袱，滴溜溜滚下山去。

林冲的老婆

　　大相国寺的香火比五台山旺盛多了，这东京地界，建一座寺庙是稳赚不赔的事。寺后酸枣门那片菜园，是清静所在，偌大一栋房舍专供智深一人居住。智清所说的那一帮偷菜泼皮，现在都低头耷脑给智深当了徒弟，进到菜畦里也不必安上一个"偷"字了。光天化日下，泼皮们只管拿着柳条筐子进去割菜就是，换得些酒钱后，会给智深打发一些。

　　菜园里过起日子来，智深觉着，活赛神仙。大蛆小蛆两个泼皮整日端茶倒水前后伺候着，还不时问智深，师傅呵，要不要找个小娘儿们。智深便摆出一派俨然神情，说，大蛆小蛆，再说这不着边际的话，还将你俩踢到粪窖子里。大蛆小蛆就噤声了。智深初来那一天，两人还想左右抱脚，把智深扔进粪窖里，给他个下马威，哪承想智深的两条腿好似生根抛锚一般纹丝不动，反过来，将两人踢进了粪窖。两人爬出来后，在一帮泼皮当中威信立时扫地，气色见衰，还各自落得个新绰号。

　　那日智深结识了一位汉子，姓林名冲。这汉子看见智深挥舞禅杖，六十二斤重的铁器，被他舞得水泼不进，但见漫天影影幢幢，不知禅头禅尾各自所在。汉子站在围墙一处豁口上，叫了一声好，却又说，只是舞得太过花哨，有如杂耍，上不得阵仗。智深见这人出语狂妄，看看那人面相，焦黄肤色，病恹恹的，虽然目光炯炯，倒像是肝火虚旺烧成的。智深请他进到园子里过几招，那人也不推辞，一个筋斗翻了进来，拿过大蛆手中的长枪。过得几招，这汉子功夫果然了得，但智深觉着，他的招式挟着一股阴恻恻的风，让人浑身不舒服。三五十招过去，未分出个高低，汉子手中的枪，被智深斫断几支，震得他虎口发麻。汉子有些不快，说这些挑柴烧火的兵器，不称手，即便有浑身武艺也使不出来。改日把祖传的镔铁长枪带过来，再和你分个高下。智深对这汉子一身武艺钦佩得很，请他坐下来喝几盅，嘴头上再拆解几招，把这瘾头过足。那汉子倒是愿意坐下一叙，但嫌智深的酒水太浊，闭着眼也喝不下去，两人聊得意兴索然。墙豁口上忽然冒出个人头，是林冲的家丁，跑来告诉林冲，有人在庙前调戏他老婆。林冲赶紧站起来，问那边有几个人。家丁说，只看到两三个。林冲告辞了智深，跳出墙豁口往出事地方飞奔而去。智深怕他落单吃亏，就叫了大蛆小蛆及一众泼皮，操持着枪棒，一同往庙门奔去。

到了地方，林冲自个已经把那几个调戏他老婆的家伙撵跑了。智深上前去睃了林冲的老婆一眼，登时整个人都傻了。他仿佛在哪里见过这个女人，细细想来又是不可能的事。他自问，这女人，一脸的观音样貌，莫非是在哪处挂画上见过？他记得很小的时候就听村里人说，乍看见一个女人，不光顺眼，还老让你觉着以前在哪见过，这，就叫缘分。但眼前的女人，已是林冲的老婆了。女人算不得年轻，也算不得超凡脱俗的漂亮，但她那样貌，像一枚钉子揳入了智深眼仁子里，拔都拔不出来。智深有如发了魔怔，登时呆立在当场。

他张开口，忽然轻轻叫了一声，莲花！

那女人大是诧异，林冲警觉地瞥过来一眼，然后问，鲁兄弟，你是怎么得知贱内的乳名？智深这才回过神来，说，是你娘子的乳名么？我也不晓得，怎么顺口就念出来了，真是怪事。林冲古怪地看他几眼，也不便说什么，引着自己的娘子和智深认识。林冲的娘子姓张，名字不便道给旁人，只说是林张氏。智深作了个揖，心里暗自把女人的名字叫了几遍。

自后，智深和林冲时常在一起切磋武艺。当日智深无意中道出林张氏乳名，林冲心中也犯疑，隐隐不快，但看智深是个胖大和尚，面目憨直不带半分淫秽之相，也就不太放在心上。他是个嗜武如命之人，难得碰见一个武功持平的好汉，自然不会轻易放过。智深的武功渊薮驳杂，旁门野道的味重，却使林冲受益不少。一直以来，他就暗觉家传之学匠气太重，横平竖直不偏不倚，缺少的是几分自然野率，实战之中更是缺乏一股先声夺人的气势。

酸枣门那个菜园子弥漫着粪味，林冲说，一进去就头昏脑胀，那日几番被智深折了兵器，和这弥天的粪味不无关系。此后，两人的切磋大都在林宅后院。智深得以时常见着张莲花，少不了彼此寒暄几句。林冲身居要职，虽是武官，却为人斯文多礼，讲话轻言细语从不带脏字，全然一副书生作派。智深就想，张莲花能嫁给这样一个郎君，也算她的福分。只是，这张莲花的脸上何事成天价堆着愁容，眉头紧锁，心事重重？

有几回智深寻上门来，林冲出门了，张莲花会来门前迎接，客套几句，带他到后院稍事等待。正中智深下怀，去到后院，慢慢呷着茶水，和张莲花有一搭无一搭地闲聊起来。这日，又逢林冲出外，两人照旧去到后院。以前聊了几回，张莲花慢慢觉着，智深这人性情平直，貌似粗鲁，实则细微体贴，是可以说话的人，也就把这些年来不如意的事，尽数诉说给他听。这高墙大院中，时日久了，谁都会攒下一肚子哀怨。智深劝她，说人呐，既是活着，都免不了捱这冗长无聊的日子。有道是，事不遂意常八九，人能知心无二三。智深又说，林冲老哥是个万里难挑其一的好汉子，你嫁给他，虽不说从此就享尽清福，也是郎女相当鸾凤和鸣的美事。张莲花嘴角一歪，噗哧一声，苦笑着说，纵是好汉，与我何干；纵有一身武艺，又能如何？官大一级，便能压得他忍气吞声，不见半点丈夫气色。智深说，官场上谋事的人，多有几年，都会得来些摸凉水怕烫着的脾性，也要体谅才是。身为男人，谁又甘愿吃受这些鸟气？都是身不由己呵。张莲花依然叹气，说，你倒是他的好兄弟，处处护着短，要体谅他，可会体谅我么？他这人爱惜枪棒武功，倒远胜于体贴我的心思。难道不是么？前几日到哪里买得一柄腰刀，竟然点着灯把玩一个通宵，口里还啧啧地称赞，好刀好刀，便宜划算。依我看，那柄刀与我之间须择其一，他定会毫不犹疑地舍弃我的。

智深说，阿嫂多虑了，人哪能与什物相比？张莲花就说，别阿嫂阿嫂地叫着，多听上几回，仿佛我已老大年纪了似的。以后，旁边没人，叫我莲花就是。还有，我也不叫你和尚哥哥了，老长一串。不如把"和尚"两字去掉，你看怎样？

智深看着张莲花一双杏眼，已经变得幽幽怨怨，定定地看向自个，心里一紧。智深纵是再冥顽不通窍，也感受到与张莲花之间，有着什么东西正潜滋暗长，搅得他心头发怵。这难道，就是常人所说的男女之间的欢爱之情事么？智深呆钝地想着这事，揣摩不出是哪种滋味。这时，两人相互觑了一眼，忽然彼此神色都凝重起来，老半天讲不出一句话。

恰好这时候林冲回来了，张莲花转瞬间回复了端庄持重，轻轻摆动着腰身，走出去迎她的夫君。

智深在后面，随着她腰身的扭动，心头一漾一漾。他腾地冒出一个想法，要是自个没当和尚，这张莲花也未嫁之时，就得以相认，那真是……回过神，看看空荡荡的林家后院，听见林冲的声音远远传来，智深又暗骂一句，孽障，怎就萌生了这等龌龊的想法？岂不知，前朝有个叫张籍的，也看上了别人家的老婆，还明目张胆地写了两句诗述怀，道是"还君明珠双泪垂，何不相逢未嫁时"。要是智深晓得有这两句诗，就不会过于自责了。男人心思，往往差不去许多。

林冲走到后院时，阴沉着脸，焦黄面皮看着有些发乌。他叫老婆回后屋做事，自个坐下来招呼智深，看看石桌上有两个茶盅。他仰脖把张莲花先前用的那盅茶饮尽，再抬起头，眼里闪起寒光，透出几丝杀机。智深虽是个钝人，这下可看得真切。再切磋武艺，言语拆解招数，林冲压不住火，一招招道出来的全是冲人命去，欲置对方于死地。智深勉强应对着，心下里异常敞亮，晓得这个地方，以后再也不能来了。

打那以后，智深自顾看管菜园，终日跟那帮泼皮徒弟饮酒，来了性子，就在菜地里捉着一棵棵怪柳发脾气，苑小的连根拔起，苑大的一禅杖拦腰打断。他的一干泼皮徒弟，见智深这阵癫狂得很，哪敢去问缘由，都老远站着浑身筛糠。

智深其实是想起张莲花了。直至认得她以后，经过几番交谈，智深相信这才是自个梦寐以求的那个女人。丁小莲也好，金翠莲也罢，这时已成一团模糊的影迹了。以至智深自个在静夜中暗骂道，你这厮，凭空想想女人，还在挑来拣去，朝三暮四。

忽然又笑了。他想，我又哪曾真正得到其中任何一个女人？既然是空想，何不把她们三人一并记起？但头脑里，依然只有张莲花的身影，别的两个女人，已如两缕轻烟，在记忆深处飘来荡去。他这才领受了思念一个女人的厉害，并得来体会：以前想着金翠莲时，常常一并想起丁小莲，同时想起两个女人，智深并不感到如何煎熬；而如今，他整个脑袋里面，所有心思里面，只装着一个女人。这才是可怕的事，尤其可怕的，这女人还是林冲他老婆。

野猪林

这日张莲花的丫头锦儿忽然来寻，从墙豁口跳进来，把门拍得震天价响。待智深穿了衣服开门，锦儿满头是汗，说是家里出了大事，林夫人托她捎来一封书信，要他马上拆看。智深哪认得字，叫大蛆到街上牵来一位代写书信的穷秀才，把信上的字念出来。

说的是林冲遭人暗害。原来那日买宝刀，竟然是仇家设下的局……智深想不明白，就问那穷秀才，一柄腰刀，何事成了别人设的局？穷秀才把信笺仔细看得几眼，便说，说来话就长了……智深喝断他说，话长就绕过去，拣重要的说。

林冲既着了奸贼的道，已被刺配充军。张莲花估摸着，仇家半道上定会要了林冲一条性命。她思来想去，只有请智深出手救人。智深赶去府衙时，林冲已经和两个押解的衙役出了城，上了去沧州的官道。

智深回到菜园，把一帮泼皮徒弟找来，拿个主意。这帮泼皮也是多年走道，风口浪尖上掠过水的老麻雀，稍一合计，就能断言，去往沧州的这一路上，最险要的莫过于野猪林，多少好汉子枉死其中。

智深叫了一个泼皮带路，去往野猪林。去往野猪林有三日的脚程，智深心急，虽是两百多斤的肥人，也一路走得飞快，不两日便赶到了。一路上，带路的泼皮叫苦不赢，智深只好时常把泼皮挟在腋下走，泼皮只需用手指比划，指明左拐右拐。林冲和那两个衙役还见不着踪影，智深便让泼皮就近买来酒菜，在野猪林里坐等。

到第二日，阴风乍起，一天暗云涌动，雨却将落未落。林冲和两个衙役远远走了过来。到了树林子前面，其中一个胖头疤面的衙役说，林教头，走了几个时辰，日头焦毒，不如到林子里头歇歇凉。林冲抬头看天，说，老哥你是说笑话了，这天上哪来的日头？另一个瘦衙役说，你他娘的，我哥说有日头就是有，让你歇息，还亏待你了？

那是那是，两位小哥苦心。林冲浑身早没了力气，脚上被水草鞋打得尽是燎泡，借着话头赶紧说，是呵，避过这阵日照，再上路不迟。他蹲进林里，找一兜树就靠着坐下了。瘦衙役说，不是那兜，那兜树没碗口子粗，拴不牢牲口；换那兜足有一抱粗的松树，靠过去。林冲哪敢争辩，说那好那好，有道是树大好乘凉呵。便离了小树，往大树那头挪去。胖头疤面的衙役咧嘴笑了，说道，兀那撮鸟，便是要死，也要硬起嘴壳替自个讲宽心话。说着，他掏出一把棕绳，要绑住林冲。趁两个衙役忙着往树上绉人的时候，智深支使着那个泼皮，分派下来，自个去对付胖头疤面的衙役，瘦子留给泼皮打理。这边，智深陡地冒出来，只一拳当头掼去，就把胖头疤面的衙役放晕在地。泼皮手脚不够气力，一棒头敲去敲得瘦衙役满眼泛起星光，却没有立时倒地。瘦衙役伸了手和泼皮死掐，在地上揉来揉去。智深跨几步挨近那两人，捉起瘦衙役举到半空，往下一磕，那人就软作一摊泥，没了知觉。智深乜斜了那泼皮一眼，说，也是个没成色的。

林冲还没回转过神，智深就把事情做下了。林冲翻着眼睑，说，鲁兄弟，这是作甚？智深说，作甚？这一对奸尻小人要在这林子里取你性命。林冲说，光天化日，再者我跟他俩素无冤仇，他们害我作甚？智深说，我的呆哥哥哎，真是死脑筋，既然要做局子套你，肯定把你往死里整了，才落得仇家安心呐。这道理都想不通透，这些年怎么当官的？林冲还是不信，说，这一路上，两位小哥对我还照应，厮混了几日，彼此少不得有些交情，哪能动手？智深说，你这就是胡诌瞎话了，他们拿开水烫你，又拿了新鞋要你穿，也是对你好？非要看到这俩撮鸟的水火棍朝你头上照应，才肯信是不？早晓得这样，不如刚才袖了手一旁看好戏，让你也死个明白。智深说着，抽出刀要把枷锁劈开。林冲脸皮倏地又白了，说，使不得，我是戴罪之人，枷上落着官封，到地方检查到破损，那我罪孽就大了。智深说，还到什么地方？我给你敲开镣子，撒劲儿跑啊，找个山头落草，不再遭受恁多鸟气。林冲说，使不得，我既遭人冤枉，半途逃脱，那岂不是一辈子也洗不清了么？智深说，见过呆子，却没见过你这么呆得厉害的，枉费了我妹子的一番苦心。林冲这时耳朵却尖了，说，你哪来的妹子？

智深不说话，提起禅杖，亮出钝的一头要往衙役脑门子上砸去。林冲啪地就给智深跪下了，说，鲁兄弟既然要救我，就暂且留这两人性命，让他们把哥哥打发到沧州，再要怎地，就随你便了。智深收起禅杖，说，你现在昏了头了，净说胡话。我缓一缓再动手，你先坐那里想明白了，再告诉我，是跟我走还是去寻死。

林冲依旧坐在那苑松树下，一脸惘然，想不出个所以然。过得不久，他又走过去在两个昏睡的衙役身边踱着圈子，手时而比画成刀状，做起宰人的动作，时而又收回去，拳起来捧在眼前，犹疑不定。他定然是在跟自个说，杀，还是不杀，这他娘的真是让人煞费脑筋。老半天，看着两个衙役差不多要醒转过来了，林冲拿定主意说，我这带刀闯内衙的罪，不过判个几年时间，杀了这两人，那我就得一辈子亡命，不划算的。鲁兄弟，回吧，他两人醒来，我自有办法对付。

智深见他愚顽透顶，也不再劝，只是说，偌大个人，生死都是自个的事，你看着办吧。说完，智深带着泼皮往回路上走。泼皮本来从胖瘦衙役怀里各掏得十两黄金，又被智深夺了过去，仍然囊入衙役怀中。

两个衙役醒来，摸脑门看天，搞不明白发生了什么事。再一看，林冲还在，依旧坐在树底下，一派杀剐由人的神情。胖衙役就问，林教头，我俩何事躺倒在地？

喔唷这位差哥，难道忘了？林冲煞有介事地说，刚才，你俩刚扶我坐下，天上两坨怪雷突然劈下来，忽闪忽闪，圆不溜秋，浑身赤色，不巧落在差哥头上，登时就让差哥昏了过去。我看着着急，估摸这怪雷是要劈我来着，也怨天路遥远，这两坨雷砸下来，偏了几分。胖衙役说，是么？他敲着脑袋，一点记不起来。那瘦衙役明明记得和一个泼皮模样的人死掐在一起，醒来一想，晓得这林冲被哪个高人暗中护着，不敢戳穿，和着林冲的口风说，天上刮风哩，落个东西下来哪能不偏差？林教头，砸了谁也不能砸了你呵。林冲作揖说，哪里哪里，薛差哥真个是宅心仁厚之人呐，日后必得善报。

去沧州还有半个多月的路程，两个衙役再不敢造次，好生照应着林冲。

智深与那泼皮回转东京，就寻林冲府而去，只见大门紧闭，拍了半天，不见有人应门。小蛆去打听一番，才晓得，林冲发配之前，竟然写了一封休书给张莲花，许她趁着年纪尚轻，不妨再醮一回，另找一名如意郎君。张莲花拿着休书，回了娘家。智深本打算寻到林冲丈人张教头府上，一想委实不妥，日前在林府，林冲就对自个起了疑心，而今张莲花刚被林冲休掉，马上寻上门去，那张教头又会作何想？想至此处，智深不禁吐了吐舌子，心说，唉，现今怎么也变成个缩头缩脑的人了，即便身正，竟也怕影子斜呵。张莲花那里，到底没去。

过几日锦儿忽然来到菜园内的廨宇中，叫智深跟随着她，去到一处所在。坐驾马车跑了半个时辰，到得郊野傍河的一爿酒肆，张莲花已在阁楼上等着他。见到人进来，张莲花就脆生生地说，哥哥。智深看看她，脸带欣悦的神色，便正了正色，说，张家妹子，近来还好？张莲花痴痴看他一眼，拣张椅子坐了下来，说，和尚哥哥，哪能好得起来？这番找哥哥过来，只是想道个别。智深就问，要去哪里？张莲花轻轻咬着唇说，能去哪里，就去哪里，我这样的妇人家，几时真正遂着自个的主意？智深听不明白了，怔怔看着她，头脑里翻找不出什么话来。这时张莲花递来一枚纸笺，说，你看看，官人临走时候写给我的。智深说，这不是拿我好看么？明明晓得我箩筐大的字认不得一斗。

呃，这个我倒忘了。张莲花又说，我家官人把休书给我的时候，还顺便给我一把尖刀和这封书信。那日陆谦把他诓去，高衙内就进到我的房内。官人醒悟过来，及时回到家中，让高衙内不能得手。自那以后，官人每日五心不定，反复问我，有无被那贼人玷污了身子。若那次我真的保不了身子，官人说不定早一刀落下来，把我当鸡子一样宰了。他休书虽写着任从改嫁的字样，若果我真就再醮一回，他又如何拉得下这份颜面？所以，临走他递给我这把刀，又在信里头谈起贞德节烈之事，官人的意图，不就是哥哥头上的虱子，明摆着么？

智深摸了摸秃头上的油皮，复又一拳擂在桌上，搅得阁楼摇曳，尘埃震落，楼下吃客抬了头朝楼上一顿喝骂。智深说，这个呆头鸟，杀仇家又不敢，杀老婆却狠得下心。

哦？张莲花眉头一绽，看着智深，说，哥哥的意思，还是叫我别死？智深说，那当然，死了多没意思？叫个和尚念一通往生咒，其实哪还往得了生？生就一次，命只一条，哪能他说个三言两句，你就真把刀子往胸口扎？张莲花说，那好，哥哥，你能不能带妹子远离这个伤心地方？

这这这……智深一时语塞，愣了半锅烟工夫，才说，我是个和尚。张莲花立时就明白过来，收敛刚才不经意绽露的脸色，说，呵，原来哥哥还是个和尚，我仿佛这时才晓得这回事哩。智深说，妹子，你刚遭逢变故，有什么心事，搁上几日等它冷下来，再做定夺不迟。

晓得了。张莲花凄然一笑，说道，我不会轻易就去死，官人的意思，也不会句句听从。再说了，死后听哥哥一遍一遍念往生咒，耳根依然不得清静呐。智深听她把话说得豁达敞亮，稍稍放下心来。下了楼，两人分了头走，各自一边。

半夜，大蛆忽然来报说，前面道上有一拨差人奔这里来了，个个手里拿着刀械，看样子是对师傅不利。智深一翻身爬起，一想，必是高衙内闻见什么风声，要对自个下狠手。智深从来都是四处游走的脾性，酸枣门外这个菜园虽好，却也不留恋，他将包袱随手一卷，也没几件家什。临走，脑袋一热，回头看看。他往廨宇里头放一把火，看着火焰和烟子蹿起来老高了，他呵呵一笑，这才从容离去。

逼上梁山

这以后好些年头，智深漂泊不少地方，难得安顿下来，找个居所住上一年半载。直至上得二龙山，满腹心事仍旧定不下来。这个小山头他住不适，时常想起五台山来。五台山上，往山前山后看去全是莽莽苍苍一大片。

这个小山头，横竖不是久居之所。智深结交得两三个兄弟，酒后把长短话一说，也觉着没法交心。施恩道是青眼彪，乍看有几分人样子，呼前拥后对智深煞是恭敬，但智深瞧着这人眉心之间时常泛着阴狠的青白色乖戾之气，便晓得他是个上不了正道的角色。曹正倒是质朴厚道的一个杀猪匠，把酒说几句醉话倒也无须提防，但那拳脚功夫，还比不上死鬼郑屠。

另有一个，便是行脚僧武松。早几年智深就听人讲起这人打虎杀嫂的事迹，说快书的早拿他的这些个事编了段子，坊间巷里到处传唱，倒也是个响当当的家伙。但智深看着这人浑没好感。武松脸上刺了青字，于是披散头发，一张长脸隐在两片搭布一样的垂发下面，阴恻恻的，成日吊起个脸，远远瞅见，不晓得是人是鬼。

那日武松、施恩下山去了，曹正跟智深把住寨子，晚上喝酒，又扯起武松那些七七八八的旧事。智深说，能打虎的角色自是好汉堆里冒得起尖的好汉。只是这人过于阴毒嗜杀，偏偏又弄成个行脚僧装束，我看着眼里聒噪。他杀张都监蒋门神，也算得痛快，只是何必顺带着杀了张都监家里十几口？连几个使唤丫头，甚至连看门的狗都不肯放过。

曹正说，那时杀得眼红，血性子激起来了，哪顾得上那么多？

呃，你倒是揣摸得着他的脾性。智深说，另有一件事，着实奇怪：他杀他那个嫂嫂，叫潘……潘……

曹正接话说，潘金莲。

对对，潘金莲，怎么女人都爱往头上安一个"莲"字？那也怪不得她们。智深又说，杀了便杀了，替兄报仇，占着几分道理。只是，听人说，临杀之前他把潘金莲一手把拎到桌上，剥开了胸前汗衣，袒露出胸乳，看了几眼，两眼是血，再阴鸷地怪喝一声，把刀子搠进去。你说你说……

呵呵，那是那是，听哥哥这么一说，倒想起来了，是有些不像话呵。曹正说，天地人伦，小叔子剥了嫂嫂的衣服，还找了一帮闲汉一齐掠阵观看，这情形这事体，你说，呵呵哈哈……曹正脑子里再次浮现出武松当日杀嫂的场面，纵是没去当场见过，却也感到背脊上忽地一凛。

独证菩提

之后，曹正又想起来，自打上得二龙山，武松暗地里对智深也不肯服小。武松与智深同庚，只是小些月份，并自认为拳脚远在智深之上，却屈居次席。上山以来，武松也私下里邀了施恩、曹正喝几回酒。曹正这个人乍看去四平八稳和气生财，谁见了他都不惮说出心中所想。好几次，武松稍稍喝多了，就说曹兄弟，你说你说，他鲁达一个胖大和尚有什么能耐呀，只不过打死一个杀猪的，就敢在人前充头领。我呐，我可是赤手空拳打死一只吊睛白额的猛虎，这个这个，我都不说了……

　　曹正就应了话，说，那是那是。这倒是曹正一贯的口头禅。

　　武松看着曹正点头，愈发来劲，说，听人说，什么三拳头打死郑屠夫，都是这老鲁自个瞎编的，根本不是那回事。当时，两人抱成一团满地打滚，轮流骑在上面，互相捉住对方脑袋发髻，往地上跄。这智深刚吃了一顿饱饭，而那郑屠刚给熟客剁得几十斤肉臊子，浑身犯困。智深占得先手，跄起郑屠的脑袋使得上劲，三下两下把郑屠跄昏了，再一顿拳打脚踢，打得郑屠不晓得喘气。

　　曹正听得将信将疑，说，我说呐，三拳就打死一个人，倒真当他拳头有盂钵大了？好歹那汉子也是杀猪出身，能支棱起一颗脑袋任你拳拳都打得那样爽快？

　　就是！武松说，我最看不得给自个贴金死要脸面的人了，长头疮就长头疮嘛，偏说是开了天眼，搓泥垢丸子也硬说是活舍利，本事全赖一张嘴。

　　而今，智深说起武松，也是一大堆看不惯，曹正一听也蛮有道理，脑子必然就有一阵瞀乱。稍微清静一阵，曹正脑袋就唰地豁亮了，晓得这二龙山去不得长久，常言说一山不容二虎，何况两条龙。只是，曹正看不出两人操家伙干起来，到底谁个厉害。权衡再三，如若拿以前在瓦肆里遛狗碰彩作比，曹正就觉着，把银子押在名唤"武松"的这条狗身上，似乎要稳妥一些。

曹正老早瞧得出来这二龙山气候不长，只是愣没想到，败落竟然是转瞬的事情。稍后几年，二龙山邀得桃花山、宝珠寺一块打下青州城，杀了人放了火掠得财物，做下一票大买卖，个个大王都欣喜若狂，这才明白一桩道理：做强盗分散不如合拢，人头啸聚得越多，就好比商贾人家本钱滚大，到时候得的利也就更大。正逢梁山泊来人邀约众人入伙，几拨子人心思一下子便飞动起来。原先占据的各处山头，山不高地不广，虽有险关要塞可以守住，但毕竟有旱路直通，哪比得上梁山泊山环水绕，攻守皆宜。

那晚上各路人马在青州府里喝出个酩酊百态，又受宋江派来的人一撺掇，顿时个个血往上涌，以酒盅敲击刀鞘，府庭当中一片乱响。一众好汉高呼，上得梁山泊去，要干便要攒一份大家业，那几个撮鸟样的小山头，一把火烧了干净！酒喝完，把酒盅一砸，众人铁了心这么干。智深吩咐施恩、曹正连夜赶回二龙山，能搬动的装车搬走，余下的，任凭一把火吞尽。

施恩半途去寻一个相好，曹正只得一人领着些许喽啰去到二龙山旧寨。曹正前后走走，左右看看，硬是下不了手，心中直念，造孽呵，败家精呵。坐了一晚，待到天上泛出亮色云朵，到底一把火把寨子烧了。

梁山泊是一个大去处，堪舆师老早便说了，此间有龙盘虎踞之相，谁若占得此山，称王封侯，遍列公卿，都是指日可待的事。大去处自然多了几套臭规矩，宋江一个押司小吏混到首座，唯恐手下一众好汉不服，三两日立一条训令，过两月又轮换职守，搅得一帮好汉成天价昏头胀脑，瞻前顾后，待得有时间歇息，只想去喝酒解乏。

三山聚起来的十几条头领，首先在泊外大店整点行装，之后来了个高个，说是叫摸不着头脑杜迁，当着众好汉的面展开一张黄裱布，讲了老大一堆条条框框。一众好汉一听傻了眼，看这阵势，全不是当日青州府庭里那几个嘴皮精说出的撺掇之辞。这才忆及原先各自占山称王的逍遥日子，待扭了头往回走，便想起，那山寨早就成了一堆堆灰烬。这宋江的厉害，端的是下马施威，当头敲棒。

智深看看左右一众人等，平日个个吃雷公吐火闪，杀人掠货无算，但到得这境地，都做出哑巴样，忍气吞声。智深陡地从人堆里头闪出来，扭住那摸不着头脑的高个，往地上一扔，竟然称手得很，一点不见挣扎。智深怪笑一声，说，原来是个草包，倒真叫人摸不着头脑。说着，智深从地上拾起黄裱布，哪识得字？他两手捏住稍一用力，布便丝丝缕缕地松散开了。摸不着头脑躺倒在地，指着智深骂道，你这贼秃，敢撕了宋大王的圣旨。智深一听差点笑没了鼻息，他说，这尿布片儿，原来是你家大王的圣旨？也太小家子气了，好歹扯上几尺绫绸，做得有模样点呐。摸不着头脑还要骂腌臜话，另几个人便围了过去，蹴鞠似的，又是一顿乱踢，直至摸不着头脑只有气力呻吟，再也骂不出脏话。

智深说，叫你家大王过来迎接，要不然，一把火把你梁山泊也烧了。我把自家烧了前来入伙，一片赤诚，却敢跟我使绊下套，欺我没有后路怎地？摸不着头脑哪敢还嘴，双手捂住痛处，上了船奔泊中央的梁山而去。好半天，那边又来一人传话，说上山的诸条规矩暂时免了，但宋大王罹患腿疾，不便下山来迎，还请众好汉去到聚义厅相见。

智深又说，这个大王滑头滑脑，也是软便欺硬便怕的孬汉，上山还要讨价还价。再一想，确实也没后路可退了，不便在上山的事情上搞得太僵，便领了众人上船。船行在水泊上，智深一看，卖狗皮膏药的还有他那个花鬼弟弟，两脚筛糠似的扑棱着响，鼻尖沁起黄豆粒般大小的汗珠。智深好心问一句，怎么突然生病了？也太娇嫩了些吧，就跟当年林冲老婆似的。

两人不搭话，只是埋怨地盯了智深一眼，脸上竟然都失了血色。

聚义厅上的气氛有几分浓重，宋大王个矮脸黑，却一边站着摸不着头脑，一边站着丈二金刚宋万。还有别的几个人，脸上不绽半点笑容，浑不似兄弟相见时该有的样子，一只手还搁在刀把子上。上山的这一堆人物，早有几个原地站着不往前走了。这气氛剑拔弩张，稍有什么动静便免不了一场恶斗。

智深也不是个钝人，本应瞧得出来这势头不对。只是，他一眼瞥见，那宋大王左手一侧不远处挎刀站立的那个黄面皮高额头的汉子，不正是多年没了音讯的林冲吗？智深一时只顾着高兴，哪还把旁边的人看在眼里？他高叫一声，那不是林冲哥哥吗？说着已经出离队列，三步并两步跨上前去，转眼已经到得林冲面前。智深一时顾着高兴，张口就问，自上次匆匆别过，转眼数年，也不晓得莲……阿嫂随哥哥上得梁山没有？

林冲一张黄面皮煞地泛起黑红颜色，诸色杂陈一处，最后调和成猪肝色。他把脸稍稍撇向一侧，只字未答。两拨人忽然一齐爆笑起来，寻思这胖大和尚无怪绰号花和尚，果真花得不同凡常，这样的场面之上还一心惦记着别人家的老婆。

随着这阵爆笑，场面上气氛就缓和下来，宋大王顺势说了几句客气话，两拨人便把手从刀把子上撤了下来，合作一拨，互相捉住，兄长弟短地寒暄开了。宋大王命司厨到后院放倒几头粗口架开锅炖了。到暮色起来的时候，肉香如涟漪般四处溢开。待吃了肉喝了酒，彼此的戒心全放下了，拉钩击掌，发誓这以后同生共死，见财均分，把这无本买卖一天一天做大才是。

有条汉子找智深碰了一杯，附着耳朵告诉他，林冲的娘子早几年就死了。智深脸色甫变，只是酒喝得多了，酡红颜色遮住了这一变化。看看那人，晓得也是早些时日上到梁山的好汉，却叫不出姓名。他问道，怎么个死法？汉子说，听得林教头自个说，他家娘子叫高俅那假儿子掳去了，受不得羞辱，解了绦带在房里头吊死。智深又问，那林教头又如何得知？那人搔搔脑袋，说，那就不晓得了，死的又不是自家老婆，哪问得那样清楚？智深也就不问了，只管喝酒。

梁山泊的日子果真不是以前想象的那样，时日一长，宋大王的规矩又像藤条缠树一样，软黏黏地往人身上缚，防不胜防。刚上山时，众弟兄还能靠在智深一边，如若当天果真在聚义厅前拔了刀，一干好汉都不会含糊，但时日一长，再想闹，就闹不起来了。宋大王暗地里杀了几条不守他规矩的家伙。待到吃饭时候众好汉端着碗相互敬酒时，数数又有人不见了，心下里明白，哪敢说出来？一身英雄气，被这宋大王的手段慢火炖肉似的，渐渐消磨掉了。

这智深没被杀掉，众人也奇怪得紧，暗自捏着汗。早就有人跟宋大王说这智深可不是个清静角色，醉骂起来谁都不放过。宋大王脸黑心黑，奇怪的是，却把智深一直包容着。他说，这贼秃没几两心计，醉了讲几句怪话，碍不着大事。防人就得防那些皮笑肉不笑，阴着使坏的。

多有些时日，智深看得出来，这梁山泊也是个苍蝇集秽，蝼蚁集膻的所在，纵然忠义堂前装模作样搁了两尊獬豸，却不过是青石雕琢的愣疙瘩，哪又分辨得出忠奸顽愚？这山上的日子，智深过得厌烦。

宋大王攻掠下官宅府衙，从来都是杀光男丁，把年龄适宜的女眷掳上山来供众人淫乐。智深看得眼烦心躁，以前在二龙山由他拿大主意，可容不得手下喽啰干这等败坏名声之事。某日智深在聚义厅前斥骂这事，众人对他怒目相向。那宋大王却阴着脸赔笑地说，小花讲得也蛮有道理，我看，以后就把掳来的女眷按人头分下去，许下名分就是，再到丁册上记一笔，也算立据为证。各自用各自的女人，也防着癣股疾患相互染罹。

智深被宋大王一颗软钉子撬了回来，目光杵来杵去，却一时口拙。事后一想，宋大王换汤不换药，滑溜溜地搪塞了过去。

智深闲来无事，爱坐在梁山高处一座孤峰上面，那里生得一棵老树，布下荫凉。智深以前在五台山禅房里头坐不住，但在这峰顶，在老树下面，却能安下心来，一坐就是大半天。有时闭目养神，有时放眼看看对面坡顶的浮云，还有一些自由去来的鸟雀。大伙聚在一屋的时候，他话说得越来越少，让宋大王越来越觉着省心、安神。

有时，众人在那座峰下闲聊，偶尔抬头瞥见智深游目远眺的神态，就拿了林冲调笑说，你看你看，那胖和尚又在想你老婆哩。什么豹子头，分明是乌龟头嘛，呵呵哈哈。

林冲一向惯于忍受。他强捺火头，平抑着语调说，诸位兄弟，贱内死去多年，别再阴损她了，让她在黄土之下也清静清静吧。

与莲花重逢

虽说智深封得个步军正将，腰牌上契刻着虎头标记，却从来都懒得去调教手下一帮喽啰。遇到晴好的日子，智深一概坐在那苑老树底下，漫无目的地看向远处。稍不留意，又打发去了好几个年头。

这日，智深拎了一壶酒正往峰顶上去，有个小喽啰来报，说是有一名头领邀他去后山僻静处说话。智深去了，却见是那尖嘴猴腮的鼓上蚤时迁。智深笑道，贼娃子，要销赃和尚这里可不是地方。时迁没作声，诡谲地一笑，跷起拇指指了指不远处更僻静的那片矮松岗，要智深进去说话。

平日里，智深拿这个时迁瞧不上眼。梁山泊营生大了，事务庞杂，便需要会各种手段的人物。若说穿堂入户杀人取物，真少不了时迁这号角色，宋大王都高看他一眼。其实，这梁山上让智深瞧得上眼的人物，还真没有几个。宋大王对外界号称有百把条好汉做头领，在智深眼里，大半都不是什么好东西。就说那卖狗皮膏药的重新操起诳人的本事，上了山后，重又摆出那几根牛骨头呛啷呛啷耍起来，硬说是自个徒手打死一只虎取下的虎骨，只是没像武松那样，当场找得着一伙猎户做旁证。这人虽然悭吝，却舍得使了银子给宋大王，想把"卖狗皮膏药的"这绰号换掉，想称作"打虎将"。这绰号武松李逵解氏兄弟都想拿到，再怎么着也不至于便宜了卖狗皮膏药的老李。没想那宋大王却在忠义堂上说，喏，这以后李忠就叫打虎将好了。堂上百十号人，一片愕然。武松李逵更是不干，跳将出来要和卖狗皮膏药的比个高低。

梁山泊上，尽是坑蒙拐骗的江湖把式，扰得智深时常心烦。

时迁拣了处树荫，四顾无人，这才招呼智深坐下。待智深坐好，时迁便问，花哥哥，我近来才晓得，你何事绰号花和尚了。自个先说说，一颗衲心里面到底装了几个女人？嘻嘻，林冲老婆算不算得一个？智深脸一变，说，贼娃子，我当你是办正事才跟到这鬼地方，有话就讲，别寻我开心。时迁乜斜一眼，说，和尚不是痛快人，念了几年啰唆经，说话也曲里拐弯了，还比不得张莲花，放着郎君不做念想，直截了当跟我说道，成日想着的只有你这和尚。智深耳根子一热，浑身如雷电蹿过，一阵酥麻。他晓得，这话时迁凭空编不出来。智深问，莲花妹子，她人还活着？时迁说，要是不信，你先看看她的这样东西。

时迁把手探进前襟，掏出一方丝绢，递到智深手里。智深展开丝绢，见一角绣得有莲花，以前却从未见过。智深说，信你便是，哪用得着这东西？时迁说，那又对了，这块破布可不是给你的，我得拿到林冲那里去，换几个银子。智深听着话里有话，追问一声，到底何事？

这个黄脸瘟神，我算看透彻了。时迁把丝绢收了回来，又说，十几天前，他忽然来找我，拽了我下山去喝酒。我晓得他有见不得人的事，要我偷偷地去做个了结。一问，你猜怎地？他说他娘子养在高俅府上，被高俅的螟蛉子霸着身子，已有好几个年头。这些年大伙只在附近几个州县行事，林冲把这事隐藏了，逢人问起，只说他娘子一腔贞烈，遇高衙内那厮污辱，干脆上吊寻死保全了名节。而今，宋黑鬼和高俅那厮勾搭上了，早晚招安降了朝廷。林冲先是力劝宋黑鬼不要受招安，宋黑鬼哪肯听？也说不定，把梁山泊闹出大动静，宋黑鬼原本就想去朝廷争个高位，走的是终南捷径。林冲怕众好汉都去了东京后，他娘子没死的事会败露，就央我潜进高俅府上，把他娘子一刀搠死，来得干净。

智深拎起时迁胸前衣襟，喝问道，你可杀了？

放手，放手，我说你先放手，才好说话。时迁说，和尚急了不是？果真杀了，哪还能寻着哥哥说上这番话？林冲许我一千两白银，外带一副他家祖传的金盔。我看着这瘟神出手阔绰，杀个女人事情也轻巧，便应承下来。前些日子伙了燕青去到东京，他是去会他那个老相好的婊子，我则去了高俅府。那院落真他娘大，孔明先生摆八阵图似的，转了半天，好歹把张莲花找着了。张莲花住在一处偏院，身边只一个丫环侍候。那娘子真叫那个漂亮，乍一下看去，滉漾得眼仁子生疼。我伏在梁上，眼怔怔看了半日，心想呐，这梁山泊掠来的女子算多了，大都出自官宦，细皮嫩肉模样标致，但哪曾玩过这般……

智深说，你这贼娃，该说的说，这些闲话留着跟你老娘说去。

和尚，也是个悭吝货，腰上别偌大一个酒葫芦，故意拿来馋人不是？时迁偏不急，拽过智深的酒葫芦，猛喝几口，又说，待到掌灯时分，那个侍女出去了，我跳到那女子眼前，抽刀便要搠死这女人。我伏在梁上时就告诫自个，下刀要快，犹疑不得——这可不是一般的女子呵，犹如《封神榜》里那个狐妖妲己，多看一眼便是神仙也下不了手。说来也怪，她抬头瞥了我一眼，我那柄刀子，自个长了良心似的，硬是不肯搠进她的身体。那女子见我这样，丝毫不见慌乱，只是问，你可是林冲支使来的？我只得点了点头，她就一个苦笑，说是这么多年，我倒成了他的一块心病。看来，若我不死，他一天都安不了神。我咬了咬牙，脑子里现出那一千两白花花的银子，这才重新擎起刀子。可是，和尚，有道是一鼓作气再鼓而衰，经过这一回合的心潮起落，我哪还下得了手？道上混了这么多年，我做活从来都手脚干净一诺千金，"信"字头上讨碗饱饭。但这女人那娇俏模样，让我多年信誉全都扔到犄角旮旯里去了……

智深说，你们这班鸟人，枉自称了好汉，杀女人却个个在行。

这有什么稀奇？宋大王就喜欢杀老婆，偏还杀出了好名声。他开了例，这梁山之上，杀老婆的事当然就算不得什么。哥哥生就一副爱惜女人的肚肠，在山上可不受待见。时迁说，那女人剔着眉毛，忽然问我，是否也是梁山泊上的好汉？我说是，她又问道，可认识我家智深哥哥？我一眼就看出来，那女人眼里流转着跟刚才不一样的光泽，轻盈盈地活泛起来。山上兄弟都说你心里装着林冲的老婆，我还不信，那时才知不是虚言。更妙的是，林冲老婆心头也装着你这和尚……

时迁还待往下说，就听见啜泣的声音。这么大一个和尚，杀人放火从不眨眼的人，真个哭起来，看着还怪别扭。时迁把酒葫芦递了过去，叫智深喝几口定一定神。智深喝完了酒，又问，往下哩？时迁说，她跟我说道，在这院里苟活了这么多年，你当我活得滋润？只是最近，老是梦见和尚哥哥，突然就站了眼前。当初在家中后院见着他时，也并无他想，后来见不着面了，却时常记得。这女人说着，身子软软地往椅背靠去，睁眼看天，一脸的茫无。过得好久，她直勾勾地看着我，说小哥，等会你把我脑袋割下来拿给林冲，是正事；另外，烦你搭把手帮个忙，挑我一只手也剁下来，带给智深和尚……我这也是一厢情愿，也不晓得，智深愿不愿看见我这只手。女人说着，便把一对手举了起来，眼神幽深地打量着自个的手，动情地问我，小哥，这两只手，好看么？那情势，浑不把我当作要取她性命的人。这女人一番说道，让我钦佩得紧。我跟女人说，我不杀你，林冲那份钱我也不要了。女人脸上却不见高兴，只是说，你这人随时变着主意，倒跟林冲好有一比。我要走了，她却叫住我，递给我这丝巾，说是能诳就去林冲那里诳几个酒钱，小哥，这一趟老远地来，也别白使了盘缠。那口气，认我是个熟人，倒认林冲是个冤大头。这女人，啧……

智深耐着性子听完，这才吐了一口气，说道，时迁兄弟，到时候，你跟林冲怎么说？时迁说，诳人还不容易？我就说人已经杀了，但女人临死一叫唤惊动了高俅府里的下人，我来不及割下人头，情急之下只拽着这块丝巾。不行的话，待会儿找些猪血羊血蘸在丝巾上，林冲看了，哪有不信的道理？他愿给多少便给多少。智深说，那用鹅血好了，羊血腥膻猪血粗糙，哪能跟女人的血合辙？时迁说，依和尚的，就鹅血好了。

后来听说，林冲对这事将信将疑，只肯给时迁一百两银子。时迁哪这么轻易打发得了，当即发起泼来，说你要不把一千两给个齐全，就把这事捅出去让众好汉都晓得，茶余饭后添个话头。林冲权衡再三，只得把银两给齐，那件金盔，死活赖下了，时迁作势饶了他。智深晓得了，暗自跟时迁说，你心肠可够黑，事情没办了，银两却一钱不少地挣着了。时迁说，林冲什么人物？这钱拿不齐，他反而要起疑，当那女人未死。我这般理直气壮，还不是让他心里安稳？智深一想也是这道理，叹了一口气，说，这梁山泊贼窝子里，谁都不是省事角色。

自打得知张莲花还活着，智深便心性浮躁起来，再在老树下看云，远远近近形状各异的云朵，统统沾染了张莲花的音容笑貌，于悄然不觉中透露了她的痕迹。智深心神不宁，度日如年地捱上一阵，终于下了决心，要去东京见她一面。他和时迁商量这事，时迁说，眼下可不是时候，待哪日宋大王和燕青去寻那婊子，山上众人心思涣散了，再下山不迟。

时机很快到了，宋大王带燕青李逵吴用等众心腹出了梁山泊，奔东京而去。这一去说是按了吴用的计策，让那叫李师师的婊子把当朝皇帝诱出来，拿住了问他讨个官职，要不然一刀把他脑袋割下来。按说此计隐秘，合着只能让几个主事的人知道，却不晓得哪堵墙漏了风，梁山泊上下，连挑脚喂马的杂役都晓得了。众人都说这宋大王真是求官心切，脑袋犯糊涂了，想出这等昏招。宋大王一走，山上好多人都没了心思，包袱一卷，偷偷下了山，另寻稳妥的安身之处。

智深和时迁傍晚时分进了城。时迁如壁虎一样爬上城垣，智深两百几十斤，只得往城门洞里面钻。时迁学了几招易容术，弄来一张连着发毛的头皮，让智深贴脑门顶上，系了头巾再戴一顶箬笠，混进了城。城门好进，高俅府邸深墙大院，智深要进去就犯难了。时迁说，待到晚上，我先翻进去把两个守后门的人一刀一个了结，再开了门让你进去。智深觉着这一来必定闹出动静，并不稳妥，只是找不到更好的法子。天还没黑下来，智深就寻到高府后门不远处，坐下来看看动静。不多时，后门处吮的一声，再吱吱嘎嘎地被推开了，两个守门人抬了一筐弃物抛到墙角。智深一看，那两人竟是大蛆小蛆。智深撮了个唿哨，那两人老远听见了，四下里一看，眼光最后落在那戴箬笠的人身上。

　　智深不费力气进到高府院中，先待在两人所居的耳房里面，扯了一通闲话。原来，那年智深跑掉以后，高衙内捉不着人，就把一帮泼皮闲汉捉去，个个一顿好打。泼皮们气不过，找来高衙内早年认得的一个遛鸟汉子，把高衙内诓到一处菜地，找来方便铲把他净身了。张莲花进到高衙内府上，时日一长多少能主几分事体。前些年高府要寻几个男仆，让张莲花打理，大蛆小蛆便去跟她说是智深和尚的徒弟，张莲花自是把两人留下来，做了门房。高衙内时常到得后院，幸好两人阉他时系了遮脸布，他认不出来。

　　当晚，子时过了，大蛆领着智深去到张莲花的偏房中。这事，小蛆酉牌时分就跟丫头锦儿通过话了。张莲花一直未睡，也不点灯，坐在窗前，搽了几遍脂粉，候着智深。智深进到屋里，借着窗子上如瀑般的月光，见张莲花正襟危坐着，神情显出几分漠然，让智深稍感意外。张莲花支使锦儿到外面注意着动静，而后才把灯点上。张莲花说，晓得你要来，倒比我预计的要快些时日。我每天都候着你，晓得你要喝酒，都备下了。她从桌底拽出一个食盒，拿出两只装酒的胆瓶，筛了两盅。酒筛好了，她也不邀智深坐下，一仰脖子喝尽了一盅，而后兀自一笑，说，这些年也得来些酒量，留待今日陪着哥哥。酒果然是个好东西，若不借着它，哪能捱到今日？智深过去，喝下另一盅，也不晓得是什么酒，醇烈无比，平日难得喝到。

智深憋了这么些天，原本在肚子里酝酿得好些说辞，见着莲花，却又懒得掏出来。沉寂一会，智深淡淡地说，张家妹子，今晚就随我走罢。张莲花痴痴地看了过来，娇俏地甩来眼波，说，上哪去？梁山泊么？智深说，什么狗屁倒灶梁山泊，我跟你另寻一个去处，耕田种地过日子可好？张莲花说，不好不好，早来几年，倒有这样的想法，这两年被酒泡着，人浑身没点力气，只想寻着懒散的地方安身。智深说，这次来，就是想搭救你出去。我跟两个徒弟说了，等下偷偷开了后门，一同走了清净。

何为搭救？要到哪去？这墙里墙外，又有多大的分别？张莲花摆出古怪神情，又说，不走了不走了，何必要走？这些天来，也只是想见哥哥一面，去掉心头最后一点念想。说来也好笑……我时常梦见你的，坐在个僧垫上，盘着腿一脸坐怀不乱的样子，浑身金光闪闪，眉宇间一股紫气萦绕。今日见着你人了，方才回过神来，哥哥也只是个肉眼凡胎的人呐。

智深说，别痴想了，难道真要个神仙来寻你，你才肯跟他走？

张莲花说，我本就不想走，也并非贪恋这地方。说来好笑，高衙内被你几个徒弟废了以后，沾着我身子也是没用，只叫他徒增苦闷。他晚上不常来我这厢，但这许多年，对我始终是百依百顺，只求每日能瞧上几眼。我思来想去，倒对他多少起了些好感，而林冲……

智深说，林教头是条汉子，一身武艺不掺半点假；那高衙内算得什么东西？泼皮出身，死皮赖脸去认高俅那厮做爹……

他这不也是寻一条活路么？这年头，杀人有杀人的道理，放火有放火的道理，他一条泼皮不要了脸面，又算得什么稀奇事？在你们眼里，林冲武艺高超，但在我眼里，那又有何用？当初我爹在他手下混事，硬把我嫁给他，这才得个教头虚职做一做。林冲一门心思放在武艺上面，说是要抱本守元，很少来我房里，哪管我是何等的寂寞？曾听人说，你们山上病关索杨雄杀潘巧云时，潘巧云却是一脸堆笑，斜乜着她男人，说，死便死了，跟你过一世，也不如跟和尚哥哥过得两日舒心……

智深说，哎，怎么又扯到个和尚？

倒是羡慕她，还好好过了两日，可以言于人前。我这一辈子，思来想去，这样的日子一个时辰也不曾有过。

正说着，灯盏哗哗剥剥蹿起了火花，张莲花剔起灯芯剪去一截，才让灯光平静下来。智深睃去一眼，张莲花姣好的脸浮在柔光中，端的有几分虚幻。智深想说些什么，到底没说出来。

张莲花又说，我晓得，哥哥说不定哪天得了顿悟，醍醐灌顶，立即就抛下了别的一切独自走掉。我一见着你，就觉着哥哥定是个自来自去转眼没了踪迹的角色。后面听了大蛆小蛆说起哥哥小时候的一些事迹，更印证了这样的想法。

智深说，听他俩瞎嚼舌头，哪有这等破事？不过，当年上门蹭饭的那和尚，满口莲花长莲花短，想来想去，端的就是说你呵。张莲花说，那蹭饭和尚又不是月老，所说的莲花与我何干？哥哥讲笑话了。

两人喝完了酒，天色微微泛白。张莲花执意不走，智深也不想多劝，只怪自个多事，着急上火奔来这里，却全不晓得一个女人的心思。大蛆见时候无多，过来拍响窗棂，示意要走便快些。智深临去也不多话，扭头最后瞥了张莲花一眼。张莲花却不作理会，自顾剔着灯芯，忽然一口气吹灭。

智障和尚

以后几年，梁山泊颓势日益显露，最终按宋大王的主意，受了朝廷招安。

招安之后，梁山泊上一干好汉再也寻不到安宁日子。朝廷哪容得下这一伙山野莽夫，但凡哪有贼人举事，哪有夷族犯境，一应点了宋江打先锋，梁山众贼先行上阵与敌厮杀。这边将领折得再多，朝廷也只是叫好。用高俅的话说，这便叫支使王八咬大鳖，谁死了自个发埋。

智深虽无奈，却也只能跟着宋江连年征战，见人杀人，见鬼灭鬼。杀人多了，钢刀卷了几把，心里不胜烦躁，发毛竟然又重新长了出来，胡子拉碴，也不去打理，一派颓唐破落的模样。看看梁山泊上的好汉，每转战一处，必然死去几个。这阵势，仿佛被人养在后厨的活鱼，想要吃了便摸出几个杀掉，慢慢消遣，剩下的，也就多喘几天气。

征方腊时损的好汉最多，一百多个好汉，转眼十剩三亭。

那日智深踅到山林密处想图个清静，在这山野之间歇歇气、养养神再归营不迟，却不想阴差阳错碰见个七尺多高刀脸虬须的大汉，着了便装，一眼看去仍旧气度不凡。智深哪管那么多，只顾抡圆了禅杖一杖打下去，把那贼汉打得个半死，再解下他自个裤腰带绑个牢实，提去见了宋江，一看，竟然正是方腊。

宋江大喜，跟智深说，智深师傅，你可是立了首功，有什么心思只管说来，一概应允。智深说，你说的可当真？宋江说，那还假得了？这么多人，俱是旁证，你开了口我若办不到，这头领便由你来当。智深笑道，兄弟们都死得剩不了几个了，当个头领，只怕是隔几日便光杆一条。既然你讲得真切，我也照直了说。而今万念俱灰，只想找个清静所在正经做几天和尚，别让这一辈子，徒沾了和尚的虚名。宋江大是不快，心下里也是一百个不愿意。智深逢巧捉了方腊，宋江知他是个福将；而今命途多舛，存亡留去用时无多自见分晓，在这当口，留得一员福将在身侧，倒会安稳一些。宋江万般挽留，智深却铁了心要找个地方做他的和尚。宋江前面把话应死，也不好反悔。

到得杭州，智深一眼瞧上了这里的山水风物，端的是个上好去处。于是寻了城郊的六合寺，愿意在这里做和尚，并立誓这次入得山门，自后不作他想，只求终老此处，为寺后添一尊塔。智深留下来了，武松也不想走，跟宋江道了个别，一心追随智深在六合塔里做和尚。宋江见武松一只手臂齐根断了，已是个废人，留着也不堪大用，就卖个顺水人情应承下来。

奇怪的是，宋江刚要开拔，那豹子头林冲忽然患上风瘫，半身不遂，想走也走不成，只好也把他留在六合寺，吩咐武松智深留心看顾。幸好三人离开之时，宋江分下来的这若干年的卖命钱有不少，足够三人在这里颐养天年。智深武松都是粗人，使了钱在六合寺里挑几个低眉顺眼的年轻和尚，每日照看林冲。

武松自到了六合寺，竟然一心向佛，虽不认得几个字，却舍得银两，佛经一挑一挑地买回来，成日翻看诵读。见着智深，他也时时劝说道，智深兄，天天喝酒可不是正事，不妨跟我一处读经，有了歧义相互切磋，才是正路。智深说，这不是拿我好看嘛，明明晓得我箩筐大的字认不得一斗。武松正色道，此言差矣，应该是斗大的字认不得一箩筐。智深自然晓得，故意说成这样。他嘴上说，武兄弟说得对，智深就是见识浅薄，心里却说，你这瞎眼头陀，假模假式，越装样子越是昭然若揭。

又过得几月，武松某日忽发神经似的，在禅房内高叫一声，满脸喜色，到后山能看着江面的地方，找见了智深，说，智深兄，今日得来一个顿悟。智深睃他一眼，说，说！武松就说，原来这条胳膊，竟不是方天定斫去的。智深不明白了，说，那天众人都看得真切，是方天定砍断的。武松说，那只是表相，里因却早在多年前定下了。思来想去，合着那年我拎起潘金莲那淫妇，用的是这只手，犯了戒造下孽根，早晚都要断去，要不然得不了正果。这是天意。智深强自按捺，才憋住满肚的笑意。他嘴上敷衍几句，心里却想，再这样下去，武松这厮是要走火入魔了——读了几个月的经，却悟出这般狗屁倒灶的道理。

武松央求智深写信给五台山，到智真那里讨一个"智"字辈的名分。他半道出家都算不上，在十字坡上得了恶头陀的衣冠穿戴，从此自称行者，却从不曾受戒度化，也没个正式名分。六合寺的和尚辈分都低，长老只混得个"悟"字辈，武松一想，在这里受了戒，名分定下了，那还不得把智深当祖宗叫？不合算不合算。武松觉着自个学养造诣早已在智深之上了，这一茬被他压着，不能翻身还是小事，日后如何能咽下这口鸟气？但若在那边得了"智"字辈的名分，可谓一步登天的好事，智深怎愿意帮这忙？

却没想到智深满口答应下来，他说，我道是什么事哩，却原来是求个名分。你也真是，信你写就是了，署我名字，智真老哥这人蛮好说话。

过得几月，智真来信，说在那边寺里做了一场法事，虽武松不在，也凭空度了他，记在"智"字辈上，赐名智障。这倒是合了两边心意的美事，武松的名头天下遍传，而今记在五台山的弟子名下，也能因人兴寺，平添几炷香火。智真的信上还说道，这智障一名得来，是指智慧之境人人皆想到达，只是这一路必然障碍频多，须下足了苦功勤于修习，方可排除障碍到达彼处。赐名智障，有勉励苦修之意。武松听得大喜，待六合寺做法事之时，把智真的信和记名牒拿给别的和尚看，并说道，以后叫我智障和尚便是。

智深每日只是喝酒，只是去到后山看向江面。江面平旷开阔，浅蓝水色直铺天际，惹得人心思翻跹，身不见动，却能体味神骛八极心游万仞之妙趣。林冲得了风瘫，成日歪斜着一张脸，躺在软椅上，目光呆滞地看着某处。智深去到后山，时常把林冲也背起来，一齐去到后山江边，放到一苑树下，说道，林兄，看看这钱塘江水，心里自会少去许多忧闷，比武松读经更有效用哩。智深带着大酒葫芦，自个喝一口，又把葫芦嘴凑到林冲嘴边，也灌他几口。

智深已经上了些年纪，再不是当年那个莽撞货了。智深话也多了，特别在喝了酒以后，却不是跟谁都说，只在林冲靠着那蔸树，看似睡去以后，才唠叨起来。如今，林冲已很少说话，智深觉着心底有什么话跟这瘫子掏出来，无甚大碍。有时候，他也跟睡去的林冲说起张莲花，说起两人仅有的几次会面，几番交谈。虽说口头上唤作哥嫂，心里却早就逾越了这层阻碍；虽说彼此心里沾着些灵犀，却从未越过雷池半步，男女大防，依然紧守。这样的事，又如何归类？若说有过失，过在哪里失在哪里？智深心里愚顽不清，只好趁林冲睡去，说给他听。林冲偶尔醒来，听得智深絮絮叨叨，如同自言自语的表白，依然假寐，怕闹得彼此尴尬。

忽然一日，智深一时头脑昏聩，鬼使神差说起了去高俅府上见过张莲花的事。林冲正好醒来听进耳里，暗自吓一跳，这才晓得张莲花不曾被时迁一刀搠死。林冲隐忍住了，作昏睡状，骗过智深。

另一日，智深去了后山，林冲坐在禅院后面一处花园里，见武松老远来了，便招呼说，智障大师，过来说个事。武松循声走到林冲跟前，说，哥哥今日气色不错。林冲招招手说，附耳过来，有些事情不晓得当说不当说。武松一看林冲眼底暧昧得很，知是有事，忙低头去听，并道，但说无妨。

林冲说，智深好几番跟我说，你即便再读经诵佛，却成不了正果，到六合寺也有些日子了，眼底的杀气却老也收敛不了。究其原因，却是你当年杀女人太多。杀了女人也不见怪，智深又说，你杀女人，杀得太过阴狠……

林冲故意把话头顿住，惹得武松焦躁，说，急煞我了，快往下说。林冲这才说，智深他说……他说……你要杀你家嫂子，一个淫婆娘，杀了便杀了死不足惜，只是，杀人之前你扯开她的衣襟露出胸乳，怕是……怕是……另有隐情……

呃……武松实在听不下去，好歹让自个镇定了，才跟林冲说，这撮鸟，背后还说了些什么话？

还有……林冲虽然风瘫，脑袋还管事，信口胡诌了起来。他说，智深还跟人说，你那么喜欢杀女人，八成是屎巴子生得太短，跟女人弄起来找不出乐子，久而久之，心里头扭曲得紧，只有拿刀子去搠女人，才可以寻到些许乐趣。

喔唷。武松差点吐了半碗血。他说，这直娘贼，以前在二龙山上的时候，我就见他阴狠，只跟曹正喝酒，背后不知说了我多少坏话，不想竟是如此不堪入耳。

林冲故作惊恐状，说，武松兄弟，我只是把他的话传一传，要不然，自个实在听不下去了，不想看着你还成日蒙在鼓里。不过，谁个背后不遭人说道？兄弟伙里头和为贵，要是坏了和气，那我可就作孽了。

武松说，林教头放心，我心里头还拿得住，既然看清了他面目，不作理会就是。

武松要跟智深比试比试武艺。智深当他是开玩笑，说，都念了那么久的佛经，怎么还是梁山上的性情。武松却终日纠缠，不让智深清静。智深见躲不过去，只好应了下来，说，寺里头人多，看着笑话。找个没人的时候，去到后山没人的地方，你要是能杀了我，我也认了。

那地方是武松找着的，两侧山崖一侧临江，罕有人来。智深那柄戒刀早就不知扔哪去了，武松倒有两把。以前他使的是双刀，后来断了胳膊，双刀却还留着。武松扔给智深一柄刀，两人拉开五丈来宽的距离，就开始蓄势了，先把刀舞得风生水起一片光影，重新摸一摸刀性子。武松口上说，嘿，好久没杀人了，手上痒得厉害。他暗自思忖，若论力气，自然比不得智深，要说使刀，智深怕是差得有一截。智深使刀，拿去杀猪还凑合。

智深却把那柄刀看来看去，双手一撇，把刀刃撇成两截。武松说，你折了刀，就以为我不杀你了？他冲了过来，撩起一个刀花照智深的脖子斫来。智深竟然诡谲地一笑，梗起脖子迎了上去。待武松的刀锋贴着皮肉的时候，智深脑袋陡地一歪，用下巴和肩头死死地夹住斫来的刀刃。而后，智深一声暴喝，把脖子一拧，又听得一声爆响，那好钢锻造的快刀，竟然折成两截。

智深轻轻一笑，如同师傅点拨徒弟似的跟武松说，你啊，杀女人多了，刀子就会发绵，功力也会折减。说完，往崖顶走去，趁太阳未落山，还可以静坐个把时辰，看这日落风景。

潮信

又是多年过去。那次比试武艺败给智深以后，武松的杀气竟有所收敛，眼里光芒也如同火里炼过水里淬过，日见潜沉。林冲一直是要死不活的样子，话说得更少，面皮更黄。

智深不肯坐禅，但在江边那座山头，他却经常一坐好几天，不见动弹，不吃不喝不拉不撒，如同闭关辟谷。长老问起，他只道，听得那江面上有水妖唱曲，时高时低，裂帛碎玉的声音曼妙绝伦。我听着听着，整个人像化了一道光追随那声音，无边漫游，不知来处不晓去处，自在逍遥，好不痛快。几日下来，倒像是小憩时做了个短梦，历经个把时辰而已。

长老兀自摇头，跟别人说，智深和尚虽深具慧根，但一应事物莫不过犹不及，慧根太过易误入歧途，走火成魔。看智深的样子，怕是……怕是……前景堪忧。

锦儿老远寻到浙江，到六合寺里见着了智深。这些年下去，锦儿竟然也生出几分老态，但从未嫁过人。智深见到锦儿，看她面色惨白眼角红肿，就晓得张莲花已经去了，心里想念一番度亡经，却忘了词。锦儿递给他一绺头发，说是张莲花临终前自个剪下的。智深问，莲花妹子还说些什么？锦儿说，没有。智深说，那好。

智深把那绺头发分了一半，给林冲拿去。林冲经过这几年，已经不能说话，只好用眼光定定地杵着，犹似在问，死了？智深也回了个眼神，聊作答复。那林冲面色竟然缓和起来，显出一派轻松模样。

智深那以后却茶饭不思，躲过别人，呼天跄地地号了几夜。但这心思哪能瞒得住，六合寺的和尚都晓得，智深的一个相好的女子死了，这几日每天都要瘦下来一两圈。长老挑了个时日，专门去找智深，想给他通通理，度过这一劫。

长老说，智深大师，我寺能得你来，也是无意中的造化。而今你的佛名在外，诸山诸寺，都晓得你迟早得了正果，而且正果非凡。你也算得是树大招风的人物了，言行举止，都要小心谨慎着，切不可为区区一个女子坏了多年的修行。

智深说，我修什么行了？从来都只酒肉修行，杀人为业。再说了，我思念一个女人又干佛名何事？一直倒想请教一个问题，这佛门清净，为何老要跟一个"情"字过不去？两样物事，在我看来，倒是并行不悖的。

长老说，大和尚经不念死，各有各的看法，方显我佛旨精深佛门广大。只是……只是……生年有限，还得执着一念，摒弃他想，专门事佛，到老方有小成。

智深说，我从不念经，也对正果没几分兴致。这一辈子，执着一念怕是不行了，无边胡想却是在行。心头堆积着诸多事体，也不见得烦乱。也怪了，我这样的人，你们却说能终成正果，也不怕从此以后别个和尚也拖刀杀人去？我是想不明白的了，你也休要再来烦扰。说句实话，你讲的道理我十有八九听不明白。倒有一个疑问，一直在心里憋闷着。你说，佛祖的老子若是也得了造化，看破了男女之事，跟佛祖他娘起不了劲，那这佛祖，又打哪而来？

阿弥陀佛，罪过罪过。长老说，说你能得正果，别说你不信，我也是不信，只不晓得从哪里传出来的谣言，且还传得这般沸沸扬扬。长老说着，悻悻然而去。

八月十五这天晚上，智深不免喝得大醉，看着月亮在上，恍惚想起多年前的旧事，在崖顶睡去了。半夜，忽然被一阵无边辽远的声音惊醒，像是千军万马正向这边压来。智深在崖顶站直了身子，远远看去，崖下面空旷的大地一片沉寂。只有这一片声音随着风，徐徐送到耳里，虚幻得很。智深左右给了自个两耳光，这声音，竟不是幻听，更是奇怪了，心里揣摩，莫不是梁山泊上死去的众兄弟又聚在一起，趁今日月朗风清，四下里欢腾去了？

下了山崖，去到寺里，问起别的和尚，才知是一年一度的钱塘潮信到了。声音虽远远传来，潮头却还在十数里外的地方，缓慢往这边推移。智深问那一班和尚，潮水就叫潮水罢了，何事后面还跟个"信"字？和尚说，智深师傅有所不知，这潮水每年只来两次，都只在八月十五左右，前后差不去一两天。因从不失信，该来便来，故称它作潮信。智深说，原来是这样，我倒孤陋寡闻了。到得这里，还要等待多久？和尚们在六合寺里面住得有年头了，对这潮信也熟，听声便晓远近，稍加估算，便告诉智深，应当三更子时正点，到得这当口。智深忽然叫了一声，好时辰。便邀一班和尚，也不睡了，干脆去后山坐着，到时借这月光，看这潮来的模样。众和尚兴致也不错，就随智深去到后山。在山崖上，和尚们麻溜溜地坐了一片，个个头皮精光，折射着月亮铺下的银辉。

武松也睡不安神，去到后山，一同坐下，静待观潮。智深又想起前番智真捎信过来时，顺便也捎了一个锦囊给自己，嘱他寻个好时辰再看。当时智深并未放在心上，只道，这智真老哥也真抠，从来都拿了破布袋子当人情送。

既然想起此事，看这夜色大好，潮音渐成激昂悠远的乐音，心下欢喜，便摸出锦囊扯开了，取出里面的纸条，叫武松帮着看看。武松一看，上面写着八个字：听潮而圆，见信而寂。武松念了出来，智深也喃喃地重复数遍，而后故作不知地问，这是什么意思？

武松说，你说，圆寂是什么意思？

智深说，难道是说我今晚上就得死？

众和尚就笑了，说圆寂哪是这么容易？得了正果而逝，方称圆寂。智深平日不用功，只晓得看着江水发愣，却突然心血来潮，想要圆寂一把。哪能这么便宜了他？

但智深说，死在今夜，何乐不为？众和尚一呆，见智深脸上浮起以前从未显现过的庄重神情，两只耳朵忽然迎风扇动。智深说，啊呀，水妖又在唱曲了，这回这曲子唱得怪异，竟像是有人在远处一声声召唤我。

武松瞧出动静不对，连忙嘱咐众和尚，去到寺里拿出一应法器，还搬来浴桶热汤，给智深沐浴一番。智深怔怔地听着江面上飘来的声音，回头瞥了众和尚一眼，说沐浴就免了，我又不脏，把我用过的酒葫芦统统拿来。

众和尚不敢违背，下到寺里取来法器，又去到智深的寝房，却见堆满了大大小小的酒葫芦，足有二三十个。原来，寺后菜园种得有葫芦瓜，每季收割，总要留一些长到枯死，才好取种。剩下的空葫芦，都被智深拿去沽酒。

智深吩咐，这事不许报与长老，怕他过来又聒噪一番，扰了清性，圆而不寂，那着实不得快活。众和尚怕吃打，哪敢招惹智深武松两人，老老实实按他们说的去做。

那一线白潮，远远地已经看得见了，正慢慢翻涌着来到崖底下。智深叫几个和尚把酒葫芦绑在一起，好似一个坐垫。智深正要下去，武松就说，既然要去，也留几句偈语颂子，日后有个念想。

智深笑道，又不是午时三刻去问斩，一路上强自说些狠话。

武松说，随便说上几句。

智深稍一寻思，便敷衍似的念道：莲花并非桃花运，相见有日去杳音；正果不是可口物，不想吃它还不行。

武松说，好诗。

智深最后说了一句，这还好啊，好个屁。于是便下到崖底。潮水正好到得眼前，智深把葫芦捆儿往潮头一丢，便坐了上去。说也怪，那葫芦捆儿托着这两百多斤重的和尚，稳稳地随着潮水漂去。

这时，智深见得眼前雷电忽作，晴朗夜空转瞬翻起暗云，好映衬一道道电光把这一团漆黑撕扯开。那水妖的声音，仍然这般魅人心智。再漂得一阵，智深忽然看见，那江天之际，随着电光闪出一个女人，和着水妖的歌子，在半空飘飞起舞，前覆后回，左翻右跹，蹀蹀躞躞，时如飞天跃升，时如嫦娥舒袖，时如绿腰轻曳，时如雩步频蹴。智深睁圆了眼看了好一阵，大概看得出来，这女人，不是丁小莲，不是金翠莲，当然也不是张莲花。这些个女人都不是，又会是谁人？智深怔怔地看着，虽然那女人从未见过，却端的这般眼熟。

他心里暗自说，却没想到，圆寂是这般美事。那一班死和尚，不晓得随了我去。

在崖上，武松要那帮和尚齐声诵经，把智深一路送好。那帮和尚问道，诵哪本经？武松稍一思忖，只说，诵莲花就是。这一帮和尚，哪诵得出什么莲花经？见武松一尊怒目金刚似的站在崖头，哪敢违逆，便齐声诵道：莲花、莲花、莲花……

雷电突然袭来时，和尚只道是念错了经，便问武松讨这经文的下句。武松哪又说得出来？只是说，只管照这样念下去，那么多事！于是和尚们又"莲花莲花"地念叨起来。

过得一刻钟，雷电隐去，潮水平复，江天之际，也早没了智深的踪影。众和尚觉着应该完事了，忽然都收了声。不想武松不肯罢休，扭了头又大喝一声，再念再念，有道是送佛送到西，谁若停下来，有他好看。

众和尚忍气吞声低下头去，念得口干舌燥，不敢稍有停顿。明月重又浮在钱塘江上，一派夜景倒让人恍觉白昼将至。有个和尚口中念着"莲花"二字，偷偷抬起头，朝武松觑了一眼。奇怪得很，这打虎头陀，杀人从不皱眉的货色，此时，在当头那轮月亮的映照下，眼底泛起了一片浑浊的泪光。

友情客串

　　她往窗外看，天空暗蓝，间杂着不谐调的亮白的云。火车到达一个山野小站，站台上晃过一块站牌：青衣溪←苇荡→佴城。一个中年已过的男人穿着深蓝色制服站在离站牌不远的地方，嘴里噙着铁哨，一手执旗，但没有做任何动作。他木然地看着眼前驰去的列车。他日复一日，无数次地目送列车驶过小站，只能是这种眼神。她接着看见那个小站，水洗石的墙壁已经变得青灰，窗框是土红色。站台上有两只年久失修的水鹤。

　　她发现，如果有心去一个地方，那个地方往往离得不远。佴城很快就要到了。她想，我为什么现在才来？佴城藏着她最好的一个朋友，但已经六七年没见面。六年还是七年？她难过地发现，算这个小数学题竟然掐了手指。

　　一个小贩这时走过来，推销一种跳舞布偶。那布偶的脚仿佛是用尼龙线做的，看似软耷耷，一放在桌子上就疯狂地蹦跶起来。对面的男人提起布偶，摸了摸布偶的脚，再放到桌面上。布偶纹丝不动。"大哥，这布偶不知怎么搞的上了酒瘾。

你要给它喝点，它才肯跳。"小贩冲着她对面那个男人微笑，并掏出一只二两五的小酒瓶，用指头蘸了些酒抹在布偶一根丝线绣成的嘴上。再一放到桌上，布偶又活蹦乱跳起来，那神态确实像是喝了不少。"要吗？三十八元一个，你方脸圆额红光满面，你递出的钱都开过光，给二十八就行。"小贩深情地看着那男人。那男人不为所动。苏小颖忽然得来一股促狭的心态，依样画葫芦，也深情地看了看对面的男人。对面的男人赶紧掏钱买下一个。

"大哥，你的女朋友真漂亮，你艳福不浅。"小贩捏着钱，顺搭些恭维话。

"哦，你小子眼神不错。"那男人一直想跟苏小颖搭讪，但苏小颖丝毫不给他机会。现在，小贩这么一说，他竟像是占得了老大的便宜。小贩走后，那男人把布偶递过来，并说："别听他瞎说，呵呵。不过在他看来，我跟你确实郎才女貌。这个给你，你拿着吧。我看你像是挺喜欢它。"苏小颖淡淡地一笑，告诉他："我已经有了。我的布偶不喝酒，这个，我也没有酒给它喝。"她确实有了几只同样的布偶，她下班路过一处天桥时买的，十块钱三个。男人却很快接过话头，说："你看你看，你那个不喝酒的是母的，这个是公的，正好配对嘛。""我有三个，看上去是一家三口，不能再添了。"那男人嗫嚅着嘴不再说什么。

那男人是律师，名叫毛大德，同时还是一家热卤店子的老板。他刚才把名片递给她，名片的正反面各印着一枚头衔。他好几次搭话她都冷冷应对，懒得跟他说下去。毛大德一看就是难缠的人，给他三分脸色他使得出十分劲头。她只好防微杜渐，像刺猬一样蜷成一团，让毛大德张开狗嘴馋涎四溢却无处下口。

火车钻进一处隧洞，周围的人纷纷站起来取架上的行李。隧洞里一阵阴凉，车轱辘滚动的声音瞬间放大两到三倍。她想起来，许多电影都是这样开场：穿过隧洞，仿佛时间与空间都迥然不同，故事有了全新的开始。

毛大德感觉时间不多了，提醒说："我给你名片了，你没名片，也把手机号码告诉我啊。相识是缘分，我们一车坐了四个小时，不是吗？""我记不住自己的手机号码，有时候，我甚至记不住自己的名字。"她嫣然一笑。毛大德紧追不舍："那容易，你拿手机拨我的号不就行了？"她说："手机刚才没电了。"

"不，刚才我听见你手机响了，可能是短信，你还看了一眼呐。"

"你听错了，应该是别人手机响，我手机已经没电了。现在，手机一响大家都掏手机看的。"

他问她去哪里。如果她不熟悉佴城，他可以把她送达目的地。"你手机没电了，和朋友联系不上啊。"他暗自得意，这话说得将计就计。他又说："佴城晚上还是有些乱，何况你长得这么……耀眼。"他选择了这个词，因为美丽和漂亮都被用滥，男男女女见了面，不管对方长得像人像鬼，打招呼时大家张嘴就说：美女，好久不见；帅哥，到哪里打牌去？

"现在好像还算不得是夜晚。"她作势看一看天色，依然予以拒绝。

"你叫什么名字，总可以告诉我吧？"毛大德摆出死不甘心的样子。

她只好说了真话："苏小颖。"

下了火车，上了的士，苏小颖给司机说了地址，车轮就有条不紊地滚起来。她掏口袋找零钱，记起毛大德的名片摆在另一只口袋里。她知道他的名片注定是废纸头，要不要找出来扔掉？再一想，就没去口袋里翻那张名片。摆在口袋里的名片迟早自行消失。

苏小颖头一次来偌城，找她高中时最好的朋友葛双。最好的朋友即是闺蜜，两人读那所全寄宿制高中时，一起在校外的一处套间里住了有两年。那时她俩都在急剧的发育期，每天身体抽条，心脑萌动，一到晚上总是有交流不完的东西。夜晚两人躺在一床被子里，无所不谈，彼此毫无秘密，因此密不可分。但毕业以后，除了有一次在车站偶然碰上，就再也没有见过面。有时记起对方，也就打打电话。这些年还可以网上联系。

葛双并不知道苏小颖来看自己，苏小颖事先没有告诉她。这很正常，苏小颖遭遇了失恋，在省城苦于无人倾诉，这才想起了葛双。若不是这样，她也不会有这趟偌城之行。葛双的这一天一如往常，没有任何征兆提醒她老同学苏小颖会来。她总是睡得很晚，醒来已是中午，起床去外面胡乱吃点东西，再去到兰茗苑，那是她干活挣钱的地方。偌大一个厅里只有伍慧和红妹两个人，打牌还少一个。她们冲葛双说："缺一个咧，你去把马桑叫来。刚才打了电话，她早就起床了，磨磨蹭蹭一直不见过来。"葛双马上想到什么，问："是不是豺狗子又来找她？""那你正好去把豺狗子轰走，豺狗子怕你。"两个妹子呵呵地笑。葛双有一阵喜欢过豺狗子，还向他挑明了自己的心意，但豺狗子竟然不以为然。不过这也好，那以后豺狗子就忌惮葛双几分，有时豺狗子和马桑正扯着皮，葛双一现身，豺狗子就闷声不作气地滚开了。示爱未遂，葛双把自己变成了治理豺狗子的法宝。

穿过两条胡同，葛双来到马桑租住的地方，果然，老远就听见里面有豺狗子的声音。豺狗子来这里，死活要在马桑身上弄点钱才肯走。葛双推开门，盯着豺狗子说："豺狗，好几天没见，你的气色好多了，脑门顶都亮得起。是不是又泡上哪个不想事的富婆了？""葛双，是你啊。"豺狗子一见葛双，就像被严霜打了一回，立时有点蔫，嗓门也低了下去。他搓着手说："也不晓得是怎么搞的，最近脸色硬是白里透红，走在街上有化妆品公司的人要拉我拍广告，开我十万块钱。我很生气，觉得这是侮辱我的人格。"

马桑是个脸白得瘆人的妹子，长得本是不错，两边嘴角向上翘的地方却各长着一颗黑痦子，像是鱼吐泡。男人看着她的模样，都觉得这妹子有一层晦气。她生意总是好不起来，赚到手的钱不多，却经常被豺狗子拿去。见葛双来了，马桑咬咬牙掏出一百块钱，把豺狗子打发走。一百块钱只够豺狗子买两个粉包，两个粉包重零点零六克，还不纯，人为添加的生物碱要占到三成。葛双都无法想象，零点零六克放在秤上怎么称量，却耗去了马桑一次生意的赚头。

豺狗子一走，葛双看看马桑惨白的脸，心一酸，走过去扶住她，仿佛她随时会倒下去。马桑就笑了，说用不着。"他凭什么老来你这里拿钱？这个鸟人，当初我怎么就瞎了眼看上他了？真是观音娘娘开眼，这货竟然还看不上我。"说到那事，葛双心里有气，嘴巴一漏就念叨出来。"我哥人是不错。我欠他的。""不说了，打牌你去不去？打打牌，心烦的事就忘一边了。"马桑有点为难："……我身上钱不够。"

"我身上还有点，先借你三百，打小半天应该没问题。"

马桑在兰茗苑待了两年，免不了会染上牌瘾，但这时头一阵眩晕，说要坐一阵再出门。葛双看看马桑那样子，也不好催了，坐在她身边照应。

葛双知道豺狗子和马桑的事。两人本是表兄妹，一个村里住着，但两家一样的倒霉。家族的前辈没传下来值钱的东西，传下来一种古怪的病。这一脉的人丁，上了三十岁身体就开始垮掉了，不停犯病，感个小冒没两个月就缓不过气来。豺狗子的妈是马桑的大姨，豺狗子也比马桑大四五岁。马桑读初中的时候她妈就病得基本不能干活了。那时候豺狗子身体意外地强壮，天天读书读不进去，偶尔打架却上了瘾，在街子上交了一堆到处惹事的朋友。知道马桑要辍学，豺狗子跑去跟姨父老马说："你让她读下去。我成绩反正不好，今年读完高中就去城里找个事做，赚些钱帮着你一起供马桑把书读下去。"老马说："这不好吧？这怎么好？""行了，就这样，按我说的办。"十八岁不到的豺狗子老练地说。

马桑成绩其实也不行，她经常犯头晕。在班里读书的时候，班主任起初很爱表扬她，因为她一天到晚抱着教材发奋苦读。一俟考试，她成绩却总是倒着数。班主任发现这个妹子把书翻烂了，书上的字硬是钻不进她脑袋里去。他开始厌恶这个学生，成绩差也就算了，一开始还让自己看走了眼。马桑长得不错，虽然嘴角有瘊子，班上有个男生仍追得她鸡飞狗跳。豺狗子不晓得从哪里知道这件事，有天把那男生拦在半路上，要他别影响马桑的学习，否则见他一次打他一次，只打半死不打全死。那男生敢于肆无忌惮地追马桑，但见到社会上混的男人（当时豺狗子已经钉上了单边耳环，染着头发，很凶恶的样子）就怕得要死，不敢走出校门，要买日常用品都托班上同学。这事传到班主任耳里，班主任就对马桑有了更大的看法。他没想到马桑还和社会上混的男人纠缠不清。高考前的摸底，马桑成绩一次比一次差，班主任就建议她转校参加高考，以免影响全班整体的升学率。马桑想了想，干脆就不考了。当时升学率不足两成，她是老实人，不抱侥幸心理。豺狗子对马桑弃考非常失望。既然已经不读书了，他让马桑去超市里做事。马桑自己想去当小姐，趁着身体还没有垮掉多赚点。她估计自己必然与母亲和大姨一样，一进三十岁又陷入家族病史的困扰，赚钱要趁早。豺狗子把她从发廊拖出来两次，她第三次就来了兰茗苑。兰茗苑不比一般的小发廊，养得有几条镇场子的男人，换到比旧社会更以前的古代，这些人就叫龟奴。这些人堵住门，豺狗子进不去，马桑得以在兰茗苑一直干下去。后来豺狗子吸了粉，随时都缺钱，就懒得管马桑的事了。他找到马桑问她要钱。马桑总是爽快地掏。她从心里觉得自己欠他的。但是他没完没了地来，有时候她也会感到烦。

马桑坐着，懒懒的哪也不想去。伍慧和红妹打来电话催她俩快过去。葛双骂了一句："你们两个人不能打牌啊？不能打牌就杀象棋，也能赢钱嘛。"

葛双对马桑很好，她比马桑先来，马桑病恹恹的样子令她担心，所以时常在一起，能照顾就照顾着点。葛双没想到自己有这份同情心，同时她又老在怀疑，是不是马桑比自己还惨一点，所以自己从她那里得到些安慰，因而摆出同情的样子？马桑也很感激葛双。早两年，葛双在马桑租住的房里时常看见豺狗子。她不知道豺狗子来干什么，马桑当然也不会说。葛双只知道豺狗子是马桑的表哥。那时豺狗子才开始吸粉，用鼻子，还没发展到用针管的程度，他还像从前那么强壮，刀条脸上满是一个男人应有的坚毅和果敢。葛双见豺狗子头一面的时候就莫名地对他有好感，再听马桑说起豺狗子的义气，更是陡增爱慕。她向马桑打听跟豺狗子有关的任何情况，甚至直截了当地跟马桑表白："马桑，你看，我们是姊妹，豺狗子是你表哥，那么我可不可以和他亲上加亲啊？"马桑告诉葛双，豺狗子有时也会吸粉。葛双并不在乎，还豪气地说："把他交给我看管好了，只要不打针，就还控制得住。"两个妹子还很天真，不晓得毒品有多厉害，而且那时还坚信爱情予人的力量。

马桑自是愿意豺狗子和葛双走到一起。虽然葛双也在干小姐，但和豺狗子一比，两人搭配得上。她跟豺狗子提起葛双，说葛双对他有意思，豺狗子竟然不识好歹，歪着嘴巴一笑，说两人合不来。那一阵，豺狗子每次来要钱时，马桑就跟他提这事。豺狗子只好告诉她："说实话，你那个朋友我看不上。她眼神不善，眉目里头有一股阴狠的劲。你要提防着点。"马桑说："狗哥，你怕是有年有月没照过镜子了，都到这地步了，还好意思挑剔人家。"豺狗子当天微笑地说："妹子，你小看我了。就算我是只蛆，也不是每一堆粪都去爬。你说是不是？"

马桑只好失望地说："真恶心。"

佴城。来之前葛双在电话里这样描述：稀巴烂，到处都稀巴烂的一个鬼地方。这给了苏小颖一片泥泞的印象，仿佛这个小城一直处在四五月的雨季，年久失修的街道，破碎的缝隙中泛起了一层层泥污。

苏小颖没有把这次的出行计划告诉葛双，她喜欢突如其来。苏小颖总是喜欢突如其来，去朋友家总是不愿意事先打电话，径直走去，敲门，如果有人当然好，如果没人她也乐意空走一趟。所以，她活该把王为一捉奸在床。她记得那个女人安之若素的样子令她震惊，也许因为职业，那女人丧失了对意外事件做出应激性反应的生理机能。王为一并不经常遇到这样的情况，有一刹那他也曾惊惶失措，可是身边裸体女人淡定自若的态度安稳了他，他把眼光看向虚无之处，装作苏小颖不存在，站到窗前窸窸窣窣地穿上裤子……

计程表跳得很快，每公里两块钱，每走333米表面就跳出七角钱。跳两个七角然后跳一个六角。在车上，苏小颖现在努力忘掉那个男人，拼命记起葛双。她已经有七年没见过葛双的面。七年是她三分之一弱四分之一强的生命。

兰溪街明显带有城郊的特征。路宽，行道树暂时没有长起来，街面少有人来往。铺面冷清，有很多铺面卷闸门拉着，写着招租和转让的字样，但也有些店面特别地灯火辉煌。司机告诉她到了。苏小颖走进兰茗苑后，感觉不对劲。进门有个总台。她问总台后面的中年妇女："我是来找人的，葛双在吗？"中年妇女问总台后面打着纸牌的那几个女人，葛双是哪一个。有个女人狠狠地摔下一张狭长的纸牌，吼叫一声，然后抬起头来回答："就是七十三号。金姨，你的记性真是生锈，家里的钱摆在哪里还记得住吗？快来打打牌就好了。"

"红妹，你那张臭嘴，怎么哄得了男人的钱？"金姨嘟囔一声，叫苏小颖稍等，撮了一串电话号码打过去。苏小颖站着静等。一辆墨蓝商务车停在门口，进来一帮男人。他们从苏小颖身边走过，都扭头看了看她。苏小颖在哪里回头率都高，但这时，这些男人毛茸茸的眼神让她马上感到不适。其实他们个个长得庄严肃穆，正义凛然，想必是地方上的中层干部。有个男人在转角处呕吐。刚才打纸牌那个女的起身去扶。那男人的手轻车熟路跑到了女人胯部以上最细的地方。

苏小颖忽然闻见一阵香水味，这气味闷头打脑，像被人劈头浇了一瓢洗脚水。她扭头就看见了葛双。葛双问："你怎么来了？"苏小颖说："我来看看你。我一直都想来看看你。"葛双脸上现出无奈，回过神才是喜悦。她说："你永远都这么任性，想干什么就干什么。别站在这里，到外面走走。"

葛双其实还是记忆中的样子。苏小颖现在才意识到此行有些仓促。以前通过电话，葛双说她是在售楼，收入还算可以，并说有空你过来住我这里。兰茗苑，听着也是一处楼盘的名称，比如北京最大的楼盘，也是什么苑来着，网络新闻里老说哪个苑有民工摆出跳楼的架势讨薪。此时，苏小颖忽然明白，葛双以前在电话里对自己的邀请，只不过是随口说说。

葛双在兰茗苑里找个地方，把苏小颖的行李摆好。时间还早，葛双出门，很快骑回来一辆女式摩托。她说："有个酒吧不错，蹦迪也可以。"

迪厅很大，正舞得热火朝天，那些嗑药的和吸食K粉的男男女女舞动的姿势很猥琐，也很张狂。葛双问："跳吗？"苏小颖只想先坐一坐。"有点累，坐了大半天的车。"葛双请苏小颖喝酒，坐在L形吧台转拐的犄角上。在这地方说话费力，两人静静地喝着酒，看着晃动的光和光里包裹的人。她俩坐的地方不远处有一道便门。苏小颖拿中号高脚杯喝了两杯的时候，有一伙人从她俩身边经过。一伙男人，间杂着个把女人。这个大厅到处都是门，遇到突发情况人们可以四下奔逃。豺狗子看见了葛双，从人堆里分出来跟葛双打招呼。

葛双说："真稀奇，主动跟我套近乎了。"

豺狗子给葛双拨烟，把另一支递给苏小颖。苏小颖当然没接，他便把那支烟塞在自己嘴里。那男人的嘴黑洞洞的，左边耳朵上挂着匙扣圈一般大的耳环。豺狗子朝苏小颖抛来一个眼神。该男人的眼白很大，眼仁子很小，抛来的眼神空洞而模糊，搞得苏小颖心里一颤。那个男人的眼光自有一种说不出的冒犯。豺狗子抽了一阵烟，凑着耳朵和葛双说了几句废话就走了。

豺狗子刚走出门，葛双的手机就响起来了。葛双看看号码，接通，并让吧台里那个男人把酒再加上一点。"喂……豺狗子，跟我还吞吞吐吐，刚才不说现在打电话哦？我今天没空……不行，你放屁，她不是……去死吧你，哈哈。"她把手机摁停了，那一头的男人也没有再打进来。苏小颖在旁边隐隐听出来，这电话仿佛跟自己有关。

葛双和苏小颖走出迪厅，摩托停靠在楼梯口。一走出来，震耳欲聋的声音终止，交谈回复正常。掰腿上车的时候，苏小颖问："刚才电话是谁打来的？""豺狗子。""就是刚才找你喝酒的那一个吧？有什么话他当面不说，要打电话说呢？"

葛双睃来一眼，把车发动了，缓缓地骑下一道坎。马路宽了起来，车速也变得正常。葛双这时候说："苏小颖，你很漂亮，稍微Open一点，会惹坏很多男人。"苏小颖耳朵眼里灌满风声。"你说什么，我没听见。""你听见的。"葛双却很肯定。"我真没听见。"葛双开着车，迎着风用力地说："豺狗子以为你也是兰茗苑的妹子，想打你主意。我告诉他你不是。他也不看看自己是个什么东西……不过这个狗男人，你想得到吗，他很讨女人喜欢。"苏小颖听得并不是很清楚，遂赔笑。葛双当然看不见，她奋力地把车头拧得像麻花，和迎面而来的行人一一错开。有个拖板车卖水果的大汉挡了道，她就大声叱骂，那大汉赶紧将板车拖到宽敞一点的地方。

经过一道岔路口，葛双忽然把车停下。苏小颖得以看见前面正发生着什么事，两辆普通面的里冲出一伙人，把马路边正走着的另一伙人纷纷摁倒在地，还给他们上手铐。人被摁在地以后身体会有些变形。苏小颖头一次看见那么多人同时被摁倒在地。苏小颖还看见那个戴单边耳环的男人也被摁住了，他奋力地把头翘起来，摁住他的人就朝他后脑门扎实敲了一下并叱骂着"老实点，你讨死啊"。他脑袋耷拉下去时那颗耳环扬了起来，像是一颗白铜顶针挂错了地方。苏小颖这时想起来他叫豺狗子。葛双正要靠近一点，一个站着的便衣男人向她挥挥手，示意不要靠近。葛双认得便衣男人："何所长啊。出了什么事？"便衣男人也认出了葛双，他说："你管那么多，赶紧走。晚上事情多，少到这边乱逛。"

葛双只好把车开向别处，并告诉苏小颖："这帮粉哥粉妹，要是查出来身上带毒，又要进去蹲上一阵。他们日子就是这么过的，不停地被抓，不停地被放，抓的和被抓的一概成了熟人。""那你们怎么也成了熟人？""嗤，你说呢？"

苏小颖感到累，想早点休息。葛双带她去了附近一家宾馆，门厅简陋，但总台后面的墙上挂着几块石英钟，钟下面分别标着北京纽约巴黎伦敦的字样。两只钟死了，两只钟步调完全一致。价牌上写的有豪华套间，标价三百八十八元。葛双指着价牌问这种房一晚多少钱。总台的妹子答复说一百二十元。葛双说："能不能少点？我在兰茗苑，经常他妈的来你这里。"总台的妹子答复说："打六折，八十八块钱一晚。"

苏小颖对这宾馆本不抱什么指望，对所谓的豪华套间心生疑窦，担心厕所里的马桶锈迹斑斑，甚至是个蹲坑。进去以后，发现一切比自己的预想好得多，真是套间，真有马桶。马桶质量不错，雪光锃亮不说，品牌标记下面还贴有长城质量认证标志和全国联保标志。葛双漫无目的地看了几眼，最后注意到门锁，一把简单的暗锁，没有防盗的金属挂搭。"门不是双保险的。如果有贵重东西，还是去寄存一下。"葛双提个醒。苏小颖说："没关系，一个相机，一个笔记本，都用旧了，值不了几个钱。这家宾馆的治安还好吧？""是何所长的小三开的，她以前也在我们那里干过，漂亮。漂亮总是有用的，都挣了一个宾馆。这地方，大鬼把门小鬼不敢进。""那就行！"

"既然你累了，早点睡，我还要回去忙事。"通常，这个时段她忙得最起劲。苏小颖到了房间里就感觉自己变得清醒，她希望葛双陪自己坐一坐。她从省城过来，所要无非就是一个可倾诉的人。葛双看看时间："有什么事吗？非要现在就说？"

"……我失恋了。"

葛双嗤的一声笑起来，问她是第几次。得到回答，葛双装出很惊讶的样子："才第一次，我的天，你都二十六了才第一次失恋，还有什么好说的。……今天周六，来的人特别多，每个妹子都应付不过来。我们那破地方规矩也多，有事要提前请假。你说来就来，我事先也没跟金姨打招呼，旷工不好。而且，金姨是个扒皮狂，她最痛恨我们先斩后奏。"

　　苏小颖不好再说什么，只能怪自己唐突。葛双走后她一时也睡不着。她看看这个套间，在城郊破破烂烂的地方，这样档次的房间是令人欣慰的。她坐在床头，清晰地记起当初和葛双生活在一起的情景。那时候她们读的中学是市里最好的中学，学校建在市郊，校方要求学生全部寄读。苏小颖父亲觉得学生宿舍条件太差，就在校外民房里租了个套间，又跟校领导打招呼，这样苏小颖得以破例。她叫葛双也一同住到校外去，彼此搭伴。葛双得不到校方的特批，总是要等熄灯查铺以后再偷偷地爬出来。她身体矫健，翻墙的时候全然像个男的。苏小颖在墙底下接应，葛双每一次跳下来落在她面前，她心里都会感到一份踏实。两个人住在一块，苏小颖才感觉到安稳舒适。她还特别记得，她喜欢冬天夜里和葛双拥抱在一起相互取暖的感觉，那才是不折不扣的闺密。外面的雪落得越大，两个人共用的被窝就越发显得温暖。两人时常抱得彼此不分，把头藏进鸭绒被子，还能听见雪压断树枝的声音。冬夜的漫长，使彼此依赖的感觉在被窝里发酵——那种两个女孩的气味掺和并发酵而生成的新的味道，经久不息。当时苏小颖不停地想，如果葛双是个男人的话，那我只有嫁给她了。这么想着，心中漾起一阵轻盈甜蜜的幸福感。

苏小颖和男友王为一分手后，忽然发现，在省城，自己竟没有可在晚上尽情倾诉的朋友。然后她越来越频繁地想到葛双，想到以前两人生活在一起的情景。她觉得那样的情景还没有消逝，和葛双一起完好地保存，甚至是封存在某个地方，等着自己去打开，取出来……到了佴城，事情远不是她以为的那样。葛双显然变得陌生了。苏小颖和她已经六七年没见面，彼此待在不同的城市，从事不同的职业，每天和不同的人打交道，如果这次碰了面竟然一切如昨，那才是不可理解的事。

　　毛大德的饭店叫毛大德砂锅斋，在江滨路上，一溜七八个门面用水幕玻璃墙隔着，生意很好。他也算得是怪才，大学读的就是法律，读到大二倒倒盗版教材本想赚几个烟钱，没想几个月下来就对做生意产生了浓厚的兴趣，懒得再去教室听课。大三时因旷课太多被开除了以后，他也满不在乎，手头赚到的钱够他盘下几间门面做生意。十多年下来，他生意越做越大，忽然又买来教材自学，或者雇人代考，打通关节，考取了律师资格，关系挂到通赢律师事务所，闲时接几个官司，就图庭上辩论能逞一时口快。很多电影里连篇累牍地表现律师庭辩时那种得体与气派，毛大德看了眼热，他也知道，当了律师对自己的生意也更有好处。今年他花了一坨钱，变成了通赢律师事务所的股东之一。他跟人说："这样很好，我不能难为人家，不能让别人搞不清喊我老板还是律师。我当了股东，现在一概叫我老板好了。"

　　毛大德经常请客吃饭，在砂锅斋，他有一个豪华包间是替自己留着的。他知道，在佴城这种小地方，赚钱最多的人往往是请客最多的，是走到街面上谁看了都面熟的那种人。他有心把自己一步一步打造成那个样子。这天他照样请客，请法院的几个科室主任。这是例行的请客，联络感情，没有具体的事情商谈。例行的请客，别人也都乐意来。他电话一打，法院来了三辆车七八个人，坐下来满满的一桌。他拆了一条好烟，正要给每人散一包，电话响了。是郑来庆打来的，说有事跟他汇报。毛大德问他在哪里，对方回答说就在砂锅斋门口。毛大德便不屑地笑了。郑来庆是他高中时的同学，农村来的，在城里无依无靠，复读两年只考起个专科，出来没被分配工作。去年他考得了法律工作者的资格，在通赢里面混着，除了小案子让他跑腿，这个人还可以打杂，蛮好使唤。毛大德说："你还没吃饭吧，来得早不如来得巧，进来一起吃个中饭。"

郑来庆走进来，毛大德就跟桌上的众人介绍说："他叫郑来庆，以前我们同届不同班。他是我看着长大的。"对面一个主任就笑了，说："同学之间，哪有谁看谁长大的道理？"毛大德手一挥说："秦主任你就不晓得了，别看现在他这么高高壮壮，以前读书时比我整整矮了一个头。我看着他慢慢长高一个头，这是事实。要不你问他自己……来庆，你是不是我看着长大的？"

郑来庆连声说是的。他不好说毛大德因病留了两级，所以读高一时他显得高，高二大家都长起来，他才找不到鹤立鸡群或者一枝独秀的优越感。

毛大德把那一条烟发完，发到郑来庆这里没有了。他懒得再开一条，就说："你不是不怎么抽烟嘛，我另外给你个东西。"他随手往衣兜里一掏，掏出个布偶。他记起来，是昨天在坐火车时，吃了对面漂亮妹子一记眼神，稀里糊涂买下这玩意。他把布偶递给郑来庆，说："这是从挪威买来的最有名的醉鬼布偶，你给它喝点酒，它就能在桌子上跳舞甚至翻筋斗。"郑来庆接了过去，他又说："我给你的东西你要保存好，我要检查的，别走出门就扔掉，知道吗？"郑来庆心里也窝火，所以他脸上笑得更油。他说："哪会，我要弄个神龛把它供起来，烧香化纸，猪头肉茅台酒敬它。""好的，你嘴上长喙，硬起来了。"毛大德拍拍这个老同学表示满意。

吃完了饭，才一点半，这帮人三点才上班，中间一个半钟头也不愿意放空，要毛大德再请洗个脚。有个主任一边剔牙一边说："要你只请肚皮不请脚，服务不到位，我对你没意见脚对你有意见。以后要办事，脚才是用得最多的哟。"毛大德赶紧说："那是，那是。"走到门口，毛大德转过脸来对郑来庆说："你就不要去凑热闹了，你那脚一抽出来全是解放鞋的气味，妹子都怕赚你这份钱。你有什么事，就在这里跟我说。"郑来庆这才说起正事："那个妹子找不到了。"毛大德想不起他说的是谁，问："哪个妹子？""还能有哪个别的妹子？就是她要告她老师对她性骚扰。"毛大德想起来了，那妹子是他接的一桩事后分账的官司，他对这种官司很感兴趣，没有收取那个女孩一分钱代理费，反倒投入了一些活动经费。他脑袋转得快，旋即就用下指示的腔调跟郑来庆说："两件事情，你去做。一、找到那个妹子，找到了就不能再让她消失；二、查清她为什么要躲起来。"

后面那帮人已在催毛大德不要磨蹭，毛大德赶紧上车。郑来庆开着那辆破烂的皮卡车，头皮发麻。俣城虽然不大，但要找一个存心躲起来的人，又谈何容易。郑来庆开车穿过江滨路来到正在翻挖修整的小马路，四处扬起的灰尘让他的心情进一步黯淡下去。手头这件事情，说来有些滑稽。佴城职业技术学院的一个姓文的女学生有一天跑来事务所，说她的班主任性骚扰了她。问她对方是怎么性骚扰的，她说班主任钟老师摸了她手，还把她左边屁股拍了几下。大家说这不叫性骚扰，顶多只能算是吃豆腐。吃豆腐的事每一秒都成千上万件地发生着。文妹子长得胖大黑粗，和她稍微聊上一阵，就发现她逻辑极其紊乱，脑袋肯定有点不正常。再看她一身穿着，也拿不出什么钱。别的律师都对这事不感兴趣，毛大德偏偏来劲了。他一打听，职院正在招考副院长，而文妹子的班主任，正是重点候选人之一。他觉得这笔生意能做，就启发那妹子要往严重里说，不能这么不痛不痒。他不要代理费，这个官司打下来，他保证妹子能拿到两千，剩下的都是他的。两千块钱对文妹子来说是不小的一笔钱，她自是愿意全力配合，毛大德就捉着文妹子教导一番，教她怎么说才管用，不能仅仅说是摸了几下碰了几下，也不能仅仅说是手和屁股，女人身上，总有别的部位更重要，更有说服力。文妹子终于听明白以后，毛大德带她到钟老师面前，问这事是私了还是对簿公堂。毛大德满以为，在竞争副院长的节骨眼上，钟老师应该识相点，息事宁人是他最好的出路。但钟老师不但不识相，性格竟还比较冲动，没打几句商量他整个大脑袋就充起了血，仿佛也在增大增粗。他一手指着文妹子严厉地说："你这个臭婊子，再到外面造我谣，我找几个人搞死你！"文妹子听得直打哆嗦，毛大德却听得很认真，还提问题："你说要喊人搞死她，'搞死'的意思是杀死呢还是……找人把她通过性虐待的方式弄死？"钟老师睁大了眼，答非所问地对毛大德说："滚，滚，滚！"

头一次交涉未果，毛大德先带着那妹子撤走。谨慎起见，他通过关系把钟老师的背景摸了一遍，发现这小子没什么关系，却敢无头无脑地狂妄。他放了心，叫郑来庆再把文妹子找出来，去跟钟老师进行第二轮交涉。毛大德这番已准备得很充分，见面时，他要把几个利害关系先摆出来，把这钟老师呛上几口，待他不再那么横了，再晓以利害，给他指明出路。毛大德此番胜券在握。

郑来庆按照毛大德给的地址，却没找到文妹子。那个地址是城郊用于出租的农民房，文妹子和她的母亲以前一直租住在这里，但郑来庆找上门时，房东说那两母女前几天刚搬走了。文妹子去了哪里，房东也不知道。郑来庆估计那伙青皮头是钟老师叫来的。他查过钟老师的底，这人以前在少管所教政治，后来才调到职院。很多青皮头也是他的学生，他们有师生之谊，虽然以前钟老师教他们痛改前非重新做人，但某些时候，他又会跟他们说，总有很多事情不能以常规的方式解决。

郑来庆开着破车茫然地走在佴城的街道上。佴城的街道分工非常明确，除了那两横三纵的主街建筑整饬秩序有人维持，一旦拐进小街小巷，就脏污不堪，充斥着神情淡漠的年轻人和满脸皱皮褶皱的老年人。他不知往哪里去找，这也没法请示毛大德，只得信马由缰乱走一气。他看看表，才四点。他只想回到自己租住的小房间里上网。在网上他就变成了另一个人，可以放开胆子跟网友乱吹。他乐意把自己杜撰成一名成功人士，有时候，牛皮吹得顺嘴了，他自己恍惚间也信。

熬到五点半，郑来庆在路边炒了个最便宜的盒饭，炒好后他叫老板把饭菜分盒装起来。老板咧嘴一笑，说五块钱的盒饭不分盒，六块钱的可以分盒。郑来庆不吱声，接过盒饭回到自己的房间里。郑来庆一边吃盒饭一边打开网页，盒饭里面一汪颜色可疑的油，他打开美食网站，搜出一些素淡菜式的图片，看一眼扒一口。时间还早，网友大都在吃饭，没有上来。网友"腰长腿短"发来短信，问他要电话号码。他没和腰长腿短通过视频，两人在一个电影爱好者论坛认识的，聊电影聊了一年多，之后也聊些别的事。和腰长腿短经常聊得入巷，所以他没跟她吹过牛，在她面前，他尽量少谈自己的状况。

他敲出一串数字，回复给她，并猜想她为什么突然想到要自己的电话。猜不出个所以然，郑来庆的脑子却跑开了，他在想她会长什么模样。敢说自己"腰长腿短"，透着自信，没准是个美女。网名就是这样。他自己的网名叫"结结结巴"，其实话说得很溜，所以想去当律师，发挥自己的专长。

下午，葛双带苏小颖逛佴城。只要愿意找，景点总会有，每个城市死活都会弄出几个景点。要不然，如果来了客人，本地人只能请人家吃饭唱歌和泡脚，钱花得多，客人还会觉得不爽。苏小颖当然不愿去诸如游乐场、名人故居、森林公园之类的景点，每个景点苍白得留不下任何印象，故居里供奉的名人她此前闻所未闻。那两个沉闷的下午，两人坐着车，走着，站着，爬着山，苏小颖总想找个话头和葛双痛快地说上一通，但葛双有意无意地把话岔开，或者前言不搭后语，搞得苏小颖无以为继。苏小颖不知是怎么了，在省城，她想找个人说话，身边所有的人交谈起来总是不能很好地集中精力，心思总串搭在别的地方。如果可以选择，甚至更愿意选择去K歌，用别人写好的蹩脚的歌词表达自己的心意。

又到天擦黑的时分，苏小颖和葛双坐在冷饮店里。苏小颖吸完一塑料杯芋奶，看看葛双又看看她背后的门洞以及外面天光，知道她又要赶去兰茗苑了。她问："你是不是马上要走？"

"是啊，我已经陪你玩了大半天。晚上你早点休息，我还要去上班。钱又不是变出来的，自己口袋几下子就掏空了，别人口袋才永远掏不空。不是吗？"

"……能不能再陪我坐坐，说说话？"苏小颖直截了当地提出请求。面对葛双的心不在焉，她没有别的办法。

"说什么？你还是想倾诉第一次失恋的痛苦？"葛双盯着苏小颖，她仍然感到莫名其妙，在她看来这确实没什么好说的。但她还是善解人意地说，"好吧，你说说看，我听听。……抓紧时间，把你和他的事说说。"苏小颖忽然不知道往下怎么说，吸溜着滑溜溜的芋奶，她脑子有点空白。苏小颖的心思一直缠绕在这件事上。她已经理出些头绪了，之所以遭受重创，是因为自己猝不及防。一直以来她和王为一的恋情就是不对等的，她年轻漂亮，王为一年过四十大势已去，怎么看王为一都只有等着被她蹬开的份，没想他却抢先一步和那个女人结了婚。而且那个女人是个小姐。

在葛双面前，苏小颖避免说起那个女人的职业。葛双偏要问："那女的，她是干嘛的？"问了两遍，苏小颖只好说："也是个……小姐。"话一说出口，她就知道"也"字用得特别不是地方，怎么就脱口而出了？葛双倒不太过敏，她翻着眼皮，惊奇地说："你的男朋友竟然让一个小姐抢去了？真是毫无天理。但这个世道就是这样没道理，人爱吃肉，狗吃屎，各有各的胃口。"她又问到底是怎么分的。

"这事还是与我自己有关。出了那事，我其实还是给他机会，让他来认错。他头两次来，我没给他开门，要他站在门外边认错，多做些反思。我当然不能轻饶了他，但最后总是会原谅他。在门口站几回是应该的……"

"我知道了，你摆冷脸的时候，那个女人却热脸相迎，于是你那个男的就奔她那张热脸去了，是这样吗？"

"他是赌气才跟她结婚的。王为一这个人本来就有点缺心眼。"

葛双又问："你……你和那男的做那种事多吗？你们谈恋爱的时候，一般是多久时间来一次？"苏小颖没想到她会问这个方面，她嗫嚅一阵，像病人就诊面对医生一样跟葛双说："……不多。大概是一个星期一次。见面有两三次，但只做一次，而且一次一个回合。"葛双说："肯定不够，那还不如不做。这样的频率只会搞得他老是处于饥饿状态。你老是把问题归结于冷屁股比不过人家的热脸，其实问题远没那么简单。"葛双脸上此时微笑着。在葛双背后的墙上悬挂着一张八尺左右的机印画，一片沙滩，四个比基尼女郎的背影扭成统一的S形。苏小颖的眼光在葛双和画面之间摇摆不定。

葛双又说话了："如果他回心转意，你依然会原谅他是吗？但我要告诉你，那女人能让他这么短时间内结婚，自有她的一套手段，你想都想不到。你的条件样样出众，但她有你没有的东西，而那个男人，恰恰需要这个。"苏小颖虚茫地看着葛双，她忽然发现她懂得太多。葛双继续着无所不知的语调，"我还敢进一步断定，那个妹子有几手床上要的绝活，男人一碰，要么嗲声嗲气，要么鬼喊鬼叫，忽高忽低，忽紧忽慢，把男人每个毛孔都伺候得很舒服。你那背时的男友对那女人已经上瘾了，像吸粉。你呢，只是像一截甜甘蔗，好吃但不上瘾，吃多了还腻。你不要不爱听，你虽然漂亮，也很大家闺秀，但在男人眼里，多少显得有点死板，缺少风情。现在的男人，特别是有几个臭钱的男人，很需要这个。我问你，你们做的时候，你发不发出声音？"

"……尽量……不发出来。"

"往喉咙里吞？"

"……对，难道还能往耳朵里吞？"

"就是嘛。我真没想到，这么几年没见面，你才第一次失恋。这事情就像马路上踩着了西瓜皮，跌上一跤爬起来悄悄地走人，用不着跟别人讲，更不能爬起来朝天骂娘。知道吗？当然，我不是别人，你知道跑来跟我说就对了。"

葛双把苏小颖送到宾馆，转身又要走。苏小颖拉住她，到总台那里再要了一张门卡，把到葛双手上。苏小颖说："你晚上要是没生意做，那就过来睡好了。我们睡在一起，就像读高中时候那样。"葛双接过门卡，说："要得咯。"

苏小颖走了一下午有点累，斜躺在床铺上想事，发呆。她看得出来，葛双表面是有些变化，说话的味道跟以前不一样了，却像个热水瓶，外面故意摆出冷冷的样子，内里还是又热又烫。葛双在冷饮店说的那些话，腔调乍一听有些刺耳，现在反刍一番，竟然让自己感到豁朗敞亮。

晚上十点钟样子，葛双又来到苏小颖的房间里。她一时没生意，兰茗苑里面的牌桌又没有空位，她就走过来看看。宾馆和兰茗苑离得近，步行五六分钟。她打开门，苏小颖没有睡着，看见葛双来了就从里间走出来，烧水。她对宾馆里的烧水壶不放心，自己随身带着一只质量好的烧水壶，那种壶不是用电热管直接杵到水中加热。葛双随手打开电视，佴城电视台正在重播当天的新闻。她看见是那个播音员，就没往下搜台。苏小颖坐下来看，她也想趁机对佴城多有了解。播音员是个消瘦的男人，他有点口齿不清。切换到新闻画面，换成一个女播音员的声音，就好多了。新闻画面暂告一段落，男播音员又冒出来，用混浊的声音播报着。

"佴城怎么就挑出这么个播音员？他说的普通话在佴城是不是就算好的了？"苏小颖没法不产生疑惑。葛双笑着告诉她，该播音员是常务副市长的公子，他对别的不感兴趣，从小立志向赵忠祥学习成为一名播音员。他父亲不忍拂逆小孩的理想，跟电视台台长打了招呼。招聘面试时总评委、副市长的姘头某女力排众议，认为这小伙子虽然口齿有点怪异，但语气颇得赵忠祥的神韵，这样他就顺利地到电视上面播音。时间一长，佴城人民也听习惯了，亲昵地称他为"狗观众"，因为他每晚上说"各位观众"，别人老是听成"狗观众"。

"你知道的真多。"

"佴城的人都知道。"当然，还有一些佴城人不知道的事，葛双也没法告诉苏小颖。狗观众有一阵天天来兰茗苑找她，甚至有点离不开她，手指着天发誓要娶她为妻。狗观众虽然是副市长公子，脑袋却也一根筋，不太转得过弯。葛双毫不为他的真情感动，这也是她佩服自己的地方。她好几次拒绝了狗观众，并坦诚地告诉他："你喜欢我什么啊，你告诉我我改正行不行？要是我敢答应你，你那个爹花钱找个人干掉我怎么办？我这种人的命很贱，也许你爹花五万块钱就摆平了，甚至还用不了这么多。你爹那么能贪，他一天赚到手的钱，能让我死上两三回。"面对狗观众的求爱，她只是答复说饶命。这事情，兰茗苑的妹子都知道，所以都对葛双高看一眼。能活得这么明白，自会得人尊重，葛双在兰茗苑里日子还过得不错。厅里有一台大电视，每当狗观众出来播新闻，或者常务副市长出现在新闻画面里，她们就扯着嗓子跟葛双说："葛姐，快来看你老公和你公爹。"

电视里，狗观众播报说，佴城吊井巷派出所昨晚抓捕一个吸毒团伙，关留置室待验尿样，该团伙成员偷偷撬开留置室的门锁，趁看守闪神打电话的时机悉数脱逃。派出所给电视台提供了脱逃人员的影像资料，现在正在逐一播放。葛双连派出所的事也知道，她一边看一边告诉苏小颖，这些人一被押进派出所时，警察按规定给他们拍摄影像资料，为的是免生争议。因为数年前，佴城有个瘸了二十年的老赌棍，放出来后声称自己的腿是刚在派出所里被拗断的，此后有一个星期，他躺在政府门口滚钉板告地状，要求严惩拗断他瘸腿的凶手并要求酌情给予国家赔偿。瘸子是滚钉板的好手，他年轻时候跟马戏班子四处流窜表演滚钉板混饭，磨出一身的茧皮，偏跟人说这TM叫硬气功。这事闹一阵以后，派出所就学乖了，安排个平时没用的人到电视台学学摄像。昨晚的影像资料今天用上了，那帮脱逃的粉哥粉妹——在电视屏上亮相。

　　苏小颖不经意地看了几眼，觉得吸粉的这些人面相有着惊人的相似性。随后她又看到那个戴单边耳环的男人，葛双把他叫作豺狗子。电视屏里，豺狗子不但不低头耷脑，而且冲着镜头淡定微笑着，那神情，仿佛预知这段影像会得到公映。苏小颖看着电视里豺狗子的脸，因为那种微笑，他的刀脸进一步拉长，看着邪乎，但不得不说这男人有种不合常规的英俊。

　　"这不是昨天跟你打招呼的人吗？"

　　"对，他跟我打招呼可是冲着你哟。"葛双脸上依然在笑。葛双以前是个爱发愁的女孩，现在她竟然随时都绽放着笑脸洋溢着春光。

　　葛双和苏小颖在床上躺了一会，没什么话可说，苏小颖很快入睡，而葛双还要回到兰茗苑里继续干活挣钱。子夜时分，兰茗苑仍然人来人往。苏小颖这一觉睡得不错，失恋后，她在省城，在公司里，在自己租住的套间里，在别的任何角落，一颗衾心总是纠结得紧。现在来到了侔城，忽然就豁朗了几分，郁结多日的心情得到开释。

　　第二天她睡到自然醒，还赖床，这个陌生的城市给了她自在感受。起床以后她发给葛双短信，说今天如果忙的话就不必过来了，她会找别的熟人。葛双正在打牌，她回复了一个字以及一枚标点：噢！苏小颖将笔记本电脑随身带着，但房间里没有网络插孔。她去到外面，宾馆门口就有一家破敝的网吧，生意却很好，许许多多的大人小孩都坐着玩游戏，看电影，上QQ泡妹子，并吧唧吧唧地吸着烟。苏小颖走进去，烟臭味扣头打脑，熏得她几乎睁不开眼。她还是强忍着坐了下来，打开自己的MSN。"结结结巴"已经回了一串数字，是他的电话号码。苏小颖知道，在佴城除了葛双，还有这个认识一年多的网友，彼此聊得不错。如果葛双能像以前那样陪着自己，她就不会找结结结吧了。

郑来庆听人说在兰溪街一带看见过文妹子，这天中午就开着破皮卡往兰溪街来。这是城乡接合部，房屋杂乱，居民复杂，是藏匿人的地方。郑来庆顺着街巷漫无目的地走，果真就看见了文妹子。她正在农贸市场一角卖菜。她体格粗大，虎背熊腰，正用一把刀把豇豆不停地切成细小颗粒，唰唰唰，她的刀法娴熟，唰唰唰，没几下，刀边豇豆粒就堆起岗尖的一小堆。郑来庆走过去，文妹子还埋头问他要买什么。

"文新梅，我是来找你的。"

文妹子抬起头，一看是郑来庆，脸色有点变，问他来干什么。郑来庆痛心地说："干什么？毛老板为你这个案子跑前跑后，费了好大力气，你却躲到这里卖酸豇豆。"文妹子无奈地一笑，说："我不打算告了，他毕竟是我的老师，再说他又没在我身上留下什么可以提取DNA的东西，告也告不响。""什么？"郑来庆听这妹子说出DNA之类很专业化的东西，就知道她肯定又被另一拨人教唆了。毛大德好不容易要她背下的词，肯定被另一拨人的恐吓打消了。他感到难以交差，就跟文妹子说："不管怎么样，你跟我走一趟，见到毛老板，你自己跟他说。"

"我在卖豇豆。"

"我买了，一共多少钱？"

"现在还不能卖，要放到闷坛里沤酸了才能卖。"

"那就按沤酸的卖好了，我不会亏你的。"

要摆道理，文妹子讲不过任何一个人。于是她就不吭声了，放下刀，弃下自己的菜摊，要离开。郑来庆于是拽住了她。他的手刚碰到她的手肘子，她就发狂似的大叫："强奸啊强奸。"而且，她转瞬间就哭起来。她哭得真快，情绪像是用开关控制，嗓门像是用发条驱动。郑来庆觉得十分荒唐，他想，她这么五大三粗，谁敢动强奸她的心思……没等他想清楚，脑门上突然挨了几下。一个块头更庞大的中年妇女不知从哪里钻出来，操一块四方的小砧板朝他脑门上敲来。他一看，是文妹子的妈。文妹子和她妈两个人猛扑过来一边打郑来庆一边扯着嗓子一齐喊："强奸啊，有人强奸我！强奸，我被人强奸啦……"此时文妹子脸上没有恐惧，只有无边无际的兴奋，仿佛她所说的事情正在发生。郑来庆还没回过神，就被一圈人围住了。他们七嘴八舌地议论起来。一个老头还语重心长地教导说："小伙子，农贸市场不是强奸人的地方。前面不远拐个弯有一家兰茗苑，你可以去那里。"郑来庆点头哈腰，不跟他们解释。钻出人堆，发现文妹子和她妈已经走得不见人了，摊位上只有砧板菜刀和豇豆。

　　苏小颖拨打结结结巴的电话。葛双不能陪她，她只能找这个人聊聊电影，或者他会请自己看一场电影。

　　郑来庆站在街心，脑袋仍然发着懵，刚摸出电话想打给毛大德，就听见那个电话主动响铃了。里面传来一个女人圆润的声音，问他是不是结结结巴。他反问："你是腰长腿短？你在哪？"他估计这个女人来了佴城。

　　"你一点都不结巴嘛。我在你们佴城。兰溪街，又一家宾馆你知道吗？"

郑来庆一抬头，就看见粗黑体的"又一家"招牌，招牌下面一个女人正在打电话。他吓了一跳，没想到腰长腿短竟然是个非常漂亮的女人。他忽然想到自己头上有伤身上有血，赶紧扭过脸看向别处。他说自己正在上班，五点半下了班以后，再请她吃饭。打完电话，郑来庆赶紧爬上破皮卡，把车往大街子上开。一个下午的时间足够他改头换面。他摸摸头上的伤口，并轻声地对自己说：塞翁失马，焉知非福。

　　苏小颖收起手机，她看见百十米开外有个家伙满头是血，钻进一辆皮卡磕磕碰碰地开走了。她心里又是一凛，赶紧回到宾馆。俚城这地方乱糟糟的，没有本地人陪着，还真是找不到安全感。她回到自己的套间，心里安稳了下来，在这房间里待上几天，一切渐渐变得熟悉。她泡着速溶咖啡，坐在绵软的沙发上发呆。耳畔有各种声响，但她慢慢听出了寂静。

　　到晚饭点，结结结巴就打电话来了，说在宾馆门口等她。她走出去看见一辆出租车，那个男人穿得很正式，还戴一顶礼帽。帽檐压得很低，仿佛提高着警惕。她正要就此想起周润发，但是转眼却想起周星驰，便忍不住笑了。他告诉她自己叫郑来庆。他本来想把她带到毛大德砂锅斋，如果到那里吃饭，毛大德可以给他一定的折扣，还可以签单。签单的话，毛大德可以从他工资里面扣，反正郑来庆打官司挣来的钱都要经过毛大德的手。他乐意在她面前展示签单的样子，令她误以为自己在这地方混得很开。他字写得好，但那些字写得丑的人总是不停签单，这让他很痛苦。字写得丑却可以抵钱，自己的字写得好只能抄抄狗屁文件，这世道就这样毫无道理。看看苏小颖，他又稍有开怀。这么漂亮的一个妹子突然横在自己眼前，当然也是毫无道理。

她不愿意去那里。她听他说起那家店名，就说去别的地方。车在开，她随手点了一家路边店子，说就到那里吃。司机"噢"的一声把车停下来，那是一家再普通不过的火锅店。俱城的人爱吃火锅，下重辣，上了年纪普遍患有便秘的毛病。郑来庆点了小份牛杂，因为就这东西她没吃过，她记得以前父亲常买牛下水喂狗喂猫，现在，弄干净了人吃又会是怎样？

她看看他。他不是自己想象中的样子，竟然清瘦，颧骨一撑，那张脸就跟踩了高跷似的拉得老长。她说："你能不能不戴那顶帽子？你脱发？"他有些不情愿地摘下帽子，里面缠着几圈纱布，布面上当然浸出点点血迹。

"怎么啦？不会是被狗跳起来咬着的吧？"

"呃，也差不多。"

一锅热腾腾的火锅，两瓶淡啤，两人吃着说着，聊一些不浓也不淡的事，比如人生。但人生其实没什么好聊的，闭着嘴仿佛还有很多见解，一张嘴却又无从说起，于是又聊起新近看的电影。他俩习惯了互相推荐，然后下次网聊又有了核心的话题。她其实很享受坐在这个破火锅店的感觉，这是一次再简单不过的碰面，两个网友初次相聚，不至于见光而死，也不会发育出旁逸斜出的枝节。她知道事情无非这样。打她主意的男人多了，脸上随时挂着比皱纹还要密实的骚情，但对面这个男人倒是表现得老实安分。她和他网上聊得久，知道他本来就是这样的人，不是装出来的。她感到放心，牛杂又意外地对她胃口，就多喝了几杯。

他在说着一部老电影。她走神走得厉害，根本听不见他说些什么。天一黑，她脑子里想的全是葛双。这个时候，葛双在干什么？她要是在做生意，那么，一个什么样的男人和她待在一起？老的？少的？丑人？秃子？或者是个瘸子？葛双不能挑，这仿佛是她的职业道德。读高中的时候，那个酸腐的语文老师经常灌输教材以外的知识，他曾摇头晃脑地说起古代文人心目中十大败兴之事，花下喝道是的，树上晒裤衩是的，妓女挑客也是。听到"妓女挑客"这一条时全班都笑了。苏小颖在笑，她看见葛双也笑。那时候，这些听来是多么遥远的事情……

她眼睛忽然有点酸，知道泪腺分泌得旺盛了，怕对面的人看见，她只好仰起头防止眼泪滚落出来。

"是不是汤太辣了？"他好心地问她。待她把脸摆正，他发现她下牙齿咬住了上嘴唇，而且眼里忽然迸出一丝怨毒。他不知道自己哪里做错了，哪句话说错了，只得问："怎么了？"

"没什么。"她顿了一顿，抬高了声调问他，"你找过小姐没有？"此时，她吐字其实格外地清晰，他只好去怀疑自己的耳朵。

"什么？"

她严厉地，再次地发问："你，嫖过娼没有？"

郑来庆听得再明白不过，以至不好意思直接回答"没有"。就像问一加一等于几，小孩答得出来大人总是不知所措。他一时口拙，强作镇定，扭头看了看别桌的人。店子里十来张火锅桌半数有客，每个人都在说自己的事，谁有心思听别桌的人说了些什么？他灵机一动，突然想到小学三年级时就被老师教导说有一种反问句。

"你想听真话还是假话？"

"当然是真的。"

"真话讲出来总是讨人嫌，我今天还是告诉你假话吧……"

"……"

他把脸凑近了，压低着声音郑重地宣布："这假话就是：我嫖过！"

苏小颖没想到就被他那么蒙混过关了，松了一口气，这才觉得刚才自己有些失常。她不由得感谢这个人的容忍与机巧，让局面不至于尴尬。他又问到底是怎么了。陌生的环境适合倾吐，这个男人也确实显得可靠，但苏小颖还是咬紧嘴唇，没跟他说起葛双的事。

她又问他："那么，再给我推荐一些片子……"

"关键词？告诉我，我帮你推荐。我家里有碟，可以直接找出你要的给你。"

"关键词？就一个：妓女。有没有？"

"有关妓女的很多，很多都是三级的。说实话，我一个光棍，三级片也买了很多。"

"我能理解，不看不正常。但我要的不是三级片。我要那种，怎么说呢，正儿八经描写妓女生活的。"

"真没办法，又要是妓女又要正儿八经。不过，你的意思我算是明白了。"郑来庆掐着手指回忆着自己藏的与这个词相关的电影，《茶花女》《饥饿海峡》《啊，野麦岭》，还有国产的《杜十娘》，诸如此类。

"别跟我假正经，我就要现代的，不要这些演员都死掉了的老片子。"

"我找找，哪时给你？"

"你这几天有空吗？带我到你们这地方玩玩。我今年的年假一起休了，就这几天，也不想去别的地方。"她懒散地说着，希望得到他肯定的回答。

他当然是求之不得，马上想到，明天正好以脑袋上的伤为理由向毛大德请假。因为是被文妹子母女打伤的，这可以算是工伤，毛大德舍不得开医药费，准几天假应该是没问题。他满口答应下来。

接下来的几天，郑来庆开着那辆破皮卡（他难得地把车洗了一遍，某些地方还补了些漆，所以看上去不那么破）忠心耿耿地陪着苏小颖在佴城里转来转去。苏小颖乍一眼看去觉得那辆皮卡有点眼熟，却又记不起来。她笑了，皮卡都是这个模样，眼熟有什么好奇怪？就像每晚七点整都会在CCTV 1里看见一颗球滚动而出，这有什么好奇怪？

佴城确实没有什么值得一去的地方，既然有车，郑来庆就带她往周边的每个县里走走，车程都在一小时多一点，早上去晚上回来。郑来庆喜欢钓鱼，周围那些县份，犄角旮旯里的山塘水坝他都去过，一路上，哪里有风景他脑子都记着。

苏小颖喜欢这种清静的出游，就两个人，一辆破车，郑来庆安全可靠的脸晃荡在左右，捏着一只很小的相机，不停地拍拍照片。她看着显示屏，他拍的照片很呆滞，谈不上有技术。他也老实承认，平时自己基本上不拍照片，工作的时候，有时为了取证才掏出机子拍下证物或是与案件有关的蛛丝马迹，以便于庭上说明问题。她相信他就是那么个人，程序化地接待着来这里的朋友，用廉价的相机拍出千人一面的表情款待朋友，那种热情源于他认为这是他应该做的，义不容辞。很多景点都很荒僻，少有人来。有些景点是政府领导喝了酒后脑袋一热，拍桌子决定上马的，花了一把钱，景点弄好后实在没生意，甚至供养不了一个卖门票的，只好敞开了门任人进出。苏小颖偏喜欢去到那些破败的地方，因为安静，风景就总有一种寂寥的美。她喜欢看这时节衰草一蓬蓬胡乱生长的样子，不喜欢被修葺得规整的灌木和错落有致的盆花。郑来庆这就很放心，甚至不带她去所谓的景点，直接去自己曾经钓过鱼的地方。他还教她钓鱼。两人长时间在岸沿坐着。

"你在想什么？"

"什么也不想。一开始钓鱼的时候老想着鱼上钩，现在不这么想了，你想也好不想也好，咬钩是鱼的事情，你急不来。"

"你有女朋友吗？没有吧？"

"你看得出来？"

"什么年月了，你还等着鱼自动咬钩。别的人根本不钓鱼了，他们撒网，扳罾，布拦河簖，甚至下毒，用电杆打，用炸药炸。"

"你知道的真多。他们无非多吃到几条死鱼。"

"你吃活鱼？"

"不，我不吃鱼。钓鱼钓得久了，常常不爱吃鱼。你觉得鱼咬钩是它逗你玩，像一只宠物那样逗得你开心，还有点调皮。谁会吃逗自己开心的东西？"

她这时又想起了葛双，掏出手机，这个地方没有信号。

"……没有信号。"郑来庆在一边说，"有鱼的水湾子通常没有手机信号。这真是很奇怪，我早两年就发现了，好多次找地方钓鱼，都要掏出手机来测一测，如果没有信号，就下钓竿，非常起作用。"

"你总能找到一些稀奇古怪的事情。"

"找不到钱，只好找一找这些不要钱买的乐趣啊。"

她四顾看去，这里的清寂让她心思活泛了很久，胸膛此时竟有些潮热。郑来庆老实可靠，但不免有些枯燥。她记得在公司的时候，男同事在自己身边总是有些骚动，本来沉静的人禁不起她两个眼神就活跃起来，甚至放开手脚耍宝。晚上喝了酒，她偶尔也跟一些外公司的熟人419。这时她忽然希望郑来庆能够扔掉手中的鱼，恶狠狠地瞪着自己，并且伴随一些情不自禁的举动……如果这样，她不知道自己会怎么处理——或者，先是摆出吓蒙了的样子却又不坚决反抗，等他越来越肆无忌惮，关键时候再在他脸上轻轻刮一巴掌，迅速闪开，再咯咯地笑？现在，她知道这些不期而至的想法都很正常，无须回避。只要不上瘾，她依然算是个正常的女人。

苏小颖问他这几天怎么这么得闲，整天地陪自己。他呵呵一笑，又指了指自己头上的创口，说起文妹子的事。他一时不慎，说起那天就在又一家宾馆前面的农贸市场发现了文妹子，没想到文妹子母女都有如此严重的暴力倾向。他只能当是被狗咬了，医药费都只能算在自己头上。她想起来了，那天看见的满头是血的人竟然就是他，不由得哈哈地笑。她说："那天我见着你了，你就站在我面前，还和我打电话。你肯定认出我了，不好意思马上走过来，还说自己在上班。"他呛了一口，觍着脸，只好认了。

"没关系，我说不定会帮你。"

"你怎么帮我？"

郑来庆用那辆破车把苏小颖送回兰溪街，经过农贸市场时，他指了指一个摊位，告诉她，文妹子以前就是在这个摊位。现在，那个摊位上有一个皱纹细密，皮如包浆脸如出土文物的老汉在卖手切烟丝，他一边切一边抽一边跟凑上来的人谈价一边还和旁边那个卖畚箕的人扯着闲话。苏小颖说："你有那个，文妹子的照片吗？"他想起有的，把手伸进衣兜，一摸摸到一个软囊囊的东西，没想起是什么，第二下摸到一张照片。毛大德就是这么叫他按图索骥地去找文妹子，居然让他给找到了。她只看了一眼就把照片退回来。她说："我有印象，这妹子我碰见过，真没想到会被人非礼。你们俚城真是一个藏龙卧虎的地方。"

到了宾馆门口，他才想起上一次她嘱咐的事。他用心去办了，把自己以前淘的碟片重新篦了一遍，又到碟店补充了几张，全是跟妓女有关的。他把那一摞碟片递给她，说："够你看好几天的了。你要看这个搞什么？"

"你别管那么多了，你走吧。"她揣着那一把碟片，看着他把破车屁颠屁颠地开出这条街，转拐以后消失。

苏小颖一觉醒来，发现今天是葛双的生日。她善于记生日，父母的，同事的，朋友的，到那天，隔得近的送一份小礼品，隔得远的打一个电话，比平时请客吃饭联络感情管用得多。她很多年里把葛双的生日忘了，但到了这天，她脑海里突然蹦出来葛双的生日，就像三八是妇女节六一是儿童节一样毫不含糊。她忽然想，也许，来的时候就隐隐意识到某桩与葛双有关的事情临近了，现在才明确原来是她的生日。桌上散乱地摆着那些碟片。昨晚她看到半夜，片里的内容让她心情越来越暗淡。好在觉还睡得爽朗，梦里面是另外一些内容。一醒来竟然就到了中午，这几天，她每天都能睡到自然醒，这是平时享受不了的奢侈。打开电视，很快伲城新闻就冒出来了，狗观众面无表情，用依然咿里唔噜的声音播报着今天的主要内容，其中有一条是一个副市长被逮捕的消息。配合新闻画面，那个副市长斑秃，突然愤怒地冲着摄像机的方向喊叫着什么。但通过技术处理，他只能露出一张老脸，声音被整齐地剪切掉了，一个音节也不会漏出来。苏小颖觉得那个副市长长得像狗观众。她这么想的时候，就提醒自己，反了反了，是狗观众长得像副市长。

而在另一边，兰茗苑宽敞的大厅里，两桌牌同时摆开了，早起的妹子开始了搓麻，把脑袋搓热了，才有心思去洗脸刷牙吃早饭。巨大的液晶电视里同样播放着伲城新闻。打牌的妹子不约而同放慢了甩牌的速度，她们用惊诧的口音跟葛双说："你看，你的公爹被抓了。还是你小老公发布消息。你的小老公真是个铁面无私的人。"

"他反应有点迟钝，台领导要他念他就念，晚上等他回到家，才会想到自己不该念这条新闻。"葛双对狗观众多少有了些了解。

"看样子，你的公爹抽不出空找人来干掉你了。说不定，过几天狗观众就会带着戒指来向你求婚。"

葛双则高瞻远瞩地说："此一时彼一时，落魄的凤凰不如鸡。现在他爸出事了，他也脱不了干系。他现在想娶我，我还懒得天天去安慰他痛苦的心情。"

妹子们不停地起哄，拿葛双不停地开涮，甚至想象着，在狗观众娶葛双的那一天，她们会怎么样把洞房闹得鸡犬不宁。一帮妹子一起开动想象力，那是很可怕的事，一旦过上了嘴瘾就没个完。葛双有点烦乱，肚皮也真饿了，让了牌位往外面去。她在街边随便吃了两个凉裹卷，仍然懒得回去打牌。她想起来自己已经几天没去看苏小颖了。苏小颖倒是说过，如果忙就不要去陪她。一连好几天没见面，葛双心里有点不好意思。她和苏小颖已经找不到共同的话题，曾经亲密无间的感觉早不知丢到哪去了。此时，葛双无缘无故地想：苏小颖是不是走了？

她去到又一家宾馆，上到四楼，拧开门，苏小颖还在看着片子，她眼里很湿润。看那些片子，她总是要把自己的情绪带进去。

"怎么了？"

苏小颖不说话，指了指笔记本电脑的显屏。葛双先是站着看，但显屏有着变幻莫测的折光，稍微偏些角度就只能看见一片片暗影。她只好坐下来，和苏小颖挨得很近，看那个片子。桌前摆着几袋纸袋包装的小食品，苏小颖这时才意识到那些东西的存在，一一拆开让葛双拈着吃。

葛双平时并不看碟片，不但她，兰茗苑里所有的妹子都没有这个习惯。但是，眼前正在放着的这个碟，不知为何，葛双一下子就看进去了，场景很随意，一幢简单的民房，那几个演员样貌普通得就像是街子上随手拎出来的。葛双看见显屏里，一个女人敌视地看着另一个很无辜的女人，忽然心里一动，打算看下去。她意识到，那个面相委屈，表情孤立无援的女人也是个小姐。

故事很简单，小姐寄住在一家家庭旅馆，做生意，也不时地被旅馆老板父子俩占便宜。旅馆老板有个女儿，她当然很恨这个在自己家里做生意的小姐。但慢慢地，她们彼此熟悉了，接近了，有了交流，成为朋友……

"女人就这样。"看到这里，葛双突然有了感触。

苏小颖附和："是啊，女人心总是软一点。"

"心软一点，意志还坚强一点。我觉得我们女人总是比男人坚强。而男人，他们脆弱得连孩子都不敢生，最要命的事情全留给女人做。"

葛双还要说，碟片里的故事也发展到了更高潮。她只有闭嘴。其实往下的发展，她大概已经猜到了。苏小颖看了那么多电影，当然也猜到了。她把头轻轻地靠在葛双的肩头上，此时显得异常温顺。"不要这样。"葛双有些不适应。苏小颖则更用力地搂住葛双，冲她说："乖，不要动。"

葛双无奈，继续看着碟片里的故事。果不其然，一天，那家庭旅馆里只有两个年轻的女人。小姐在接客，旅馆老板的女儿在看着无聊的电视。来了一个住宿的男人，她把他带到空房间。男人问有没有小姐。她去看了一眼，那小姐忙不过来。"那么你呢？"这个嫖客问。她想了想，点点头。她接完头一个客人，当然，对方根本不知道。她走出去，外面是海滩。那个小姐坐在滩上面等她。她走过去，两人坐在一起，什么也不说。

葛双看得心里有些紧张，苏小颖的脑袋还压在自己一侧肩头。她只好耸了耸肩，说这个片子放完了。

"你说有这样的事吗？"

"我觉得，后面那个嫖客太帅了。比刘德华还帅的男人，怎么还去嫖娼呢？要是换一个，可能她就不接了。"

葛双对电影的评论令苏小颖有些意外，她觉得葛双总是不能和自己想到一块。"你真是答非所问。"她有些失望，这时想起那件事。她又说，"葛双，今天你生日。"

葛双掐掐手指，发现真是这样。这么多年，她自己的的确确把生日忘了，反正从来也不过，意识到自己增长一岁总是在别的某个日子，被一些莫名其妙的细节触发。她没想着苏小颖还记着。

"那又怎么样呢？"

"晚饭的时候，叫上你几个玩得好的姊妹，我们也像男人一样，去酒店摆上一桌，也喝喝酒。我请定了。"

"你现在就有点醉了。这几天，谁跟你在一起啊？"

"管这么多，葛双，难道你是我妈吗？……快给你那些姊妹打电话吧。"

她们一伙女人走进那家门面不太起眼的小馆子，问有没有包厢。那个矮胖的女服务员有点呆，她说没有也就完了，却说："有，但已经被人订了。"葛双就笑。今天她生日，二十六岁，但感觉自己已经很老，经受了风雨历练。她说："真看不出来，你们这么个破店还要预订。"她硬是要一间，那个妹子也拦不住，而且，老板对是否预订也不太在乎，来的都是客，花的都是人民币。兰茗苑的一伙姊妹都有些酒量，坐下来就要酒，啤酒白酒都点，兑起来喝。到了这季节，光喝啤酒越喝越凉，光喝白的，小口小口抿进去憋得慌。苏小颖跟她们不能比，她表示不能喝，那些妹子也不多劝。吹蜡烛前喝了两件啤的，吹了以后又喝了一件，那六七个妹子已经东倒西歪了。

苏小颖跟葛双耳语："叫她们先走吧，我们坐下来，再聊聊。"葛双点头，她说："也是，你来了以后我一直没有跟你好好地说话。"她站起来，分配着那几个妹子，兼精搭肥，微醉的和大醉的互相搀扶，送出门口。看得出，葛双在这一帮妹子中说话很有分量。她来的年头多，见过的场面也比别的妹子多，再加上生就一副热心肠，谁和客人扯起皮来，葛双闻见声音总是第一个冲过去，不管什么原因，先将自己的身体横在中间。

别的妹子走了，马桑不肯走，她还要陪葛双再坐一会。苏小颖又点了葡萄酒，撬开瓶塞，排开三只高脚杯，拿酒往杯里倒，那酒有点黏，血似的。

"你酒量不行，洋派很多。"

"一点葡萄酒就洋派了？"苏小颖不想纠缠这些细枝末节，她心里早就想说些什么了。刚才喝那一通酒，虽然没别的妹子喝得多，也达到了她自己的纪录。现在她很想说话。"过了生日，以后有什么打算？"

"能怎么打算？你不会是和我妈一样，想劝我嫁人吧？"

"己所不欲勿施于人，我对男人挺失望的，怎么会劝你往陷阱里面跳？我是说，你也不能老待在这个地方……"

"那能去哪里？"

"换一个工作，也换一个环境。要是你愿意，跟我一起去省城看看。省城毕竟比这里大，机会也多。真要去，暂时可以住到我那里——那也是个小套间。我们又能像以前一样，住在一起，白天干活，晚上回来说说话。"苏小颖说着说着，眼睛就越来越亮，她容易被自己说的话感染。尔后她又说，"你人长得漂亮，能说会道擅长打比喻，还能喝酒，一般的男人你都能摆平；我看你组织能力也不错，那些姊妹都肯听你的。"

"那是，换作是兰茗苑别的妹子，别说庆生，就是结婚生孩子也聚不拢这多姊妹。马桑，你说是吗？"

马桑当然点点头。她有点犯恶心，不停地闻着葡萄酒的气味。苏小颖又说："葛双，你不要小看自己。有你这几手本事，进个公司混到中管很容易，现在交际型人才很吃香，何必……大材小用？"

"大材小用？小颖，你到底想说什么？"

"葛双，这次来了，我才知道你是在……要是早知道，我也早就过来了。这几天，我虽然没和你在一起，但是一想到你被……你被那些狗男人欺负，我就很难过。"她顿一顿，又说，"非常非常难过。"

"没人欺负我。我总有办法，让他们服服帖帖。狗观众要娶我，我还不答应。我觉得自己过得还不错，你用不着担心。"

"你真觉得还不错？"

"难道不可以？我为什么要跟自己每天都过着的日子过不去？是的，一开始是过不惯。我要自己开心起来，结果就起了作用。"

苏小颖啜着血一样的酒液，说："葛双，换一个地方试试。在省城，我熟人还是蛮多，老总副老总认识不少，我可以帮你……"

葛双不免叹了口气。她说："苏小颖，你真是一点都没变。你记得吗？你天生就喜欢给别人提建议。读高中那时，你就给了我不少建议。还有那次放了假，你要去我家，我就带你去了。你到我家没两天，就提了一大把的建议，建议我家搞特色养殖发家致富，建议我爹承包村里的林场经营木材，还要我妈别再用灶头的鼎罐烧开水，你说那叫千滚水，会造成亚硝酸盐沉淀，要专门买把烧水的壶……亚硝酸盐，那时化学课刚刚学到，你就用上了。你真是活学活用的典范。"葛双清晰地记起当时的情景，面对苏小颖提出的成把的建议，她父亲一开始还觉得有趣，慢慢就有些窘迫。一把烧开水的白铁壶要十几二十块钱，哪是说买就买的？她记得自己的父母，阅尽沧桑地，慈祥地冲苏小颖笑笑，敷衍地说呃好的，不急嘛，到时再看看。后来苏小颖还要去她家，她总是拒绝。

苏小颖头胀脑裂，听出来葛双有些不悦，也就不再说起。她记不起以前竟然提了这么多建议。她说说也就忘了，但别人竟还记着。她心头得来一丝懊恼。

酒没了，葛双还想喝。苏小颖也不想停。这个晚上在降温，啤酒喝得肠胃发凉，葛双就叫了醪糟酒。醪糟酒用竹筒装着放在大锅里加热，喝起来发甜，像是饮料，其实蛮有后劲。喝到一定量，就像是被人放了药，说倒就倒，昏睡不醒。苏小颖也是第一次喝，觉得不错，热酒下口，能感到它在肠道里的流动，一线下去都是暖暖的。

"我对不起你。"葛双说，"你都来好几天了，我也没好好地陪你，陪的时候也在想别的事情，没有好好跟你聊一聊。失恋这回事，我知道……"

"不要提那事了，我现在真不在乎。"苏小颖眼睛周围已经潮红起来，说话时舌头也粗了。她还挥挥手，进一步说明自己的不在乎。

"你怎么会不在乎呢？你这是第一次啊。"

"葛双，我要感谢你。这次我过来，你已经给了我很多东西。"

"我给你什么了？"

"……怎么说呢？我现在都懒得恨那个人。你很坚强，我从你身上学到很多东西……"苏小颖此时隐隐地意识到自己嘴巴有些失控，脑袋像是被水泡着了，不清爽。但她憋不住继续地说，"葛双，来这里我确实是想找你说话，你劝着我早点摆脱那种心情。这几天，自然而然地，我就不想他了，我老是想到你。天一黑，我就想到你正被……被那些男人任意摆布。我会想起那种情景，就好像正在自己眼前发生。我甚至要扑过去……"

"怎么又说到这上面了？"

苏小颖吞了吞舌头，说："不说了不说了，和你一比，我失去了一个本来就应该失去的男人，又算得了什么？"

葛双此时把脸转向另一边，看着窗格子，手里一直捏着那只酒杯，时不时自己喝上一口。苏小颖见她那一副懒得说话的样子，闭了嘴，把酒杯递过来找碰。马桑已经不喝了，她两人继续喝了好几杯。

苏小颖又说："等下，你还去上班吗？"

葛双看了看手机屏上显示的时间，说："时间还早，哪能不去？"

"今天是你生日，给自己放个假好了。"

"我哪有这么娇贵，找个借口就休息。对我来说，赚钱就是过生日。"

"葛双，今晚别去了，陪我睡好吗？就像高中时候那样。那时候我们天天晚上都睡在一起。"

葛双歪着嘴一笑，说："你怎么老是说到高中时候的事？说实话，我已经不大记得起来了。这几年对你来说很短，但读高中对我来说，是上个世纪的事。上个世纪的事，还老拿出来说，有什么意思？"

"我知道你日子难过。可是，我今晚想和你待在一起。你放心，我也不会让你耽误赚钱的工夫。"苏小颖眼睛亮起来，逼视着葛双，一字一顿地说，"你一晚上能赚多少钱？"

葛双有些警觉，她问："你要说什么？"

"钱我翻倍给你。这几天，我都翻倍给你。你别回兰茗苑了，陪着我多待几天……告诉我，你一个晚上最多能赚多少？"苏小颖说着，还拿手去掏钱，从一个兜里掏出一把名片。她把名片扔在地上，再掏另一个兜，是有一沓整钱。

她竟然把钱递了过来。

葛双把钱一拍，钱就全都掉在地上。马桑站了起来，弯下腰去捡钱。钱散得很开，东一张西一张。

苏小颖这才闭紧了嘴巴，不再嘣哒出一个字。马桑把钱全捡起来，垛齐，又插进苏小颖的衣兜，还在她肩头拍了几拍。苏小颖喝完了杯中的酒，轻微晃动着脑袋想要思考某些问题，但是脑袋此时一点也不好用，晃不出任何清晰的想法。过一会，苏小颖就趴在桌子上睡了。葛双和马桑并不急着走，沉默地抽起了烟，把烟雾喷得到处都是。两人看看趴下了的苏小颖，又相互对视了数秒钟，笑了起来。笑的时候，葛双摊开手摸自己的脸，根本摸不出是哪种表情。

要走的时候，一个胖男人走了进来，径直坐下。葛双看了他一眼，问："你好，难道我们竟然认识？"胖男人笑了，他说："我认识你们两个，都是兰茗苑的。我还把你叫出来过，去了七顺大酒店。但是你已经把我忘到后脑壳了。"

"那当然，谁记得住你？你长得又不帅。"

"我坐不改名行不改姓，我叫毛大德。这个包间是我们包下来的，刚才，我看见是你们抢了先，也就不说什么了，另外找一间。"毛大德指了指仍然趴着睡的苏小颖说，"她也是你们那里的妹子？"

葛双想了想，点了点头。

"我说话直来直去。我可不可以把她带走？钱先给你，当然，你也有好处。"

葛双和马桑交换了一下眼神。葛双说："那好，你先把我们的账结了。"

"当然没问题。我外面有车子，等下先送你们回去。"

"你先去结账吧。"葛双朝毛大德挥了挥手。

毛大德点点头，走出去结账。葛双和马桑赶紧一左一右挟着苏小颖往外面走。另一个男人拦住她们。他说："我兄弟让你们等一下。他去帮你们结账了。"

"屋子里很闷，我们去外面马路边等。她要下猪崽了。"

苏小颖从来没喝过这么多酒，而且还是杂着喝，很要命。她确实是一副要呕吐的样子。酒后呕吐，俚城人称为"下猪崽"，不知谁最先说起，有着什么样的掌故，反正现在人人都那么说了。那个男人当然不好阻拦。

刚出去就碰到的士，葛双和马桑赶紧挟着苏小颖上了车，要司机赶快开。葛双跟司机说："有几个狗东西想欺负我们，他妈的。快点开。"司机也很仗义，一脚踩大了油门，并愤慨地说："那帮狗东西，要是我有枪，我就先打下他们的狗鞭，再打破他们的狗头。"葛双和马桑扭头看见没人跟来，抽风似的笑开了。

葛双笑完的时候，脑袋里突然蹭出一个想法，令她自己激灵灵抖了一下。但马上就过去了。

毛大德和他那个朋友反应过来，跑到门外，那辆的士已经蹿出去半里远。毛大德不好开着车追，只好骂几句娘，朝地上吐两口唾沫。

到了地方，马桑帮着葛双把苏小颖扶到楼上。不喝酒时她体态轻盈，喝了酒像个秤砣。出来，葛双还想去兰茗苑坐一阵。现在，她老觉得自己像个劳模，像个三八红旗手。马桑觉得头晕目眩，说不去了，要回住处。葛双见马桑憔悴的样子，也是不放心，又陪着马桑往那边走。马桑还在路边摊随便买些吃食，她想起豺狗子还在屋子里等着她。豺狗子成天不出门，吃的东西都要她带着。

马桑回到住的地方，把吃食往桌上一搁就往里间走，她确实很晕。而豺狗子在外间打电子游戏，任天堂低位游戏，《超级玛丽》，二十年前这款游戏曾风靡大街小巷。游戏卡是豺狗子在街边捡到的，为了不白捡，他又花了三十八块钱去地摊淘来一台单手柄游戏机。他打来饭盒吃里面的炒宽粉，很油，很多辣椒。葛双坐下来看着豺狗子饿死鬼投胎的样子，他脸上下巴颏笨重，吃东西像提线木偶嗑动着夸张的嘴。她不知道自己为什么当初喜欢过这个人，现在其实还是喜欢着。

"吃完了吗？跟我走一走。"

"为什么要跟你走？"他手又摸在了游戏手柄上。

"因为今天我过生日。"

"你不会每天都过生日吧？有时候心情好，喝多了酒兴奋起来，也不一定就是过生日，对吗？"

"……你妈当初是不是每一天都在生你？"

豺狗子陪着葛双走在路上，路上空空荡荡，游荡着几个醉鬼，几个架在小推车上的夜市摊，摊主随时准备推车离开，躲避醉鬼闹事。到了又一家宾馆楼下，葛双对豺狗子说："上去。"

豺狗子警惕地说："你好像不住这里。"

"你也太自以为是了，好像我随时都打你主意，想骗你失身。你是不是药劲太猛，成天都飘飘欲仙？"她又小声嘟哝，"人不像人鬼不像鬼的，还他妈自恋。"

"你到底要怎么样？"

"跟我走，我要让你看个东西。"

上楼的时候，葛双才意识到，打的时冒出来的念头，竟然已经牢固起来。这是被苏小颖说的那些话激起来的。趁着酒劲，葛双觉得自己这个想法也没什么错。她没想到生日之夜，自己心里的主旋律竟然是委屈。以前读书时，和苏小颖住在一间屋子里，她其实也经常觉得自己是个丫环。她晃了晃脑袋，问问自己是不是因为酒失去了正常的判断力。楼道里的灯昏黄着，葛双没意识到自己一边走一边歪着嘴不停地笑。她在对自己说，干了也就干了，有什么好怕的？酒醒以后我可以把事情赖给酒醉。豺狗子看见了葛双那种坏笑。一路上，他有点好奇，不知自己为何一直对葛双提不起兴趣。其实她长得不错，但是，总让人觉得有哪个地方实在不对劲。

葛双用门卡轻轻刷开了门，里面还亮着灯，伴着灯光，是苏小颖轻若蚊蚋的呼噜声。她把豺狗子拽进去，指了指里面，说："你进去看看。"

苏小颖是趴着睡，豺狗子走进去弯下腰来，才从那挤压变形的一侧脸廓认出来，就是被抓那晚在迪厅里看到的美女。他清晰地记得，之所以印象深刻，是因为当时发现她和葛双在一起。这使他心里起了疑问：难道这个女的，也是在兰茗苑里面做生意的？看着她的模样以及穿着，实在不像，但她确实和葛双待在一起。葛双除了兰茗苑的姊妹，没有别的朋友或者玩伴。当时，这种疑惑像块阴影在豺狗子心头迅速扩散着，所以走了过去，近距离看看苏小颖，心里得来一股锐痛。那一刻他回忆起来，早两年，马桑忽然就去做了小姐。他听说这事前去干预的时候，马桑已经铁了心要卖自己的肉，还担心时不我待，只争朝夕地赚钱。家族那种病在前面不远的地方窥视着马桑，对此她没抱什么侥幸心理。这些年来，马桑就没碰过什么侥幸的事。当晚，豺狗子忍不住还打了葛双的电话，听葛双的语气那女孩好像并不是兰茗苑的妹子，豺狗子这才稍稍放下心来。后来他听马桑说过，葛双来了一个老同学，省城过来的。

现在，那个令自己一眼难忘的妹子就躺在眼前。她趴着睡，只露出脸的一侧，显然是被人灌醉了。他看看葛双，她站在门框处，手绞起来，脸上挂着笑。

"她怎么啦？"

"别装糊涂，你想怎么样就怎么样，想给多少就给多少。她那么漂亮，能让你飘飘欲仙，但实在不贵。"

"为什么要这样？"

"我喜欢过你，知道你不喜欢我。那没关系，你喜欢什么我就给你什么。那天晚上，我看见你眼睛盯在她脸上就舍不得扭头。"

"你真是一个充满爱心的女人。"豺狗子又张开黑洞洞的嘴笑起来，像刚吃了死孩子，心满意足。葛双知道会是这样，既然是只豺狗，哪有不吃肉的道理？……要是把苏小颖比作是肉，那是一块什么样的肉呢？天鹅肉？我自己是什么肉？葛双鼻腔有些泛酸。

豺狗子往前欺了两步，拽着葛双的胳膊，把她拉到外间，忽然注意到她的脸，并且说："咦，你脸上有灰。"

"哪里？死狗子，不晓得帮我揩一下。"她把一张盘脸像旗帜一样扬起来，递到他眼前。当她的脸处在了一个非常合适的位置，他就扬起手准确无误地刮了她一耳光。她有点呆，满眼疑惑忘了把脸藏起来，于是他得以顺顺当当地刮了她第二个耳光。呦，第二个耳光刮出了丰满的声音。

"你狗日的打我？"

"嘘，轻点。"豺狗子更加心满意足，微笑地说，"我觉得我有点打轻了。葛双，她是你的同学，从省城跑来看你，你呢？你把她灌醉了，然后……"

她吐了一口唾沫扑了过来，要抓豺狗子的脸。他只好扭住她的手，反剪起来，把她轻轻地摁倒在沙发上。沙发是假皮的，很丰满，富有弹性，上面汇集了很多客人臀部的气味。

"快把我放开！"

"你竟然还能说话。"豺狗子一手捏住葛双的后脖子，挪了挪，葛双一张嘴死死地抵在沙发皮上，说不出话来。过得几分钟，豺狗子才把她的脸弄出来，问她："你服不服？Yes or no？"

葛双艰难地点点头，她点头的时候，一侧耳廓在沙发皮上擦出沙沙的响声。

"这就对了嘛。"

豺狗子放开葛双，葛双理理头发，在嘴巴亲过的地方坐好，不敢再闹。豺狗子也坐了下来。

"我早就看出来，你阴狠。但以前没想到，你简直不是人！"豺狗子得来掌控全局的快感，他一边说一边跷起二郎腿，还拿手指戳向葛双。

葛双仍然是笑："豺狗子，一只狗看得出谁是人谁不是人？"

"就算我们都不是人……这件事，为什么要我来干？是不是想到我吸粉，身上肯定有病？你把我当成细菌武器了是吧？"

"豺狗子，我是为你好，你这辈子吃多屎了，让你吃回肉。你不要就滚。"

"我不能走，我要在这里看你到底还能干出什么事。你眼睛一眨一个鬼主意，让人防不胜防。"豺狗子掏出一包软包的大前门，又说，"我没看错，一开始我就跟马桑说，你眉目阴青，脸相不正。"

"真没想到你还会看相。算算你哪天被警察抓？"

"反正我不能走，她醒来以前，我管定这事了。你知道，我要管定的事情，一般别人拦不住。"

"你真自信，我摁个110，怕你就落荒而逃了。"

"你不妨试试。你要摁三下，我只要摁一下就够了。"

豺狗子不走，葛双当然也不走，她也在沙发上坐下，两个人呈僵持的状态。那烟劲头足，醒神，把即将冒出来的哈欠一个一个又摁了回去。两人你一支我一支地抽着，烟抽空了以后，葛双很快支撑不住，挪几步坐到豺狗子身边，头软耷耷地搁在他肩上。他没有推开她，也没有搂住她，两人就这么坐着。她小睡了一会，醒来，残留的酒精像夜雾一样散去，她开始嘤嘤地哭泣。她哭的时候故意压低，怕惊醒里面的苏小颖。哭声阴沉沉的，豺狗子只好时不时紧紧衣服。

苏小颖醒来，发现天色很好。一团一团阳光从窗帘缝隙中滚进来。她走到外间，那里空空荡荡，没有人。桌上烟缸里盛满了烟蒂。她看着烟蒂，知道是葛双抽的，这才隐隐记得昨天酒后说了不该说的话，具体是什么话，却又记得不甚分明。苏小颖坐下来，回忆着，每当快要记起来，又赶紧打住。

她还是记起自己递了一把钱过去，被葛兰一巴掌打散。她扯着头发，后悔昨晚喝酒太多，酒后失言。她坐了一会，主动打给郑来庆，问他现在能不能过来接她。郑来庆当然是说没有问题，他仍然在休工伤假。他感谢这次工伤，及那个虎背熊腰却老是声称有人要强奸自己的文妹子。他也有点遗憾，苏小颖待不了几天又要走了。他知道自己不是毛大德，毛大德还有他那一帮天天聚在一起喝酒的兄弟，总能轻易地，迅雷不及掩耳地搞定一个陌生女人。他不知道那些人哪来的这一手本事，说不定是从娘胎里带来的。

郑来庆知道，人各有所长，诸如混关系，赚钞票，当老大，飙快车，把暗庄，还有搞女人，这些能力在男人身上都不会是等量齐观，没这些本事，只好耷着脑袋暗自想一想。

苏小颖住的那个宾馆到了，突兀地出现在眼前。他搞不清楚她怎么挑这样一家店子住下来。她已经打扮妥当，挎着手袋走出来。今天她戴着墨镜，走出来时看看天，再看看他。在此以前，他认识的女人没有戴墨镜的。所以，他感觉她总是能带来新鲜的感受。

她上了车，他打个道继续开。走了不远，她透过墨镜看见市场里晃荡着一张似曾相识的脸。她叫他停下车。

"你看那个，是不是你要找的那个妹子？"

他顺着她的指向看去，文妹子果然又出现在这个农贸市场，但不是在以前卖酸豇豆那个摊位，移了个地方，拿着一盏煤油喷灯帮人烧羊蹄。他说："是，就是她。"他准备打开车门下去，她却制止住了他。

"你看，是不是我先下去稳住她？要不然，换你过去，她用喷灯喷你，把你当成一只猪蹄，你看怎么办？"

"呃，我是没有猪蹄耐烧。"郑来庆脸皮子一阵抽搐，仿佛那火舌已经舔到了脸颊。

她打开门下去，往那边走。她完全不像一个买菜的妇女，高跟鞋一路橐橐橐踩出声音。郑来庆静静地待在车里，看着苏小颖走近文妹子，并且交谈。他听不见她说些什么，只看见文妹子频频点头。文妹子已经烧好成百上千只羊蹄，几乎起身要走了，忽然一个中年男人扔过来一只猪蹄，要文妹子帮着烧毛。烧一整只猪蹄文妹子能赚三四块钱，她当然不肯打脱生意。文妹子叫苏小颖等一等。苏小颖就闪到一边，摸出手机打起电话。文妹子真是干一行爱一行，她仔仔细细地烧着猪蹄，烧透了以后，还像洗脚城的妹子一样反复搓洗着趾间的空隙。

苏小颖说："办妥了，我叫她上门去烧蹄子，我说我家空运来几只非洲野味的蹄子，太重搬不过来，烧一只虎蹄狮蹄给她五十块钱，烧一只象蹄给她一百块钱。她听见象蹄要我加五块钱，我就说加八块钱。我第一次骗人。"

"你不骗人可惜了。我去找个地方，等下发到你的手机上，一会儿，你打车带她来这个地址。她认得我，我先走。"

"我过一会来，她说还要去拎一桶煤油。她不知道大象的蹄有多大。"

"为什么肯这么帮忙？"郑来庆忽然有些感动。

"投桃报李。你陪了我这么几天，我也帮你害害人。她和她妈打伤了你，我也用不着对她太客气。而且，这妹子看上去像是从摔跤队跑出来的，我倒想看看你们怎么才能制服她。"

郑来庆先把车开走，并打电话给毛大德，告诉他文妹子不能强攻，只能计赚，并要毛大德安排一个地方。毛大德正在自家院里招呼几个兄弟喝中午酒，他想都没想就说："还要安排什么地方？直接请到我家里来，清水街47号，车可以直接开到我家门口。"

文妹子拎着不小的一桶煤油，拿着喷灯跟着苏小颖上了的士。苏小颖的手机上已经有了地址，她照着说。司机顺着路进去，苏小颖就拿着眼镜找门牌。门牌很乱，前后不搭，司机把车穿通了街，苏小颖要他打道往回走，文妹子仍然没有察觉到异常。她老在问大象的蹄子有多大，苏小颖就只好拿着手凌空比划。

　　门是虚掩的，苏小颖看看门牌上的数字，确定了，才推门进去。毛大德在屋子里，院子里是他几个弟兄，他们负责阻止文妹子再次逃窜。苏小颖把文妹子带过去，很熟稔地冲一个陌生人说："老李，你带她去烧蹄子，我还要出去一趟。"

　　那个被称为老李的人就爽朗地答应了一声。

　　苏小颖走出来，就给郑来庆打电话，问他在哪里。她的声音有点亢奋，她不知道今天怎么就干下这么一桩缺德事，而且自己一点也不后悔。

　　在毛大德的院子里，文妹子被几个男人围住，毛大德则像一个黑老大似的从屋子里走出来。他批评文妹子说："文妹子，你不应该啊，我费了那么大的工夫为你主持公道，你自己却躲在一边烧猪蹄。虽然为人民服务只有分工不同不论高低贵贱，但是你烧猪蹄耽误了我打官司，这是一种得不偿失的行为。你应该意识到问题的严重性。"

　　文妹子见到毛大德，知道自己被骗，浑身上下哆嗦了一遍以后，索性拧开喷灯，让火苗喷出来两尺多长，一圈一圈地挥舞起来，别的人一时近不了身。此外，文妹子另一手举起煤油壶，一口就咬下壶嘴，仿佛是董存瑞拔下了导火索。她作势要往这些男人身上泼煤油，那几个男人赶紧往后退开几步。文妹子就把煤油泼在了毛大德的院子里，还有那些花花草草上面。那些花花草草都是名贵品种，毛大德三百块钱一株五百块钱一蔸聚起来的。

"毛律师，我看你最好是放我出去。"

"要是我留你下来说说话呢？"

"那我就先烧一堆火。毛经理，你家院子里柴真多。"

"好的好的……不好不好。不要乱来啊，我算怕你了。真见鬼，竟然有人强奸你，现在我也不信了。我看，就算泰森他老人家憋上十天半个月，站在你面前也未必雄得起来。"

毛大德很晦气，他这时对文妹子已经不感兴趣，钟老师那边的钱敲不到手，真去打官司也未必讨得到便宜。现在，他的一门心思放在了刚才那个一闪而过的女人身上。他已经第三次见到她了，印象深刻得很。她跟郑来庆有什么关系？毛大德心想，她竟然和郑来庆都发生了关系？为什么和我发生不了关系？如果她和我没有缘分，哪会撞上三次，而且这次还是她阴差阳错走进我的屋里？

毛大德家里的大门上安着玻璃，转到适当的角度可以当镜子用一用。刚才，他走出来准备批评文妹子的时候，还没忘了用门框的玻璃照了照自己。

文妹子一手拿喷灯一手举着油壶，这时很像董存瑞，要是长得漂亮一点秀气一点，则更像刘胡兰。毛大德懒得和这个女人纠缠下去，做了一单亏本生意，只好自认倒霉。他挥挥手，说："好的，我本来要主持公道，看样子你却是喜欢被人强奸，那我也只好由你去了。"

毛大德的几个弟兄往后又退了两步，让文妹子从容地走出这个院子。文妹子本来拧开了门，又退了回来。她手一摊，跟毛大德说："毛老板，误工费我看也就算了，但你要把煤油钱补给我！"

苏小颖走出来，郑来庆把车开到一个地方接她。她的心情随即又黯然下来，刚才的乐趣没能持续多久。她哪也不想去，叫郑来庆找个茶馆，开个卡座坐在里面上网聊天。

"茶馆经常能碰到熟人。"他说。

"你怕什么？难道我见不得人？他们要问，你就说我是你女朋友好了。"

郑来庆心头一热，就带她去平时熟人最多的那家五月花咖啡厅，但是没碰到人。进了卡座，把帘布一扯，苏小颖就坐下来上网。郑来庆安静地守在一旁，摆出伺候人的模样，随时听她的吩咐。他侧面看着她，觉得美女反而没有想象中那么高不可攀，经常却是丑女多作怪。

她身上的气味当然很好，他用力地吸了一阵，也有飘飘然的感觉。他很想将手搭在她肩上。

她打开QQ，却不是找人聊天，而是翻看葛双的网络相册。葛双的QQ相册里装着十几组照片，她一一翻看着。有几组，是葛双和兰茗苑的姊妹们外出旅游。看得出来，都是短途的旅游，照片上的地形地貌都和佴城大同小异。葛双和她的姊妹们在那些所谓景点的地方放肆地拍照，穿民族服装，穿古代服装，穿国民党美式装备的女特务装，然后摆出各种让人喷饭的动作。比如，她们穿成女特务的模样，拿着假枪相互瞄准，一只脚还要翘起来老高，仿佛是芭蕾舞剧《红色娘子军》里的截图。另一张照片里，一个妹子伏地乞怜，葛双拿枪比着她脑袋还不过瘾，一只脚实实在在地踏在那妹子后臀上。再往下翻一张，情形又换了过来，那妹子耀武扬威，反过来踩踏着趴在地上的葛双……不管摆出什么样的动作，她们脸上永远都是"到此一游"的表情，焦点渺渺，心不在焉。还有几组照片是喝酒时照的，她们姊妹喝酒，总是喝高。按着顺序翻那一组组的照片，可以看见她们一次次从清醒到微醺到半醉到酩酊大醉的过程，翻到每组照片后面的几张，往往有个把妹子面露哭相，而别的妹子则笑得更是起劲。还有一组照片，是她们在合租的宿舍里玩时装秀，毛巾枕巾全都派上了用场……

苏小颖要郑来庆挨过来一起看照片。郑来庆看着这些照片，大概知道那些妹子是干什么的。这些照片技术不行，看得他索然无味，又不好移开目光。看着看着，他注意到她啜泣起来。

"怎么啦？这个是你的姊妹？"他指着照片上出现频率最高的妹子。

她点点头。

"我看她们都是蛮开心的样子，你哭什么哭？"

"我不知道。也许是，她们一有机会就拼命让自己开心，让自己显得开心，所以我难过。"她关掉相册，身子往后一靠，说起自己和葛双的交往，从高中一直说到现在，说到昨天晚上。

"……当时我醉了，很寂寞，害怕一个人回去睡觉。我又不能把电话打给你让你来陪，你毕竟不是百分百的安全，对吗？所以我要她陪我。她要去赚钱，我就……我就给她钱……"

"那时你真是糊涂了，这相当于在她脸上打了一下，甚至当着别人面扒了她的衣服。她肯定是……不太高兴。"

"岂止是不太高兴，简直就是很不高兴。她一巴掌就把我递过去的钱打散了，全都掉在地上。"

"你伤着了她。要是换作是我，我也会这样。"

苏小颖点点头，又说："是，我伤着了她。那你说，我应该怎么弥补？"

郑来庆答不上来，他很想睿智地给她一个答案，越有这种心思脑袋里就越是空白一片。

过一会她转过脸来，很认真地问："你真的嫖过吗？"她以前问了一次，那次他的回答很油。

"没有，我哪会……"

他心虚，其实他嫖过一次。这也跟毛大德有关。那晚上毛大德喝了很多酒去找妹子，妹子找来他身体迟迟没有反应，而妹子不愿意善罢甘休，伸手要钱。她认为毛大德身体没有反应不是她的过错。要是拿不到钱，该妹子威胁说，她会打开窗户朝外面马路喊：大家都来看呐，这里有人嫖娼不给钱！毛大德进退不得，就打电话命令郑来庆过来替自己，而他则搬一张椅子在一边安闲地看。

天黑了，要走的时候，她忽然跟他说："抱抱我。"他就抱着她。过一会她说好了，他就把手放开。她偏着脑袋想了想，说："呃，你说的话，还能信。"

"怎么搞的，白天打你电话老打不通。"

"打了吗？"

"当然打了，这还用得着骗人？"

苏小颖掏出自己的手机，打开一看，没有未接电话的记录。"什么时候打的？""下午两点多就打过，三四点也打过。"苏小颖记起那段时间自己是和郑来庆在咖啡馆的卡座里面。难道里面竟然没有信号？

　　这并不重要，苏小颖看着葛双的表情，暗自放下心来。在葛双的脸上，什么多余的表情也没有，好像昨晚彼此根本不曾难堪过。或者，她已经没把这事情放在心上了？苏小颖暗笑自己多心，同时也相信葛双的皮实。这么多年，屈辱的事她见得多了，要是都放在心里不及时予以排解，她准会疯掉。

　　苏小颖情不自禁靠葛双近一点，握住她的手。葛双仿佛会意，迎合，将苏小颖的手进一步握紧。手这东西，有时候会比嘴巴和舌头管用。两人的手捂热了，葛双问："这几天，你到底是和谁泡在一起？"

　　"这个你别问了，一个朋友，网上认识的。"

　　"男的？"葛双关切地说，"反正，你要小心点，你来我这里，要是出了什么事你叫我怎么安得了心？"

　　"他是个老实人。"苏小颖开心地笑了。此时她脑袋里浮现出郑来庆一系列的举动，这些举动构成一道完整的证据链，足以证明他是怎么样的一个人。

　　"他难道对你没有那些想法？你知道吗？你很漂亮，男人看见你就像看见一块肥肉。"

　　"难道我像一块肥肉？"

　　"别打岔，我只是打个比喻，你又不是听不出来。"葛双摆出老大姐的模样，还在苏小颖的脑门子上摁了一下。苏小颖这时也乖巧地傻笑一下，表示领情。

"我就怕他不打我主意，老实人其实还是有的。……有时候，我还希望他不要那么老实，要不然，我会觉察不到自己还是个女人。"

"你怎么搞的，竟然讲得出这种骚话。"

"我今天还勾引他了……"

"你真是不知道好歹，不知道男人个个水深。……你勾引他，他有什么样的反应？"葛双忍不住好奇了。

"你说他会有怎么样的反应？"

葛双不愿意猜，她意识到刚才自己的好奇并不好，她觉得自己应在她面前摆出对万事漠然的样子。她走过去拧开电视，很快，又是《佴城新闻》。她下意识地要搜看这个节目，不知道这习惯是哪时候养成的。毕竟，狗观众当初对她有所表示，曾强烈地满足了她的虚荣心。而对狗观众的拒绝，又使得她在兰茗苑一群妹子中间的声望空前高涨起来。

此刻，电视里是别的一些垃圾购物节目，男女主持人用夸张的表情和声音推销着某种增进男人性功能的产品，还有名人若干在节目里造势。其中某个声称自己性功能最近有了大幅度提高，身体仿佛重返二三十岁的状态。事实上，此名人半月前已经猝死，网络里铺天盖地地对他的死提出猜想，死后遗产的分割进一步成为焦点新闻。其人已死，此时电视广告里，他音容宛在。

苏小颖又说："他经不起勾引，我稍微有所表示，他就露出了本性，按捺不住，欲火中烧，扑了过来。"

"啊？"

看着葛双瞪大的眼睛，苏小颖又扑哧一笑。她想象着郑来庆真的摆出自己所描述的这种模样，又会是怎样？难以想象，郑来庆和她的描述相去甚远，但现在这么瞎编，苏小颖大过嘴瘾。白天涮文妹子的时候，她还只是小过嘴瘾。

"我抽了他一耳光，他就缩头缩脑了。"苏小颖说，"我又告诉他，现在不行，我没心情。"

"你怎么能这么说呢？"

"所以我说，等我有心情的时候，你就要准备掏钱。因为我和他之间不存在什么感情，当然不是有什么感情，所以，必须拿钱来解决问题。"苏小颖这么说的时候，才意识到自己对郑来庆竟然很有好感。两人毕竟相处了几天，一个男人一个女人，一个未娶一个未嫁，凑在一起几天的时间，感情肯定跟马路上那些陌生人之间不一样。

"你疯了？……他又怎么说的？"

"男人都很虚伪，所以他假装吓了一跳。"

"小颖，你不要昏头。这些话，你在房间里跟我说说没关系。你离开侢城之前，别惹出什么事情，更不要被哪个男的欺负了。"

"我的事，我心里有数。"

《侢城新闻》按时播出了，播音员换成一个中年妇女，她字正腔圆，形象标正，不难看出二十年前是一朵花，追她的人肯定排到马路拐角。葛双知道，狗观众肯定被弃用了。电视台的台长肯定早就憋着一口恶气，狗观众的播音风格令台长也被侢城人戳透脊梁骨骂透心。

葛双像是忽而想到什么，扭过头盯着苏小颖："你不会是被那天那个碟子教唆了吧？你是不是想安慰我，然后友情客串，卖一回自己的肉？"

"友情客串？"苏小颖乐了，"你居然把这个词用上了，香港电影看多了，友情客串真的是最莫名其妙的一个词。"

"别答非所问。"

"葛双，你知道吗？你是我最好的朋友，以前是，现在也是。"她再一次地把手递了过来。葛双当然也只得接住。两只手都很小，柔滑，偏要拼命地用力地握在一起，让手背的青筋隐隐暴露出来。

葛双从宾馆走出来，走在弥漫着火锅底料气味的街子上，掏出手机给毛大德打了电话。刚才苏小颖的一番话令她更加不快，她知道，苏小颖这几天明明是和某个男人交往得火热，甚至有了说不清道不明的感情，却还偏偏说这些话来蒙自己；明明是与恋人或者准恋人情不自禁上的床，却要骗人家说她是在卖淫。葛双不停地朝地上吐唾沫。她已经知道，这几天和苏小颖打得火热的那个男人叫郑来庆，是个穷光蛋。

这天下午，毛大德来兰茗苑找到葛双。毛大德走进大厅看见葛双在打牌，就指着她要她跟自己进K歌房。葛双说自己不舒服要出去买药，要毛大德另外找一个妹子陪。毛大德笑一笑，跟着葛双往外走。外面，那几个弟兄都还在，他们中午时候拦不住文妹子，现在，在兰茗苑外面的弄子里把葛双堵死了。葛双手上没有喷灯和煤油，身坯子也不足文妹子的二分之一。

"你要怎么样？"

"我这个人吃得亏，不是因为那晚上的事情找你麻烦。"毛大德还算客气地把葛双请上车，摆出一副打商量的态度。他告诉葛双，那个妹子和自己手下一个人待在一起，可能是一对恋人。葛双告诉毛大德："她叫苏小颖。"

"呃，这名字蛮好。"毛大德发现这妹子的嘴巴这时变得很容易撬开。

"你到底要我干什么？"

"你告诉我，苏小颖和我手下那个郑来庆到底是什么关系？"

"我也不知道，我要去问问。他们有什么关系，跟你又有什么关系？"

"我只是好奇，为什么我好不容易看上一个妹子，竟然和我手底下一个穷光蛋搞在一起。我感到一阵揪心的痛。"

葛双呵呵哈哈地笑起来，几乎笑出了眼泪。她看着毛大德认真的神情，仿佛是动了感情。大多数人动感情的样子都那么地美好，但偏就有某些人，动感情的样子也是他这辈子最令人恶心的样子。于是她说："好，我去帮你打听打听，看看能问出什么样的好事来。"

现在，在街弄子一处僻静的拐角，葛双打通了毛大德的电话，她告诉他，苏小颖和郑来庆以前是网友，并不是什么恋人，但这几天相处，也许又产生了些好感。这也是拦不住的事。葛双还说："据我估计，到现在为止两人还没有上床，但接下来的几天，就说不清楚了。"

电话那头陷入沉默。葛双嘴一歪，不失时机地问："亲爱的，你是不是又感到一阵揪心的痛？"

两天后苏小颖订好了返程的火车票，次日中午的火车。她在佴城只剩下最后一天。下午，她哪也不去，坐在这个已经变得熟悉的套间，静静地发着呆。窗外阳光依然很好，大片大片地往屋子里涌来，目光触及之处，全是毛茸茸的光晕。冬天快来了，所有的暖光似乎进行着最后的清仓处理。

她终于打了郑来庆的电话，要他带一瓶红酒，买两只考究的杯子。打过电话，她心头仍在迟疑：我是怎么了？照照镜子，脸上却是浅浅的微笑。

郑来庆挂了电话，毛大德就在他身边。

"她已经打电话约你了？"

"呃，是的。"

"真不知是你嫖她还是她嫖你。她打个电话，你送货上门。"

郑来庆不吭声，他心子一阵锐痛。毛大德把一袋药粉递给郑来庆。毛大德对这些药很感兴趣：让女人发骚的，让女人昏睡不醒的，还有让女人欲罢不能爱上施药的男人的……网络上有这些药的信息在发布，他总是抱着宁可信其有的心态，打款去购买。让女人欲罢不能地爱上一个男人，当然是药力难为，但催情药和蒙汗药，他试过了，效果实打实地摆在那里。他把那种催情药拌在狗食里，那只公板凳狗就竟然蹦蹦跳跳地骚扰那只母狼狗，而且第二天走路软脚，像是得了小儿麻痹症。

这包药粉是将催情药和蒙汗药混在了一起，会发生什么样的反应，毛大德搞不清楚，所以拭目以待。

郑来庆没告诉毛大德，苏小颖还叫自己带一瓶酒去她那里。如果他说出此事，毛大德肯定要亲手将药粉添加在酒里。如果他不给解药，自己只好和苏小颖一起不省人事。

这两天来，郑来庆一颗脑袋一直是懵懂着的。他欠了毛大德几千块钱。前两天，毛大德找到他，要他照自己的意思去做，并说这事情办妥了，旧账一笔勾销。当时郑来庆没有答应，毛大德就抽了他几个耳光。郑来庆很奇怪，都是老同学了，怎么还能抽耳光呢？毛大德笑吟吟地抽出几千块钱，递到他手里，掰开他手指要他把钱捏紧。

"打你是要让你清醒。打你一个耳光补你千把块钱。要是你不要钱，就从我脸上抽回来。你要想明白。很多事情你总是分不清轻重缓急，所以混到这一把年龄还是这副卵样子。"毛大德当天凑着郑来庆的耳朵又说，"把她弄翻了，我先上，之后你要怎么办就是你的事。要是你做了，她醒来，肯定以为只是你跟她的事。你看，我总是把事情想得万全，你一点都不要担心。"

郑来庆往宾馆去，毛大德就去找葛双，把她邀出来，坐在车里。他也可以不邀她，但是他还是邀了，看见这个王婆坐在自己身边，平添一份成就感。

"你为什么会帮我这个忙？我心里一直感到奇怪。那天晚上你们甩掉我打车跑掉，我反而觉得正常。……她以前是你最好的朋友？"毛大德就喜欢捡了便宜说几句风凉话。他悠闲地看着葛双，觉得这个妹子其实也不错，以后可以照顾照顾她的生意。他甚至伸手捏着她的下巴，仔细打量了几眼。

葛双拍开毛大德的手，说："没什么。她要安慰我，装模作样地要把自己卖一次。她要不说这话还好，但是她要敷衍我，我就打算将计就计。她要友情客串演假戏，我就打打假，让她假戏真做。"

"照你这么一说，仿佛我都是你手里一着棋。说实话……

我有点鄙视你。"

葛双笑得发抖，她说："说实话，你是我这一辈子最崇拜的人。"

天一点一点地黑下来，七点多钟，兰溪街街面上的夜市摊子支撑了起来，灯一片一片地亮起来。毛大德盯着手机，手机安安静静，葛双的手机却响了起来。她拿出来一看，竟然是狗观众。她有点不高兴，心想这孩子这时候冒出来捣什么乱啊？她还是接了。狗观众说他想她了，他在远景酒店等她。远景酒店并不远，出两条街子就到了，狗观众每次找葛双都是去那里。这一带郊区，只有那家酒店还显得有档次，有门童站门。虽然那个门童看上去和狗观众一样白痴，好歹还算是有一个。

"不行，我现在正忙，没空。我先叫一个姊妹陪陪你。你爸倒台了，你手里那些冤枉钱早点花掉，早花掉早安心。我这个姊妹家里有困难，你能给多给点。要是你听我的话，我高兴了，再过来让你开心。"葛双一面哄着狗观众，一面想起了马桑。马桑这几天喘得厉害。狗观众果然不敢不听话，他答应帮忙，并问葛双忙完了以后过不过去。

"当然过去。乖，你只要听话，今天晚上我会宠坏你的。"

她挂了电话，毛大德一脸的稀奇。他说："我的天，你还有个孩子？"

"当然，哪像你，一看就是一副断子绝孙的样子。"

她要毛大德把车往前开，再拐个弯，去到马桑租住的地方。马桑一般八九点钟才去兰茗苑，这时候肯定还在家里。毛大德照办，把葛双送到她要去的地方。葛双走进去，豺狗子仍然在打游戏，马桑坐在床沿，一脸病态。

"能走吗？有一单生意，你不做都可以，陪陪人家。我叫他多给你一点。"

"有这么好的事？"

"就是狗观众。你先去陪他说说话，像哄崽一样哄一哄他。他心情不好。你陪他几个小时，我忙完了再去替你。"

马桑当然愿意接这样的生意，她也知道狗观众是个好对付的顾客，葛双诚心帮忙，她当然领情。葛双带马桑走出门，毛大德的车就停在外面。葛双让毛大德开车去远景酒店，毛大德认得这个妹子那天和葛双一起放了自己鸽子，嘟囔了一句，把车开走。

豺狗子把那车瞥了一眼，关上门继续打游戏。

派出所的人已经埋伏在远景酒店里面，等着抓狗观众嫖娼的现形。上面有指令，刘副市长被拘了以后，他的亲属也进入监控范围。他们看见两个女人走进来，径直去到狗观众订的房间。警察就笑开了，说这个狗观众还有心情玩双飞。但转眼的工夫一个妹子又出来了。

年轻的警察问何所长："这个妹子难道是当妈妈的？未免太年轻了吧？"

何所长认得葛双。这个妹子有点不懂规矩，有时候马路上碰面了，竟然还冲自己打招呼，何所长何所长喊得多亲切。何所长不喜欢不懂规矩的妹子，他挥了挥手，示意年轻的警察去跟一跟葛双。"反正这里人手足够了。你跟一跟她，看看有什么情况。反正今天晚上抓嫖，一个是抓两个也是抓嘛。要是她也去做生意，那我们就多罚几个钱喝喝酒。"

年轻的警察得令，一蹦三跳地跟了出去。在酒店里蹲守是闷人的事情。从后面跟着一个扭着腰肢的女人，毕竟多了几分生趣。

狗观众喝多了酒，他感到无比寂寞以及空虚。马桑走进来，他一双醉眼把她看得格外漂亮。他掏出一把钱撂在床上，要她脱衣。马桑也就脱。警察过不了多久就闯了进来，他们心满意足地抓到了现形。

苏小颖和郑来庆在屋子里喝酒。苏小颖把灯光调到适合的强度，倚靠着郑来庆的肩头说着话，慢慢地喝着杯里的红酒。每次只倒很少的一点，说一阵话，碰碰杯一口啜尽。郑来庆有些心不在焉，他时不时摸一摸衣袋，那包药粉静静地搁在里面。他发现今晚上苏小颖特别漂亮。她情绪渐高，脸上的绯红颜色一点点地稠起来。他的心情却变得稀烂。

他站起来去到洗手间，把水龙头拧开，把药粉倒进了马桶，并冲走。走出来，他一身轻松。他对自己说：其他的事明天再去对付。他看着苏小颖，苏小颖正朝自己举杯，没等碰一碰又啜了一口。

葛双又回到了车上，毛大德烦躁地看着手机，郑来庆还没有发短信或者是打电话过来，他担心这小子靠不住。葛双则说："毛老板，你不要急，毕竟她不是干这个的，有心理障碍，说不定在和那个傻瓜调情。"

"说不定，那个傻瓜找不到机会把药放到她的水杯里。"

两人这么一假设，又稍稍安下心来。

马桑被抓的事很快传到了兰茗苑。警察对马桑并不感兴趣，他们叫金姨过去捞人，这种业务联系，彼此已经有了很多回，轻车熟路。金姨接电话时还冲那边骂："你们这次怎么搞的，有行动也不打打招呼？"说归说，她拿着钱包往派出所赶去。

红妹在牌桌边等位子，有谁下桌她要接上，但那四个妹子丝毫没有要下桌的迹象。红妹听说马桑被捉了，就扯脚往外跑。她觉得应该把这事情告诉豺狗子。她知道豺狗子这些天雷打不动地待在马桑租住的屋子里，一天三餐饭等着马桑带回来摆到他眼前。

豺狗子听说马桑被抓了，一股怒火往外冒。刚才他就奇怪，碰到一个有钱的客人，葛双何事拱手让给马桑？现在他断定，是葛双觉察到有什么地方不对劲，所以才拿生意当人情送给马桑。他后悔刚才没有阻止马桑出去。马桑这几天一直生着病。那天晚上的龌龊事，他也一直没有跟马桑说。豺狗子伸出手在自己脸上正反手来了两下，他骂自己怎么没有早提醒马桑，一定要防着葛双。

他带着一鼓怒气走了出去，本来想去兰茗苑，却在马路边看见刚才那辆三菱吉普。他冲过去朝里面张望，一扇车窗没有关紧，葛双正和一个男的坐在里面聊得起劲。他拍了拍窗，并朝里面说："葛双，你给老子滚下来。"

葛双问："豺狗子，瘾发了吧，冲人发什么狠？"

"你滚下来。"

葛双就拧开门走出去。毛大德见这个混混模样的男人来势汹汹，脑壳皮就痛起来。他管也不是不管也不是，不晓得如何收场。

年轻的警察一眼认出了豺狗子，正是几天前脱逃的粉哥，赶紧打了电话。他暗自得意，今晚上真是收获的时节，随便挑一个妹子跟一跟，都能跟出功劳。何所长的车正好在路上跑着，听年轻警察说有情况，闪个眼的工夫就把车开来。六七个警察很专业地呈扇形散开，将豺狗子、葛双以及毛大德紧紧围住。

豺狗子知道自己跑不了了，束手就擒。他指了指葛双和毛大德，跟何所长说："他们两个跟我要货。"

"哦，是吗？"

"我算是倒霉，被这两个鸟人害了。要不然，何所长，你哪能这么轻易抓住我豺狗子。"豺狗子脸上颓丧，却在庆幸裤兜里塞着两个包子，每个包子里面只有几毫克粉末。这已经够了，他看见葛双和那个陌生男人的脸比自己更烂，充满了愤怒，他就心满意足。

"把他们带走。"何所长也心满意足地吆喝一声。毛大德挣扎着想争辩，衣服的后领子就被人揪住，脸上被人搞了一皮鞭，整个脑袋就耷了下去。

而宾馆四楼的这个套间，这一晚格外宁静。郑来庆和苏小颖在床上激情澎湃地弄了几个回合，觉得足够了，觉得饱了，就拧亮床头灯。时间还早，才九点多钟。

"亲爱的，我要付你多少钱？"郑来庆仍然依依不舍地抱着苏小颖，一边吻她一边想起来，她事先交代过，自己必须掏钱，因为两个人之间不存在什么狗屁倒灶的感情。

但是在她脸上，那密密麻麻的喜悦和疯狂过后的满足，又是什么？

她堵住他的嘴，说："不许说钱，再说钱你就给我一百万好了。"她想了想，又说，"给我个随身的小东西，让我以后记住你。"

他拿来衣服随意地一掏，掏出一只跳舞布偶。他晃晃脑袋才想起来，那天吃饭的时候毛大德把这个东西奖赏给自己，还说要定期检查，他才不敢随手扔掉。

"太好了，我也有一只这种布偶，拿回去以后，正好将它俩配对。"她继续着一脸感激的神情，将那个布偶小心翼翼地摆在床头柜上。

郑来庆走后，苏小颖拿起手机准备给葛双打电话。她本想告诉她，刚才自己赚了一千块钱。首战告捷，她一定要请她找个地方K一顿歌，然后再狠狠地吃一通夜宵。拨号的时候，她忽然又想：跟她说一千块是不是多了？葛双一晚上挣多少钱？要是我说得太多，会不会对她产生刺激？那就说六百好了，六百块钱，也够两人在歌厅里痛痛快快地疯几个小时了。

人 记

1

这阵细雨顿住后，从任意一道梁上睨去，远远近近的山绿得近乎虚幻，新发枝叶的嫩绿间杂在经冬老枝的油绿颜色当中，呈现出更迭之姿。山巅一柱柱雾气笔直升去云端，云层的移动却是极快，看似懒懒散散几个翻卷，就已在天的一侧散逸开去。

一行挑脚盐贩只有三人。人少，队伍单薄，这一路寨寨窣窣地走，尽量不造弄什么响动。

走前面那汉子青胡荏浓稠，把一张狭长的瓦刀脸挤得瘪了起来，不好辨认出年岁。但这汉子身体骨骼显然较常人粗壮许多，肌肉板实，青筋血脉虬曲，肤色也因常年的餐风宿露而近似棕皮，且晦暗无光。汉子那一挑盐约摸一百几十斤，箩筐用的是特制加大码。走到风相岩地段，尽是上坡路，汉子大气不喘，衣衫不湿。他经常不得已撂下挑，张望后面两个同伙，等他俩挨得近了，汉子重又甩开晃山步走下一程。

汉子撂挑歇气时，不见抽烟，也不像寻常山里的男人一样，抿一口酽酽的包谷烧稍解困乏，而是从一头箩筐里拈一粒鱼籽盐。盐粒不大，半钱左右。汉子屈起两根指头把盐粒弹到半空，抛出半个圆弧往下坠。汉子再一张口一伸舌，利索地把盐粒抹进嘴里，嘎嘣一声嚼碎。这一手，倒像青楼里那些个浮浪子弟，狎妓拼酒时嚼兰花豆的作派，轻佻中玩转一份从容，些许怡然自得。

汉子把咸唾沫吞咽到肚里，后面两个同伙差不多到得跟前了。一个面色粉嫩，十八九的样子，双颊泛起少年人劳累时特有的潮红；另一个看在眼里就更嫩。这两人各自挑了百来斤担子，衣衫已被汗水浸湿几回又捂干几回，隐隐现出一层盐渍。一路走来，两人嘴角总是歪斜地咧着。

前面那汉子把这两个半大小子分别唤作"长毛的"和"没长毛的"。汉子看着两人挑担时苦瓜状的脸相，就点拨说，长毛的哎，你那晃山步没有迈开，踩得一松一紧，白白耗去几分力气；没长毛的你要跟紧点，扁担换肩不能太过勤快，肩头压疼了，得咬牙撑一撑，撑过那一阵工夫，没了知觉才好。干挑脚营生，谁个不是霸着蛮硬挺过来的？

两个半大小子没力气应声。汉子说得一阵，看看两人憋红的脸，忽然叹一口气，又说，你俩这精巴瘦的骨架子，跟我出来干力挑的活计，也着实难为了。怪得着谁人？下辈子投胎去，切记，千万不要慌。鸡鸣五鼓之前，定要寻着狗叫声张狂的人户奔去，准没错。

林子越走越稠，再往前，路已融入树下的荒草，蜿蜒着就隐没了。汉子指指左侧的土堆，说，那里都是恶葬的人，没名没姓，发埋时可能脑袋也没找到。都是被关羊了。长毛的和没长毛的听得心头一怵，看看那些无碑的荒土堆，涌上心头的是一份格外凄清寂寥的心情。汉子娴熟地晃着挑，扭头看看后面两人那一脸惊惧的神情，不禁呵呵哈哈地笑了，笑声却有意压低。——大毛小毛。汉子忽而又把绰号换了，倒不妨碍那两小子很快反应过来。汉子说，关羊被宰的一般都是霉运到头了，你俩以前没碰到过这邪事，即使被关，顶多也就掉个把手指。关羊客有关羊客的规矩，每次散了盐贩的财，还要剁一根手指做记号。其实掉两三根手指，都无妨。要是掉脱五根，就千万小心了……

　　长毛的不解，问道，三根手指是掉，五根手指还不是掉？汉子浑身气力够用，慢悠悠地说，那是两回事，五根指头是一道坎。你看人长的这双手，每只掌上不多不少正好五根指头，不多不少，长短搭配，匀称。为什么是五根？要是你已经掉脱了五根指头，第六回再被关了羊，关羊客一摸你那只肉掌，就起火了。你想呐，你一个巴掌全剁光了，还敢走道贩盐，分明是太不把关羊客放在眼里，没把阎王爷当一尊神敬着。关羊客一恼怒，手起刀落就把人杀了。

　　长毛的和不长毛的都吐起舌头，看了看自己没扶扁担的那个巴掌。此时，他们每一根指头都是完好的，肉红粉白，纤长挺直，指甲盖上映满了光泽。

　　前面的汉子又说话了：不妨看看指面的纹路，有几个螺几个箕几把风？关羊客是认指面纹路的，而且有规矩先坏左手，从满指掐过去，先剁长风纹的指头再剁长箕纹的，最后剁掉螺钿。看看，要是碰上了，自个聪明点，把该要剁掉的指头乖乖伸出去。关羊客一看，你这人蛮明白事理，比别个愣头青多了几分见识，一高兴剁半截留半截，你还可以用那半截杵杵指头干些毛糙活计。

汉子走道多了，得来一肚皮的经验，不失时机塞给两个小辈。这样的事情乍一下说给小孩听，似有些不忍，但他心底明了，这些事迟早要说的。

长毛的和不长毛的背心掠过一阵寒气之后，倒能够坦然面对这样的事，一同把担子换换肩，仔细打量着自个左手指面上的纹路。以前十几年里，倒真没留意这一茬。没长毛的很快看出来了——该从中指断起，然后该断满指。如果这两指剁掉了，倒有些像招提寺里哪尊泥菩萨手上捏出的佛诀。到底哪尊菩萨，一时没能记起来。没长毛的竟来了兴致，屈起中指满指，捏出那个佛诀。长毛的看完自己左手五个指面，笑着说，全是螺，我左手五个螺钿。我生得一双抓钱的手。汉子诡谲笑着，说道，竟是个倒霉透顶的家伙，那他们就得从你右手剁起。长毛的耷拉出舌头，又腾出右手仔细看去。

汉子往后瞟了一眼，问长毛的，看出是哪根了么？

长毛的笑一笑，没回答。他一看蹊跷着，右手五根手指也全是螺钿，于是心头稍稍得意了一会。这样的手，万千个人里面也未必长出一对。

在几个人的左侧，是另一片乱坟岗，坟头长着鬼柏。也奇怪，凡有野坟的地方，便无缘无故钻出圆柏，日渐长大增粗，阴声不语地陪伴着荒坟。久而久之，圆柏树便顺理成章被山里人叫作鬼柏。

有一些鸟在灌木丛中跳跃腾挪，黑的、绛的，还有赭石色的，歇在芭茅细瘦的茎秆上，用蓖麻籽一样的眼球向行人睨来，一点都不怵。

没长毛的本想打个商量，叫汉子停下脚歇一口长气。这一气走得怕是有十几里地，他肩头已如着刀一样辣痛起来。还得忍住，他满脑子记着汉子的教训，往前走一段路，再走一段，一段一段地扛过去。干挑脚营生，哪能没有几次霸蛮硬挺的时候？没长毛的和自个赌气一样挨着。

长毛的问那汉子，以前挑脚贩盐，有没有被着过关羊？

汉子说，夜路子走得多了，哪有不撞上鬼的道理？不过我这人命硬火焰高，跑了好多趟，去过不少地方，只被关过一次羊，被搜去了身上的洋钱。

不长毛的喘着气问，那你手指头怎么不见被……剁掉一根？

汉子翻看着自己粗短毛糙的左手，说，嘿嘿，我以前学得一套障眼法，碰见关羊客只认折财，嘴里念念咒，手指就保全了……算了，不说了，这茅山术也只有我一人用得，讲出来，你们瞎听听，根本学不去。

2

鱼籽盐是从广林挑来的，去往倕城。两城相去百十里地，没有官道，不通水路，物资流通全靠肩挑背驮。川东出产的鱼籽盐和花缎、省青布、洋靛、洋灰、机轧面条一起用大油船运到辰州的大埠头，之后改用方头小船拖到周边各县小埠头，其中的一部分，自然也会拖到广林。

鱼籽盐虽说看上去颜色蜡黄，光泽黯哑，但咸味比江浙运来的官盐要重许多，那个齁咸，吃着让人浑身来劲，特别贴合山里人的胃口。唯一麻烦的是，用前须放到擂钵里捣碎，捣得不均匀，调到菜里就散不开，一盘菜吃着，这一筷子咸死人那一筷子却淡出鸟。价格一比对，一斤官盐的价够买两斤多鱼籽盐。这盐挑到侗城，价格还要打滚似的涨上去。侗城的官价比广林高得多，私盐便水涨船高冒起价来。

一担盐挑到侗城，有好几块洋钱的赚头，这样的营生自然燎得挑脚客脑门发烫，心头冒泡。但从广林到侗城这一路，挑脚的贩子并不很多。——这一路尽是盘山道，以及稠密的树林，逢不着村庄。挑脚的一多，关羊客也后脚跟着猖獗起来，拿着挑盐客的性命发财。好多挑盐客有命赚这份盐钱，留不下性命去花销。

只在半年前，这一路一次便有十来条挑盐贩子道上遭劫，关羊客不按常理出牌，统统不往手指上留记号，直接打发挑脚盐贩见了阎王。往前几月，一伙猎户在弭诺沟左近打得一头花斑豹，把胃囊子剖开了一看，里边还残留着消化不去的指甲毛发，以及细碎人骨。

据传言，去往侗城的大股官盐屡屡被马砣山一带的土匪劫走，致使侗城盐价已翻涨到十大几块一担，且有价无市。汉子本不想跑这险路，而今也按捺不住，邀来两个半大孩子。三人都姓许，排排字辈，汉子得算那二人的堂叔。三人去到芦荡深处，各自籴得一挑鱼籽盐，邀好日子一同上路。

汉子从前也不是抠着小钱过日子的人。他想着那些用度不愁的时日，仿佛还近在眉睫，但转眼间就落到这光景，兜里时常空空的，怎么晃也晃不出银钱碰撞的声响。手里的银钿少了，用度局促，鬼日子过得紧紧巴巴，却又不敢再去哪里捞他几票。

如今流年不利，汉子好不容易在广林县境安顿下来，喘定一口气。自个还立身未稳，别人上门给他说合一个再醮的女人。换作以前，这种半路回头的女人，汉子不会拿眼睛好生去看，但当时他好久没沾女人腥气了，燥热难挨，将就着哄那女人上了床。只几天工夫，汉子就弄得那女人怀上他的毛毛。汉子暗自嗟叹，这女人也他妈太能生了呀，轻车熟路，一点就燃，跟大姑娘可真不一样。要想在广林继续待下去，不娶这个女人看样子是不行的。汉子不想再到处逛荡了，他时常感到疲累，一门心思要在广林平平实实过下去，融入街巷上来往穿梭，密如蝼蚁的人群当中。于是，烦心事就紧跟着来了。以前他是一条光人过活，求得一日两顿饱饭就可稍稍安下心来，别的可暂不做理会。而眼下，有了家室，一条光人竟要变成三条人了，就像树干枝枝权权茂盛起来了，底下的根也得相应壮大才足以支撑。

汉子这才晓得钱是个什么东西，竟有这么多看得见嗅得着的好处。他一天到晚就想着要多搞几钿，把日子重新过出几分人样。钱这东西，一旦存心去寻它，便会觉着，一分一毫都如同泥鳅一般滑溜，不易攥在手心。

长毛的叫许琴僮，家道原也说得过去，只是他老子爱看傩戏，是个戏痴，不善打理，产业便一路委顿。崽生下来时，这戏痴图省事，逗了傩戏文里一个人物的名字，拿来把给自己的崽用。琴僮一天天大了，转眼到了娶妻生子的年纪，自个也不含糊，去年秋后一眼相上了对面河一户王姓人家的幺女。这边去了媒婆，那家很快放话，幺女才勉强捱到年龄，也不是摆谱儿不能出阁子，但派口彩不能少于八十块洋钱。这派彩高得没谱，太不合侉城行情。这是因为，王姓人家的女儿确实生得标致，长相盖得下河东河西两条街，一个城里，哪个适龄后生看了都会馋涎挂下来两尺长。要狠了心塞到大户人家去做填房，远不止赚下区区八十块洋钱。琴僮的戏痴老子天生不爱操心，晓得了这事，他便跟琴僮招呼说，我抠了棺材本，把给你五十块钱，其余的你自个去弄。他爹还说，你爹就这本事，要骂娘，你背后骂几句我也无所谓。他老子掏出五十块钱就打发了儿子的婚事，每天照常去高腔戏班子里看戏。

不长毛的是琴僮的堂弟，两人共一个祖太或是高祖太，现在已弄不分明，只晓得是一根藤上挂下来的秧瓜，沾得有血缘。堂弟幼失怙恃，也就一直没正式地取下名字。他时不时到琴僮家里蹭碗白饭吃，琴僮爹娘唤他作小叫花，琴僮叫他小狗，他都认，清朗地应一声。前些天琴僮邀小狗贩盐，小狗也想赚几钿洋钱。钱到手以后做什么用途，小狗心里暂时还没个具体打算。于是，小狗跟琴僮商量说，堂哥哎，你要娶婆娘，我赚了钱先帮你添，算是存放在你那里。到我娶亲时，你添几个利钱还给我就是。琴僮赶紧说，那当然，要得要得。

3

远远看见那三蔸苦楝树，树下码着一溜大体方正的青石，专供人撂挑歇气。走近些，还听得见溪水流动着的声音。

小狗老远看见石椅，腿肚子就软了，步子立时踩得散乱起来。但汉子说，这里不能歇，再往前走。小狗嘀咕了一句，只得后脚撵上。汉子往前还走得有半里，看见几垛乱坟，四周鬼柏森然稠密，这才放慢步子，回转了头跟两个孩子说，大毛小毛，看见了么，这他娘的才是歇脚打尖的好地方。刚才苦楝树下，现眼招灾，一股子凶相。

琴僮和小狗不敢不听，把挑子放在坟包间的空隙，撩开刺蔸俯身坐稳，歇气。

汉子歇下来才感觉自个已累极了，只是脸上不会显露出来。他背靠坟包子闭目休憩，顺手捋下一张桐叶遮住脸。桐叶没有把两只眼全遮住，汉子还有一丝眼光漏出来。

汉子对两人说，半时辰后踢我一脚。

之后不久，汉子又补充说，你们也闭眼睛养养神。我这人警醒，有个风吹草动反应得过来。

琴僮和小狗纵是很累，一时却睡不着，在地上画盘下起了牛角棋。小狗棋路活络一些，琴僮得不断地敲脑袋想棋。小狗时不时瞟一眼睡着的那汉子，他双手合抱在前胸，肚脐眼却跳出衣摆。有几只牛蝇低低飞着，嗡嗡作响，围着那汉子盘旋，最终都停在汉子左手上。琴僮的棋子久久没有安放稳妥，小狗就折了根散把木的枝条，去拂拭牛蝇。汉子如同他自己说的那样警醒，枝条尖端刚触及汉子的一线皮肤，汉子整个人就像个皮球一样，登时弹起来坐在那里，脸上的桐叶也掉落了。汉子眼珠飞转着探向四周。

小狗笑了笑，说，老叔，没事哩，刚才是我帮你驱赶蚊子哩。

呃，是么？汉子看了看小狗微笑的样子，不由得丧气起来，拾起桐叶重新盖在脸上，睡去。

天黑下了，三人才重新上路。傍晚潜进林子当中，暗下来的速度更快，密密匝匝的树枝把夜幕稳稳拽住了。夜色给琴僮和小狗的心头添了一份稳妥之感。以往走夜路，听着寨子周围辽远而又迫近的豺狗嘶嗥，便会把一颗焐心悬起老高，头皮绷得铁紧，只想快些走进亮光的地方。但这一晚，天黑反倒让人神经松弛，得来一阵安稳。

隔一会，天上准会升起月亮。这日期也是汉子先前精细算过的，得找有月亮的天色。白日里下了雨，晚上月亮却照样升上来。汉子推算得很准。

月亮如约升起，月光犹如鱼籽盐的色泽，略微泛黄，但又晶莹温润，静静倾泻在沟壑峁梁之上。在月亮地里走路，本已疲沓的脚步，不知不觉中踩得轻快起来。

前面隐隐现出的那道矮梁，叫弭诺沟。汉子并不常走这一路，但对弭诺沟一带的险恶，以前也时有耳闻。——其实，不用听别人说道，这些年山路走得多了，什么地方险什么地方恶，关羊客易于隐藏，汉子用不着眼看，仅用鼻子一闻，就闻得出潜伏的那股肃杀之气。琴僮和小狗哪又看得出来？远远看去，这条土路照样镀上了月光，到弭诺沟，坡势开始下滑。两人都想，只消走到下坡路段，肯定省劲多了。琴僮和小狗预先松了一口气。

汉子往那头张望一阵，此时此刻，这片月光底下，弭诺沟阒寂而又安详。只有尖细风声挂在林梢。汉子暗自思忖，或许，弭诺沟凶名在外，人凡到得此处总会事先有了提防，以至关羊客反倒得另寻地段，才好杀他个措手不及？

劫道关羊的事仍在这个地方发生了。

当时，三个人差不多走穿弭诺沟了，前面微微隆起一片只长草树的坡头。汉子瞧着这一路还算得平静，才放下一颗悬着的心，想跟两个孩子说说弭诺沟的凶险，摆一摆这地界前后二十年里发生过的恶事。头一句话他已经压在舌尖了。汉子打算这样启开话头：喏，你们以为这一带是个什么样的地方？是不是，刚才一路下坡地段，还能省一把力气？你们可曾晓得……

夜色中冒出一个声音，说，站住。

之后，又故意加重语气说，都他妈给我站住！

三个人就站住了，扁担还在各自肩头颤悠。汉子这时落在最后，把喊话的声音听了个真切。他觉得这人嗓门有些怪，怪在哪里，一时找不出答案。

那暗中冒出的嗓门顿了顿，开始自报家门：老子是瘤子老韩，晓得啵？老子手里有把枪，老子枪法很准。要想活命，留下钱财，脱了衣裤光身往前走。

听着喊话，琴僮脚跟猛地就是一软，浑身筋肉抽搐，骨架也磕磕碰碰。他老早就听过这名头。他尚在襁褓里时，成天哭个没完，他娘哄他哄得烦躁了，说一声，再哭，再哭就把瘤子老韩招来了，到时烹了你吃，娘也管不着，他便不哭了。那时还一脑袋懵懂，不晓得瘤子老韩是个啥物件，只晓得怕。而今头回走道贩盐，便撞个正着。琴僮肩头一斜，担子垂耷下去，盐粒子撒了小半笭筐。小狗还算镇静，递出一只手去，扯住一股笭绳，把琴僮整个人定住了。

这时，小狗乜斜一眼看见，汉子一抖肩撂了挑，把身子骤然蜷成一团，滚进身侧没及头顶的芭茅草窠里。

汉子的动作极快。

关羊客点亮浸着松节油的火把，隔着几丈远擎了起来。琴僮、小狗还听得见那簇火焰哔哔剥剥地燃着。关羊客走得近些了，挥舞着手中的家伙，冲两人喊，把衣裤脱掉，快脱掉。火光在黑暗中画出几个连续的圈子。

关羊客打了个马虎眼，竟没看出来，电光石火间那边已少去一人。

琴僮听见自个身上，骨头碰撞出响声，仿佛是乞丐锵锵锵锵耍弄起两片猪铲骨。琴僮脑袋发懵，一双手老半天才摸着衣扣，扯脱，把那单衣扔在盐担上。他左手很快滑到裤头上，摸着裈扣，犹豫得紧。里面没穿底裤。琴僮从来就不曾有过底裤，从开裆裤穿到抄裆裤，无论冬夏，脚上就裹一条裤。小狗脱了上衣，拦住琴僮，暗示他不忙着脱裤。

关羊客又操着破锣嗓喊道，日你娘哎，脱裤子！关羊客的声音暗哑，夹杂的尾音怪异，尖锐砭人。琴僮只好把裤裈解开，手一放，裤子便堆叠到脚跟，再把脚板一抬，一个光人就现了出来。琴僮虽说平日被汉子唤作长毛的，但那底下稀稀拉拉，还不曾长到该有的尺寸。月光落在人身上，几分阴冷很快黏进皮肉。

关羊客又把火把挥动起来，冲小狗说，还有你。

小狗正要解裤祥，那边却有了不一样的响动。他们听得一声尖细的叫喊，却不是从汉子嘴中冒出来的。

两人赶紧尖起耳朵，再一听，是那汉子在说话。汉子说，哟嗬，竟也是个不长毛的……

方才汉子闪进草丛，就势在草丛中一寸寸挪动，没有声音。闻见草叶的气味，汉子恍惚回到以前那些时日。隐蔽和潜行的功夫，倒像凫水一样，一旦学得，这辈子也不会忘却。尔后，汉子不经意已绕到那一簇火焰的背后，看见关羊那人的身形在火光下隐现，干干瘦瘦。这时汉子已经有十分的把握，弄下这个拦路绊脚的呆瓜不须费多少力气。他往前探去，关羊客只顾着喊得起劲，火把一阵挥舞，挥出一团纷乱的光，晃进汉子眼目。这也不妨着汉子极快地拢进那人身后，看清那人手里的枪。汉子把手一伸，捏住那人持枪的手。

汉子的手宽，展开如同蒲扇，关羊客的手细。这一捏，关羊客的手如同饺馅被饺皮包个严实。他这才觉察，尖叫一声想要挣脱，哪有这么容易？他抓着枪的那只肉掌好似被碌碡碾轧过，除了剧痛，拾不起一点气力。

汉子在黑暗中干笑两声，还作势拍拍那柄枪上沾着的火灰，炫耀自个干下的事体。琴僮和小狗扯上裤子紧着裤带，再拽着衣服走过去。汉子夺过火把，放低一些，关羊客的半张脸浮现在火光里头。这关羊客也不过二十出头，脸相俊俏，模样清秀，要在集上碰见，准会当他是个读书人。

汉子一手就挟起了那关羊截道的孩子，扭了脸做出交代，要琴僮、小狗把盐担子先藏进草窠，标上一截竹签作记。

隔里把远的地方有处土凹槽，因地漏形成，宽不足七尺，长两丈有余，藏得住一二十条人。汉子晓得那地方。汉子让两人在后面紧跟，自己扛着抓来的关羊客，一路走得飞快。关羊客在汉子肩上轻微挣扎，如同濒死的人两腿踢风，苟延残喘。他还要讨饶，汉子却懒得听，一手往他软肋处一捏巴，他搅舌头的劲都没了，讨饶的话全哽死在脖颈里。

到得凹槽，汉子拿关羊客扔地上，反剪了手，让琴僮、小狗作死地扭住。琴僮、小狗都不敢大意，关羊客试探着稍稍用力，两人便咬牙切齿地反扭他手臂，直到听得骨节驳响。汉子留意到，土凹槽西北侧哪时圮塌出一个豁口。不待大气喘定，汉子翻出凹槽斫了几根坟竹，又斫得有一捆棕叶，把细竹竿串编起棕叶，遮挡住那道豁口。再在凹槽里燃一堆火，几个人都安稳地坐了下来，烤着随身带着的糍粑。

这时，汉子看见琴僮的裤裆洇湿了一大片。琴僮穿的是土布黑裤。本来这颜色不易现出水渍印痕，加之夜色晦暗，但汉子偏巧一眼看见了。

汉子似笑非笑地说，你个崽崽，打脱尿了？真是不值价的货，这么一吓就打脱尿了，要真的剁下你一根指头，那屎尿屁哥仨还不得全榨出来？

小狗还不信，用手摸了摸琴僮的裤管，摸到裆下那一块，才晓得汉子所说不假。这话戗得琴僮一脸绯红，喃喃地说，我本来就憋……

汉子说，你这个样子，下次不要跟来了。累赘。

琴僮心头苦闷，抓起一把土坷垃，狠狠地朝关羊客砸去。

汉子不做理会，翻动烤在火边的糍粑，有一面已微微焦煳。

关羊客冲着汉子，讨好地说，毛胡子爷爷哎，我左兜里还有几枚野鸡蛋，先前煮熟了的。汉子往关羊客兜里一扒拉，果然摸出两枚野鸡蛋，不大，壳上附满了斑纹。汉子剥了一枚一口吞了，剩下那枚蛋揣进兜里。

汉子摸摸关羊客的枪，十二响的快慢机，真货。又敲敲枪架，扳扳枪件，并朝向火堆瞄一瞄枪膛线，显然瞧不出有什么问题。

汉子问，真是好东西。哪弄来的？

关羊客说，地上捡的。

——捡的？就你他娘的会捡。在哪捡的？我也去捡一把。汉子问，会打枪吗？

关羊客说，还没打过，只弄得一颗子弹，舍不得打掉。

汉子又呵呵哈哈地笑起来，笑声极像是高腔戏的戏子下足功夫吊上去的。汉子轻车熟路抹下弹匣子，那小孩说得不错，里面就躺了一颗子弹。汉子把子弹卸下来，在手里把玩，让那颗子弹在指缝间游刃有余地翻转着。

汉子问，你他娘的叫什么名字？

关羊客说，姓石，叫石小狗。

汉子说，又是一只小狗，你爸给你个贱名，是盼你多有几年活路。

石小狗赶紧就着这话说，好汉爷爷，我也是没饭吃了，毛起胆子干的头一回，偏巧撞上爷爷了。你看我这贱命！你一定饶了我。我不是瘤子老韩。

汉子说，又没说要你的命。我只是挑担做生意的。抬起头让爷爷看看。

石小狗不敢抬头，依旧把脑袋软软地撂在地上。汉子只得用鞋尖撬起石小狗的尖下巴，之后又蹲下去用枪管拨起那颗瘦头，仿佛掂掇脑袋瓜重几斤几两。

——你这上下都不长毛的鸡巴蛋，也当自个是个人物，干起独脚生意来了。汉子又说，不过还算够胆。既是关羊，留记号的规矩你他娘的都懂吗？

石小狗两眼麻溜溜地打转，说，爷爷，晓得是要剁手指留记，我真没那伤人的打算，就想捞点浮财。身上只带了这柄破枪，刀都没带。

汉子面露不屑，说，剁手指也有剁手指的规矩，哪是随便乱剁的。这规矩你讲给我听听？讲圆溜了我放你生路。

石小狗两眼发懵，说不出来。汉子指了指琴僮，说，长毛的，帮他摆一摆。但琴僮着了刚才那一阵惊吓，嘴里炖粥一般咿里唔噜，哪还讲得出个子丑寅卯？

汉子只得指了指小狗，说，不长毛的，你还记得不咯？小狗不假思索，张口就说，从左手的满指看过去，先剁风纹，再剁箕，最后剁掉螺钿。要是左手满螺，就从右手剁起。

汉子竖起根拇指，说，看看，长毛的还不如没长毛的。丢人哩。

琴僮这时忽然有了个疑问：那要是两手十指全是螺，那又如何搞法？

汉子说，十螺全点状元，要是十指长螺，那个命硬，见鬼杀鬼，见神灭神，自顾痛快去活这一生世了。汉子吃起略微烤煳的糍粑,让小狗去藏盐担那里摸几粒鱼籽盐过来,就着糍粑一起嚼。石小狗一直被反剪着手,是用他个的裤腰带缚紧的,跪在那里,大头朝下耷拉,嘴巴差两寸就啃着了泥。

汉子得了盐嚼,浑身都轻松,伸了伸懒腰,再告诉石小狗,其实,你一吭气我就晓得,你不是瘤子老韩。瘤子老韩哪会跟别人一样,也把自个称作瘤子老韩呢?就像我唤他作不长毛的,他自个打死也不便告诉人家,我是不长毛的。汉子咧嘴一笑,复又站起,把鞋底板搁在石小狗的左颊,如同听戏文时打拍子那样,在他脸上拍起鼓点。石小狗那半张脸很快就灰扑扑的,却仍堆着一脸笑模样。

小狗问,那瘤子老韩,他把自个怎样称呼?

汉子不无得意地说,这可没几人晓得,晓得的大都见了阎王。你问我是问着了。汉子吊起胃口,嚼着糍粑,稍后才说,瘤子老韩当别人的面爱说,我是你瘤嘎公。他跟身旁几个熟人说,熟人熟事,就叫我炳先。韩瘤子还他娘的有个书名,叫韩炳先,知道吗?以后别人摆瘤子老韩的那些个破事,你就戗他一句,知道瘤子老韩大名叫什么?那人准抓瞎。你再一抖出来,肯定让他蒙在当场。

琴僮和小狗听得连连点头,并把"韩炳先"这个名字在心里默念了数遍,牢牢记下。

汉子仍用鞋底板踩着石小狗的脸,又说,这嗓音也不像。你自个嗓音细嫩,倒还跟瘤子老韩有几分像,憋成个公鸭嗓,反倒不像了。也难怪,瘤子老韩生就哪种门,又有几个人知晓?他虽是武高武大一个人物,声音却细得像在唱辰河高腔,听着像刀刮着碗沿,瘆人背脊。可操着娘娘腔的男人,十有八九心里歹毒。

石小狗点头称是，这头一点，就重重地磕地上了，喔唷叫唤一声。

琴僮离石小狗最近，嫌恶地说，你他娘的还娇气，然后啐他一脸浓痰。小狗说，堂哥，算了算了，少跟这号人怄气。汉子拍拍小狗肩头，说，你倒是个软心肠的家伙，但出门在外，该狠还是要狠起心肠。汉子又冲着石小狗说，你以后别叫小狗了，撞了我这侄子的名。我把你叫狗屎，你他娘应一声。狗屎！石小狗就赶忙应了一声，呃。汉子说，你要学狗叫，不配讲人话。我再叫一声，狗屎！石小狗就汪汪汪地狂吠起来。汉子指着琴僮说，你叫他一声。琴僮放大嗓音叫道，狗屎，臭狗屎！石小狗又叫了。汉子要小狗也叫一声，小狗说，狗屎。石小狗仰起脖子，冲着天上的月亮一阵乱吠，逗得那汉子乐不可支，还搔着鼻打起了喷嚏。

——你也不看看自个，菜头菜脑，还关羊，你都关得着羊？你当关羊这活计，跟用剁骨刀切豆腐一样轻巧？既然有缘撞在一起，看你着实嫩了点，爷爷不妨给你点拨点拨……

汉子剥开另一枚野鸡蛋，又说，一亮相就显出没把式。要有真功夫的，哪会破着嗓门说大话吓人？你一枪打断我一股箩绳，什么废话都省了，我哪还敢有半点动弹？出来关羊捞钱，要靠真本事，手上没两下子，别他妈急着跳出来杀人，别他妈羊没叼着反倒让羊给咬死了。关羊客一般只关回广林的挑脚盐贩，哪有关来客的道理？来客不带现钱，难不成你还抢了盐担挑去佴城换钱？这一点也太不着道……

听着汉子摆这些经验之谈，石小狗一溜响头磕下去，不停歇。汉子噤了声，石小狗却还意犹未尽，忙不迭地问，其三呢？

汉子说，你倒识得"虚心"二字。别说其三了，其四其五也是张口就来。你不着道的地方也太多了，举手投足到处都是漏洞。譬如说，人都没及挨近，你就敢把火把亮起来，够胆量。你看不清人家，人家反倒把你看清了。再说了，装谁不好，偏要愣充瘤子老韩。韩瘤子这样的大土匪，手下几百号弟兄，哪时候走单帮关羊截道了？凭他的一身本事，却去关几只瘦羊，传了出去一张脸还往哪里摆啊。再说……

……我晓得。石小狗机灵地把话茬接了过去，说，韩瘤子手底下有好一帮子人，哪会单干？还听说有个十一哥跟他孟焦不离，穿着连裆裤一样。

哟嗬，不错，十一哥的事都晓得。汉子赞许地说，还晓得些什么？十一哥可是没几个人窥见过真面目呵。

石小狗说，就知道有这么个人。

小狗冷不丁插话说，这十一哥他娘生崽可能是一把好手，生到十一个都有人叫哥，往下不知还生得几个。

汉子瞥他一眼，说，十一哥可不是在家里排行十一。

小狗就奇怪了，说，那又何事叫作十一哥？他翻着眼睑，左右想不明白。小狗年岁太轻，遇事总想摸透底里。

这可不是随便哪个都晓得的。汉子驳起手指骨节，弄出一片响声，说，我也没听谁能给出个确凿说法。

小狗兴致索然，扭过头去，看了看石小狗仍然一派跪相，脸色苦楚，就去踹他一脚，让他倒在地上躺平了。

4

　　……其实我也晓得，瘤子老韩名头太响，仇家太多，瞎冒他的大名，易被戳穿，惹来祸端。石小狗把自个身子翻了起来，重新摆出跪姿，抬起一张灰脸说，其实，我后脖颈上也长有一颗瘤。一开始还当是痦子，慢哒慢哒地竟长成一颗肉瘤。我爹我娘冲这颗瘤，好生嫌弃我。我家那个寨子，磨盘寨，也被瘤子老韩的人马抢过几次，总共被砍死七条人。打那以后，一寨的人看着我都不顺眼，烦躁，谁叫我也长着瘤，而且恰巧长在了后脖颈上？在寨子里头，我老是挨别人打，挨饱了，这才出来一个人混。就冲这颗瘤子，我想着用用瘤子老韩的名头。呹……

　　汉子俯下身子，一只手朝石小狗后脖颈上捋去，很快摸着那颗肉瘤，还捻了几捻。肉瘤有拇指大小，拿过一把火照去，瘤子前端略微地发黑，还长着几根稀疏的毛；后端则如同石小狗面庞一样白皙，捏着发软。汉子喉咙里冒出一个惊骇的声音，仿佛深井底端浮起气泡，浮到水皮的那一刹忽然迸裂。

　　石小狗说，这瘤子，还在长哩。

　　汉子说，真是，这位置这大小，跟韩炳先的都不差到哪去，啧，也太他娘的相像了。汉子说着，再次扳起石小狗的脸，看看他稍微有了轮廓的刀条脸，又翻了翻嘴皮看看他一溜白牙，仿佛是牛马集上的捐客。汉子说，我看你也是条土匪胎，你爹娘嫌恶你没有错。说说，这以后有什么打算？

　　石小狗说，还敢有什么打算，只要爷爷肯放了我，我给爷爷拉马坠镫，来世投生当一只母猪，每年给爷爷家里下两窝猪苗……

汉子踹他一脚，说，你这没长毛的，手上功夫没学出来，枪不会打，嘴巴却是一套套，都哪里趸来的戏词？

石小狗说，我哪得人教啊，得人教的话，手段也不至于……我常去集市庙会蹭听先生说书，最喜听人摆《水浒传》，对梁山上那一干子弟兄羡慕得很。

汉子说，这倒不假，少年人，听不得《水浒传》，逞勇斗狠，哪天死在什么旮旯里头都没人发埋。自个交代，以前都干过几票，害了几条性命？

今天真真正正头一回。石小狗苦下脸说，我这一招半式都还没学成，杀得了人，自个听着都是笑话哩。

谁和你讲笑话啦。汉子问，你别当我好日弄，虽然你手生人嫩，却也不像开张做头回生意。以后还要劫道关羊吗？

石小狗哆嗦地说，哪敢？我不是这料呵，要是再干，撞上了，爷爷剥我一张整皮绷鼓。

汉子说，这回要是放了你，你胆子反倒陡长一截，回头又祸害别人。

石小狗说，那我就去爷爷家里当长年，只消一碗饭把这狗命吊着，绝无怨言。你看怎么着？

汉子嫌弃地说，留你在家，日后哪还能够安生？汉子忽然又说，以后，就是干这营生，也他娘的别瞎混瘤子老韩的名头，有种把自己名头报上来。杀人多了，谁还当你是只小狗子？听人说，瘤子老韩已经死得有两个月了。你不能愣装成一个死人吧？

死了？石小狗一愣，眼底一灰，说，真死了？

汉子说，鬼晓得，炳先……瘤子老韩的死，前后传出好多种说法。这反倒让人疑心起来。两月前，驮马寨土匪秧家三兄弟一齐被人干掉，你们听说过没有？

石小狗和琴僮都点了点头。秧家三兄弟也算是周边几县的大股祸害，一天之内全都报销了的事，在远远近近好几个县份传得沸反盈天。

汉子两眼看天，看得眼神虚惘起来。他说，秧家兄弟，除了瘤子老韩，谁又能在一闪神的工夫就放翻那三个。炳先怎么就……死了呢？

小狗说，这一阵，我听好几个人讲过，瘤子老韩死掉了。

看不出来，你倒是见识蛮多，什么鸟事都晓得一点。也好，没了父母管教，成天到处乱跑，反而得来一些不着边际的见识。汉子看着小狗，把火堆扒拢得更紧凑一些。然后他说，那你跟我摆一摆，炳……瘤子老韩都怎么个死法？

小狗说，当时听了听，真要我说，还记不牢靠了。在集上听一个老头说，是被他手底下十一哥弄死的。

哦？汉子说，有这一说？你慢慢想一想，那老头怎么说来着？

5

夜空中传来豺狗子的嚎叫，一声长一声短，一声挨紧一声，听着好似那畜生正向人逼拢过来，实际还离得蛮远。月已经行到中天，举头看去，月光很盛，像是暗自燃烧着。琴僮、小狗只觉着冷风砭骨，拨拨火，把身子缩得更短些。

……听人说，十一哥是个前脚无影后脚无踪的人物，没几个人真就看见过他的面目。小狗思来想去，也只知道这一鳞半爪的事情。他又说，听说他是瘤子老韩的狗头军师，就像刘备靠一个诸葛孔明一样，其实，刘玄德表面光鲜，背后厉害的却是这孔明先生……

这比方打得好，嗯。汉子眉毛一扬，说，少说废话，还是摆一摆，十一哥怎么就杀了瘤子老韩的？

小狗老实地说，怕也是别人瞎猜着说的，哪有人看见？真看见了，不也得一块死在十一哥手里？……呃，想起来了，那老头是茶亭镇的仵作，逢集那天，在茶水摊上我听见他跟几个跑船的说这事。仵作说，那一阵他到几处地方查验死尸，认来认去全是瘤子老韩手底下的崽子。瘤子老韩的尸身没有找到，死的消息却传出种种花样。仵作说，既然瘤子老韩手底下十一哥能耐在老韩之上，哪能容得下一直被人家当个家什物摆弄？一来二去把大部分人都合计到自个一边，挑个便当的时候，就把瘤子老韩剁掉了。

汉子身子懒散地往后面土壁一靠，说，嗯，听着有几分道理……

石小狗见他们几人说得热闹，不再顾及自己，便挣扎着勉强摆出坐姿。这一阵工夫，他两手已经剪得生疼，两腿也跪得没了知觉，身上有几个痒处发作起来，无法抓挠。

汉子歇嘴的当口，石小狗插话说，瘤子老韩不是十一哥杀的……

这边的几个人一齐扭转脑袋，看向石小狗。他忽然坐在地上，倒也无人发觉。汉子问，哦，那你听见怎样的说法？

石小狗说，十一哥其实是个娘们，生得标致，瘤子老韩日日离她不得，对她样样都好。八成，这娘们身子还沾得有瘤子老韩的骨血，她哪舍得杀掉瘤子老韩？

呵呵哈哈……汉子笑得被自个唾沫呛上一口，拿眼望天，用眼皮匝了匝笑出来的眼泪。他说，鬼扯白，都从哪里听来的？

石小狗说，哪是随便听得到的。我家有个房族亲戚前年被瘤子老韩抓上山的，后面瞅机会跑回来，留得一条命在，跟寨上人说出来的。

鬼扯白！汉子说，我这一辈子还没听过这样的怪话。十一哥剽悍嗜杀的一个人，几时变成了女的？十一哥犯下的那些事体，哪桩又是一个娘们办得了的？

石小狗也忘了处境，说，你也是没见过十一哥。既然没见过，你又何事这般肯定，十一哥不是个女人？

得脸了是吧？汉子正脱下那双麻链草鞋，拍掉里面的石粒子，说着这话，就把鞋底子当作巴掌狠命拊了过去。石小狗挨了这一记重扇，再看看天上，花花麻麻地翻出好多星星，月亮却被映得黯淡了。石小狗赶紧醒了过来，反口说，那是那是，我一直都奇怪得紧，明明叫作哥，怎么会变成个娘们？我那亲戚十有八九是在山上吃了拳脚，脑壳打蒙了。

我看，你他娘的还是跪着的好。你坐没个坐相，我看着怪不舒坦。汉子说，你最好还是跪着。现在我想怎么收拾你都可以，趁我还没想好招，你把样子做得恭敬点。这对你没坏处，晓得不？

石小狗哪敢吱声，又赶紧把自个晃悠起来，一下子没能站起，也无从跪下。小狗只得过去扶他一把，帮他摆出跪姿。

晚雾在四处游走，一层一层地添着寒气。汉子支使琴僮去周围砍些柴爿，码进火堆。小狗看得出琴僮仍然惊魂未定，说，叔，我去。汉子把小狗又摁了回来，说，偏叫他去，你打什么岔。琴僮无奈，走老远才找到一蔸枯死的白蜡树，砍下来当柴。柴添进火堆，汉子掏空火心，火苗子立时蹿高尺余。汉子脸膛紫黑，火苗映在脸上，有了一层油光。

汉子说，说十一哥杀的瘤子老韩，倒稍微靠得着谱。时日一长，十一哥哪能不起杀心？一个人但凡混到一人之下众人之上的位置，其实最是不尴不尬。那滋味，哪是随便体会得了？一山不二虎，一天无二日，这样的道理，摆哪里都不为过时。但十一哥确实没有杀瘤子老韩。我倒听过另外的几种说法，比这说法更靠得着些。

小狗说，叔，怎么你对那伙子土匪的事这么熟哩？

汉子说，不记得了？以前我一直在酉水河上跑船，走的路一多，哪样鬼头鬼脑的家伙没见过？比《聊斋》更不通情理的说法，也听得有蛮多。瘤子老韩这人……要听吗？汉子忽然有些疑惑，看看火堆前虔虔敬敬坐着的两人，还有那蜷成一坨的臭狗屎。

小狗说，摆一摆，我听听。

琴僮也说，摆一摆。

石小狗蜷着身子略微地动弹一下，本想应一句，讨些好，但又怕吃打，就没开口。

那汉子干咳两声，讲了起来。这夜月朗星稀，几个小毛孩都摆出十二分的好奇，他心情还算不错。他说，但凡奇人，必生异相；但有异相，必是奇人。什么叫作奇人异相？一般人不懂奇门功遁甲术，自是看不出来。像你们这样肉眼凡胎，想认得奇人，只有一个办法，那就是，找找这人有没有人记。光有人记也不行，还得看这记生在什么地方。你譬如……汉子指了指石小狗，说，他脖颈后面那颗记，要是长在腰背后面，那就是条贱命了，每晚只能狗吃屎地趴着睡，要不然就硌得你生疼。这瘤越往上长越是有灵。要是长在脑门顶上，那不得了，不是神仙也是半仙。你譬如说，中堂挂画上的南极仙翁，就是把整个脑门长成一颗瘤子，还生得有榆木疙瘩纹路左右旋开了，不是神仙都不行。

琴僮小心地问，痦子算不算人记？琴僮身上有几颗痦子，听汉子说起人记，心子一下子活泛起来，问了这一口。

痦子一般不是人记。痦子是针尖那么点息肉，用锡水一抹，就消掉了。这也能算记？人记和一般疤痂疙瘩的区分就在于，它是连着命的。把这人记一除，人的命也没了。这才是人记哩。汉子看着琴僮的神情有几分失望，不禁笑了。他说，人记哪能是随便谁身上都找得着的？随便找得着，人人都有，那就不叫人记了。听人说，除非痦子排成七星拱月状，或者胎记现出八卦图样，那也勉强算得上人记。

瘤子老韩脖颈后头那颗瘤，早些年也只是一颗痦子，长在那不打紧的地方，不主吉凶福祸，所以也没请人抹去。那时他家在板塘寨，有两亩井水田，日子稀一顿稠一顿，也算过得去。他爹还让他去私塾馆读了三年，学学写名记账。韩炳先在水溪镇上认了一个瓦匠师傅学手艺，学徒三年帮师三年，师傅家有几亩菜地也归他弄。那天他正在薅草，忽地觉着脖颈后面生疼，一摸那痦子竟长得有黄豆大小了，挤得出脓水，像是被马蜂叮了一下。那时他便是个逞狠霸蛮的人，叫了在另一垅田里干活的师弟过来，说，把那柴刀磨一磨，再帮我把颈子上这颗瘤削掉。师弟看那瘤只黄豆大小，也不当回事，磨了磨刀就要帮这一手忙。幸亏师傅怕徒弟磨洋工，走到地里打望，老远看着小徒弟拿刀往大徒弟脖颈上比划，一派要杀头的样子，老远就挥手大声喝止。师傅拢过来一看，大骂两人，天杀的哎，这是随便能割的吗，你以为？这是人记，牵着你一条小命呐。

韩炳先那颗痦长成了瘤，犯了煞，主凶事。他家很快出了事端。板塘寨是个大寨，两百多柱炊烟，周遭树木稀疏，平日藏不下土匪。那年板塘寨东头树林子里，冒出几条汉子把两伙辰州收桐油的商人关了羊，抢了银子，还不顾规矩把人全宰了。县府合计着应该是板塘寨本寨人干的，派下差要保长死活弄出几个人交差。板塘一寨，由吴廖两姓主事，韩姓是寒族，只六七人户。吴姓保长全拿了韩姓人家去交公差。韩炳先的爹也在抢匪名单里面。几个韩姓的人弄到县上，潦草地问几句，人头便被利利索索地砍了下来。这头把人砍了，那头韩炳先的娘也中风瘫倒，吃受不住这么大的变故。韩炳先听信后回到家中，在床边守住他娘，天天喊魂，但他娘没几日还是死了。

炳先他娘发埋那天，他冲到保长家的院坝，摆明地跟保长说，到时一定点了他全家天灯。保长哪把他一个毛孩放在眼里，还问，几年？我等。他伸三根指头，保长就说，有志气。三年以后我开着门迎你。炳先回头就去找刀，三个时辰以后天黑了，他便往保长家去。那院墙蛮高，炳先费了好大的神，才磕磕绊绊爬进保长的家院。护兵没看见他，他一间一间房地找，竟然把保长的卧房找出来了，那狗东西还在睡安稳觉。炳先用柴刀把保长卸下来。这事他很喜欢跟身边的人说，他说那把刀很钝，而保长的颈子竟然长得紧凑，炳先砍了好多刀，那柄柴刀刀口卷麻了，这才砍下脑袋。他还在尸身上留了几个血字：说是三年，却在今夜；说点天灯，却取人头；言行不一，着实惭愧。憋这词可是难为炳先了，他不肯读书，编个四言八句，却连韵脚都押不住。这手法，也是自《水浒传》上面趸来的。武松血溅那什么鸟楼不也是杀人留字么？韩炳先听过，也就记在心里了。他本想写：杀人者打虎韩炳先也。想想自己确实没打过老虎，就不好这么写来着。

杀了保长，保长家里那一堆家眷一堆护兵竟都没发觉。这就是说，炳先很会杀人，杀人的本事像他颈上肉瘤一样，天生的。头回干这事，他无师自通一刀毙了保长的老命，让保长没能耐喊叫，再慢慢割下头来。

炳先抱着那颗头，顺顺当当地爬出墙外，跑上山，就当了土匪。那颗丑得像夜壶一样的头，他要拿去祭他爹娘。炳先就是这种有仇必报的家伙；当然，于他有恩，他报答起来也毫不含糊。

瘤子老韩自个有人记，他对别的长有人记的家伙也蛮看重。譬如十一哥，瘤子老韩就是看着这人有人记，拉他入了伙，帮着一块谋划。十一哥原本是跑船的，瘤子老韩有回匿了身份搭那趟船，三天水路下，和这十一哥聊得不忍分开。那次去到辰州县城，瘤子老韩就跟十一哥亮了底，说老弟，我就是瘤子老韩，脖颈上学了教书先生围条围巾，不是他娘的硬充斯文，实在是得避人眼目。而今我的脑壳在县衙值得到三百个洋钱。天黑时分我照样来这埠头等你，我咂摸着哥两个定是有缘，难得碰见你这号人物。要不你到县衙领了人来，我把那三百个洋钱当人情送你，以后也别在水上吃这碗苦饭；要不你跟我走，搭把手帮我把我这颗脑壳再盘高些价钱。三千？三万？……

他故意没留时间让十一哥做一番盘算。一天的工夫，让一个好端端的船把式变成个土匪，确也难为人了。再说，三百个洋钱也够船把式攒半辈子的了。那天天黑下以后，瘤子老韩果然在埠头上等着，围巾也撇下了。十一哥就一个人来。

十一哥问他，哥，怎么就那么信得过我？他回答说，就冲你我都有人记，这是天上人给我们标下的记号，以便和平常的人区分开。我估摸着你满肚皮韬略，不至于把区区几个洋钱看在眼里。

自从得了十一哥这个人，瘤子老韩的名头才在远近几百里地有了起色，利利索索地吃掉好些小土匪，盘大自个的地界。

其实瘤子老韩哪又晓得，十一哥这人并未长有人记。当然，那时候十一哥自个也不知晓，自个身上被瘤子老韩认作人记的那东西，到头来，却是一坨无关性命的赘肉……

小狗问，那十一哥的人记又是什么？

汉子茫然地看了小狗一眼，说，我哪晓得？以前跑船时，听一个船把式摆过这事，他见过十一哥的，却没讲出个底里。人记这东西，也不是谁都认得出来。

小狗圆话说，那船把式也没弄明白。

汉子说，瘤子老韩死也死在人记上面。他只要见长有人记，就想留下那人，拉过来和自个一块干，满以为多有这样几条人，就能把局面不断铺大。但这天底下，人哪是一条心拢得住的？母狗一胎下的崽还花花绿绿各样各色。打蛇不死，反被蛇伤，这话说的，活脱脱就是瘤子老韩的现世报。

秧家三兄弟向来不和睦，各自占有山头，各管一方地界。瘤子老韩首先是找近的下手，一把端掉秧老三的锄把子岭。那天摸着黑爬到岭上，打进秧老三的窝。秧老三正躺在被窝里，抱着那个挺要命的女人的光身，啃来啃去，稀里糊涂就被十一哥一索子捆倒在地。瘤子老韩要人找一个木墩让秧老三头朝下枕着，有个垫物，他才好一刀剁个痛快。秧老三也是个人物，眼看着刀擎起来了，一颗脑袋在那木墩上，竟然滴溜溜掉转过来，肥短的脖颈整整转得有半圈，瞪着操刀的瘤子老韩和那柄刀。老韩被秧老三一双阴鸷的眼球瞪得浑不自在，竟自收起刀子。他说，我给你个痛快，你把头扭回去，头低下，我照你后颈子砍。秧老三说，我就想看自个怎么个死法，看这刀怎么切断我这脖颈，死前也开回眼。瘤子老韩一怔，迟迟没有下刀，秧老三趁机骂开了。你这帮鸟人乘人不备，打我寨子，丢先人哩。

脑袋转了整半圈，秧老三说话声音还够雄浑，倒是有些活见鬼。这人嗓门浑不似长在喉咙里。

瘤子老韩倒抽一口寒气，刀子没再举起来。一旁的十一哥看得心底焦躁，拿过另一把砍刀比在秧老三脖子上，要砍。瘤子老韩却不让，两人一推搡，他还抽了十一哥几个响耳光。平日两人推心置腹，甚而通梦交魂，却为一个外人伤了和气。瘤子老韩这一步着实偏得太离谱。瘤子老韩说，这家伙脖颈里面长有反旋骨头，也是个人记。晓得么，搞不好是雷震子的现世人形，杀他不得。十一哥说,《封神榜》里的鬼话,你也信么?

瘤子老韩两眼定定地看着十一哥,斩钉截铁地说,我信。

十一哥看出这秧老三迟早是祸害,偷偷摸刀又要砍去。瘤子老韩那天铁了心要留下秧老三的性命,揪住十一哥,把他两条胳膊扭得脱臼,让他动弹不了。瘤子老韩留下秧老三贪恋着的那女人,说我也不霸蛮留人,但你想好了,兄弟几个搭把手,过来一起干。女人我给你留着,啧啧,这一身又白又酥的好肉,真够馋坏一大堆男人。但我保证,给你秧老三全须全尾地留着。

秧老三走时也不道谢,只是阴着脸狠狠丢下两声,要得。

瘤子老韩其实死就死在那一步没走对,该留的人分了心,不该留的人却苟延了残喘。瘤子老韩干土匪营生,十几年一路走得顺畅,干着干着反而滋养出一腔迂气。明明是他娘的一个老土匪,偏偏想着学一学梁山泊的那套虚仁假义。

再说,我听人摆《水浒传》,总觉着不靠谱,听得烦心。一帮强盗匪坯,一个个杀人越货,心子哪一窍里装得有那么多义气?集上听人说书,你们几个小子,各自心里得留了分寸。说书佬的舌头,故事里的章回,终究当不了真。

6

……瘤子老韩的死法我听得有多了。那是因为,瘤子老韩这人确也长久时间没见露面。两月前,秧家三兄弟一齐被人弄死了。秧家兄弟已死,凭瘤子老韩的脾性,哪能不卷土重来?对他来说,这也不是什么难事。但这一阵时日,他还能沉住一口鸟气，任由马砣山一帮小王八蛋四下里撒欢，着实有些蹊跷。依我看来，瘤子老韩不死的话不会有这种局面。

有人说，瘤子老韩是中了冷枪冤死的；是在龙牙冲下面一道深谷里中瘴疠死的，死时还吐了几碗瘀黑的血；刚才又听得你说，是十一哥撺掇一伙子人，要了他的命。这些，似乎都不可信，因这瘤子老韩的手段你们哪见识过？他一身本事，后脑勺都长着眼，不是说死就死得了的人。

说是有一次，高望界的龙居骧派了两个里手的枪客闪在道旁守瘤子老韩，老韩那天正好落了单，一个人在道上走着。待他走到伏击地段，两个枪客四把王八盒子一齐扣了扳机。要命的是，四把枪同时卡了壳，一颗子弹也没打出来。瘤子老韩反应过来，立即解下双枪，命那两个枪客走到道上，脸对脸站好。然后，又命他俩举起王八盒子互射。两人被瘤子老韩的一身煞气震慑住了，不敢怠慢，结果其中一个还是双枪哑火。另一个的两把枪这时扣响了，把同来的枪客身子上添了一对洞眼，死在当场。瘤子老韩这时呵呵一笑，说兄弟，以后你不跟我都不行的，你的两把枪已经率先认准我了啊。

后来那枪客便死心塌地跟着瘤子老韩干了，一点歪心肠都不敢动。

又听说是四十六师第三混成旅的一个团爷不巧碰着，把他给抓了，浑身绑得麻花花的，准备从龙牙冲带到县府。一路上，瘤子老韩和团爷聊着无事扯起淡，不想两人相当投缘，要没彼此这身份处境，真想跪下来喝血拜把子。都快到县城了，瘤子老韩求那团爷给个痛快。横竖是个死，他不想再过一回堂，受刑遭罪。那团爷也是个痛快汉子，说放了你我交不脱公差，拿你见官心下里又不落忍，干脆帮你痛快一回，也算弟兄两个今日有缘。就摸出枪来，帮瘤子老韩了断。

但这种说法，我他娘的也不肯信——说不出个道理，就是听着太玄乎，信它不得。

还听人说他中了蛊毒——说他一直和玄洞寨一个四十啷当岁的蛊婆天天搞在一起，最后是大泄身，死在女人身体上。这一说着实荒唐透顶，鬼听了都不信。瘤子老韩是个练把式的人，讲究的是抱本守元，留住一股真气，三分童阳。练把式的人对女人通常都有所克制，瘤子老韩自然也这样。别说一个蛊婆了，秧老三留下的女人，那真真正正才敢叫作好看，那脸盘那腰身那抛飞起来的媚眼，简直就是专事祸害人间的妖物。瘤子老韩愣没把这妖精女人放眼里，单独一间屋让她住着，晚上拿一块几斤重的老锁把门锁死，自个不去碰她，也不让别的人碰。他心里只看重秧老三，像憨婆娘等野老公那样，日日傻等着秧老三投奔过来。他自以为，秧老三这个人早晚会来。

那女人着实浪费，她自个也正当年纪，以前哪一晚床头离得了男人？在瘤子老韩的寨子里住得烦闷，白日里得空出来走动，媚眼也抛得勤快。但瘤子老韩竟像是帮秧老三看顾婆娘的太监，愣不准寨上一众弟兄拢她的身。

这样的人，能死在女人身上么？编出这话的人，根本还没弄清瘤子老韩一星半点的秉性。

倒是有一种说法，有鼻子有眼，也和瘤子老韩的脾性合辙。虽然离奇了些，倒不像哪个浑球蹭蹭嘴皮，随便编排出来的。

秧家三兄弟原先一直不和，甚至见不得面，打生下来就这样。但自从瘤子老韩去摸了秧老三的寨子，秧家三兄弟就一鼻子出气了。那老话怎么说的……

秧家三兄弟啸聚一处后，枪杆子加起来有一二百条，手底下崽子四五百号，陡地就壮实起来。而瘤子老韩人枪不足两百，闻见风声不妙，私底下逃掉不少。那十一哥在这节坎上和瘤子老韩有了隔阂，也带一帮崽子开溜掉了。——十一哥倒不是怕秧家三兄弟的阵势，大难临头各自飞去。这瘤子老韩也着实让十一哥伤透了心。十一哥一走，瘤子老韩独臂难擎，哪还招架得住那兄弟三个？走到这田地，都是瘤子老韩自个使绊自个套上的。

秧家三兄弟联起手，轻易地打下了瘤子老韩的寨子，把瘤子老韩手底下那帮崽子用麻索串起来，一字排开当西瓜切。切掉一半，留下一半。打脱性命的那一半崽子不敢再有二心，鞍前马后跑得勤快。瘤子老韩乘乱逃了出去，躲过这一劫。

秧老三到底又把女人抢了过来。虽说眼看上去女人还是从前那样光鲜，秧老三心里头却来了嫌恶。他问那女人，瘤子老韩是不是把她给沾了。女人摇摇头。秧老三又问，那别个男人有没有把你沾了？女人哪肯讲实话，忙说瘤子老韩不让人沾她，成天一把老锁锁紧了。她身子一直为秧老三原模原样地保留着。秧老三阴恻恻地一笑，说你要是讲实话，说不定我还留你一条命在。既然被人碰过了，回头还愣装干净，那就是把我秧老三不当人日弄着玩。秧老三早就晓得女人被十一哥碰过的，还那么发问，无非是猫盘老鼠盘软了再吃，多有一阵把玩。女人到底挨了一刀，丢了性命。其实，那情势下，女人讲不讲实话，都是要死的。秧老三匪性太足，疑心太重，且太在意这女人。

　　秧家三兄弟拔掉瘤子老韩的寨子，是去年鬼节前后的事。自后瘤子老韩就如同过街老鼠一般，到处躲藏，不得安生。秧家三兄弟得势，这地方大大小小的土匪也到处寻瘤子老韩，想要他一条命拿去秧家兄弟那里讨些好处。

　　说是有一天，瘤子老韩蹿进丝茅寨，摸进一户院落，想寻些吃食。院里就住得有一个瞎老太，也不晓得怎么过活。瞎老太耳朵厉害，听见响动，问他是谁。瘤子老韩见她眼瞎，倒也不在意，只说是收山货的撞着了土匪秧家兄弟，不得已，借地方闪避一时。

　　秧家三兄弟后脚就带了几十号人，跟进丝茅寨子。瘤子老韩想脱身，也有些来不及。瞎老太让他藏在院坝里水缸后面，还拖了两捆柴稍稍遮掩。秧家三兄弟跟赶山狗似的，嗅着气味了，径直进到瘤子老韩藏身的这家院坝。瘤子老韩暗自叫苦，认准自个会死在这地方。那瞎老太却有办法，竟然对秧家三兄弟呵斥起来，要他们滚出去。秧家兄弟不敢违逆，把带来的那些人全都撵出寨子，就他们三人还老老实实留在院坝里。

　　瘤子老韩这下才晓得，瞎老太是秧家兄弟的亲娘。

　　按说，这回虽然撞着了，但中间羼杂个瞎老太，搅搅局面，瘤子老韩还是能躲过去。想必是瘤子老韩不巧弄出什么响动——或者是枪嘴磕上了那口水缸，或者寒气上来着实憋不住，打了个喷嚏，让秧家兄弟有所察觉……不得已，瘤子老韩率先开了枪。他预先有了准备，出枪极快，枪法也准得刁钻。秧家三兄弟不明状况，加之又有个老娘得护住，落了后手，转眼间全变成了死人。

瘤子老韩碰巧干掉了秧家三兄弟，过了这道坎，眼看着又要重新起势。——瘤子老韩这样的人，但凡留得一口气在，哪有不翻身的道理？

过得几日，瘤子老韩独自一人，不声不响又去了丝茅寨子，提上几匣子点心补药，要拜谢瞎老太的救命之恩。瞎老太是通情理的人，晓得这人当日开枪，也是情非得已，不记恨。反过来，瘤子老韩脑心里面揣着有恩必报的江湖性情，哪见得瞎老太孤苦伶仃一人的样子。这一去，他死活要认她做干娘。照瘤子老韩的意思，瞎老太的生养死葬他都预备着一手包圆了。

这世道人心，说来也怪，总有琢磨不去的地方。依我看来，没长孝心固然不是好种，但有孝心的，未必全都是温良恭俭让之辈，在家里能对两老好上天去，出了家门也能随手杀人，把自家父母当神仙供养，把别人，一概视作刍狗草芥。

又听人说，瘤子老韩要走时，瞎老太忽然说要把他的脸相摸一摸，也晓得那日救的人什么长相。瘤子老韩哪能拒绝，单膝跪在地上，抬起一张脸让瞎老太摸他面相。瞎老太摸了他脸上七窍，手停不下来，抖抖索索地又摸了他脑盖子的骨相，接着又去摸他脖颈。瘤子老韩忽然想到后脖颈上长着拇指大一颗瘤子，脑袋肯定是有些乱。

瘤子老韩不想那瞎老太摸见瘤子。他这颗瘤子是他区别于别人的记号呵，附近百十里地，谁又能不晓得？小孩夜惊，当娘的总是吓唬说，瘤子老韩来了。这说法，能镇得小孩突然就闭了口。瘤子老韩就摸出随身的一柄尖刀，比着那颗瘤子，心里暗自地说，可不要摸到，千万再别往下面摸了……但瞎老太的手，还是一寸寸往下捋。瘤子老韩找不出别的办法，只好咬咬牙，手腕子轻微一抖，抢先一步把那瘤子割了下来。

7

小狗说，这就——死了？

那瘤子是人记，连着命的。好多人都是这么说来着。汉子叹一口气，说，要是这话不虚，这一刀下去，哪还有活过来的道理？

小狗又说，纵是这说法不虚，那摆故事的人，又打哪里晓得瘤子老韩死前这一桩桩事情？

汉子蹙起眉头，细细一想，也想不出个所以然。他说，那就只有天晓得。但这秧家三兄弟的确让人打了个措手不及，瘤子老韩又一直不见露脸。这说法，倒能把两桩事情都说圆溜了。不是么？

一边那石小狗窸窸窣窣弄出动静来。汉子有所察觉睃他一眼，这石小狗正朝着汉子磕老大几个响头，磕得火焰都略微震颤。

汉子笑了，说，何事又抽起羊角风来？

石小狗虔敬地说，十一哥……哎不，十一爷，要不嫌弃，小的以后死活跟着你了，任你当狗使唤。

汉子奇怪地剜了石小狗一眼，又看看对面的琴僮、小狗，又把目光转回去，不解地问，方才，你叫我什么来着？

十一爷！石小狗一口咬定地说，十一爷，小的打小一直钦佩你这样的好汉，今天见着了，也不晓得是几辈子做狗看门换来的。这以后小的对你绝不二心。

汉子再次呵呵哈哈朗笑起来，站直身子，仿佛坐得久了腰杆劳累，轻微扭动起来。他说，我说了不会杀你，何必乱拍马屁表效忠？又从哪里把我当成那狗日的十一哥了？我不过是挑脚贩盐讨口营生的人，哪时又做过好汉了？

琴僮、小狗相互觑了一眼，也一脸迷惑。再看看那汉子，身板挺直地站着，正用鞋尖踢了踢残余的火堆，脸色隐进浓黑夜色。而刚才漫天星月，不知哪时已黯淡下去。石小狗心底愈加敞亮，连声喊，十一爷，十一爷呵，你哪能不是十一爷……

汉子忽然变得焦躁，一脚踢起那堆火烬，烊炭就闪着火星四散开了。汉子喝骂道，你他娘的，乱吠。

石小狗这才噤声，歪起脑袋往上瞟，但那跪姿太过周正，脑袋转不出幅度，看不见汉子的脸相表情——他毕竟不是秧老三，脖颈里生有旋骨。石小狗满脸疑惑之色，被暗夜掩去。

汉子自觉有些失态，稍停，又坐下，捡起树枝把烊炭重又扒成一堆。他说，我何事成了十一哥呢？其实你们不晓得，之所以得名十一哥，在于他左手比常人多了一根指头。喏，就这样……汉子说着，伸出自个两手，把右手满指比在左掌的拇指旁。汉子接着摊开双掌，再一次澄清地说，我怎么会是十一哥呢？

他两只肉掌上，不多不少安插着十根手指，或长或短，布满刀口疤痂。一旁坐着和跪着的人，一样惊愕地看着这双手。这一眨眼的工夫，仿佛发生了某些事情，回头想一想，又并未发生。

……我就十个手指，和你们几个崽崽一样。你们成不了十一哥，我自然也不是。汉子面色松弛下来，上身往后倚着土堆。他说，另有个说法，似乎更符合情理一些。这十一哥不是什么跑水路的船把式，而是瘤子老韩的师弟，姓许，名三光，按说和我们也是同一脉的人。要是瘤子老韩的爹没被保长诬陷，这哥俩这辈子也就当泥瓦匠的命了。那回瘤子老韩——当时绰号叫韩小狗，才十几岁模样，叫这师弟帮他削掉刚刚长起来的瘤子。师傅及时撞见，一人一个响耳光，说，小狗的瘤子和三光的那根歧指一样，都是人记，都是你们各自的一条性命呐。这以后两人更是亲密得穿了连裆裤一样，没事你看看我的瘤子我瞧瞧你那歧指，为生有人记而暗自得意，当徒弟反而安不下心了。

韩小狗杀了人跑上山去，慢慢就混出名堂，成了瘤子老韩。十一哥往后还在师傅那里做了几年，眼看兄弟已经把事情铺大了，就跟上山去。两人十几年下来，相处极是融洽，做事孟焦不离。这瘤子老韩一身武艺，枪法神准，十一哥多读了几年书，脑袋好使，哥俩搭帮干活，遇事一直顺风顺水。这也得赖十一哥善于服小。瘤子老韩这人义气，十一哥刚一上山，他就说兄弟两人一文一武，该在氽下面添把太师椅，平头起坐。十一哥晓得这事搞不得，人一多了，人堆里头就得长幼有序主次分明，不然，彼此再是融洽，早晚也会暗生疑窦，伤了和气。十一哥虽服小，瘤子老韩心底却有数，天黑下后，两人坐屋里喝酒，依然兄弟称呼；当着手底下一帮崽子的面，瘤子老韩也从不曾拿十一哥的错，从不把他喝来斥去。这兄弟俩，火砖缝里灌洋灰，私谊好得密不透风。

坏就坏在秧老三的那女人身上。女人叫花雉，野鸡坪的妹子。野鸡坪是个生长美女的地方，模样俊俏的女人一拨一拨，风水好呵，花雉更是百十年来头一名。秧老三当年把整个野鸡坪端下来，把男人杀掉把女人聚拢，最后挑出这么一个。但这女人，瘤子老韩放着不用，实在可惜。

花雉自被掳过来以后，心底八成还一阵阵暗自欢喜。瘤子老韩武高武大，瓦刀脸上也是一棱一角，怎么看都不缺人物派头；秧老三虽然也算得条好汉，但在女人眼里，着实生得丑陋了点，左脸遭过火创，撂下刀条样的疤，晚上睨着，简直不知是人是鬼。

那夜瘤子老韩带了崽子下山干活，留下十一哥把守寨子。晚饭时十一哥喝得一肚子烧酒，借着酒劲撒欢，一榔头砸丢了老锁，踅进花雉所住那间屋子。十一哥原打算进去了，就和女人讲一通废话，聊以解脱这股酒闷。十一哥平日憋得一肚皮话，找不到女人倾诉，日子也过得不是滋味。瘤子老韩既然发过话的，十一哥也不敢不听。花雉这骚婆娘见十一哥摸了进来，定然欢喜得不行。她身上那块雷公田，好久没有雨水滋润，旱得皲皮裂缝……女人怎么个用法，你们几个崽崽弄得明白？

琴僮把脑袋左右摇开。

小狗沉吟一阵，没有回答。

依旧跪着的石小狗见识稍多一些，接了话说，怕是怕是，和公狗母狗交媾的样子差不去许多？

都是没开窍的呵，可惜，三根嫩笋注定是钻不出笋壳了。汉子的脸在夜雾中轻微抽搐，又叹了一口气。往下，汉子冲琴僮说，女人可真是个上好的东西。琴僮你他娘的，前回要是霸蛮把对门河王家的满女弄了，让她沾了你的骨血，她家哪还讹得去你五十块洋钱？

——说十一哥。那一晚，十一哥倾倒了自个原先备下的一箩筐废话，拔腿就要走人。花姅哪舍得让他走，做出媚态百般挽留，神仙都把持不住。十一哥是条汉子，把馋口水硬生生往肚里吞。花姅见勾引不下，换个套路，把脸陡地一拉长，说，看样子，以前听来那些传言，倒是假不了。十一哥就着话问了，什么传言？花姅就说，你还愣装。谁都晓得，你和瘤子老韩乍看上去有模有样的两个男人，其实，暗地里都是二尾子，晚上抱成一坨，嬲得不可开交。十一哥就火了，说，嚼他娘的屎蛆……

小狗问，何事叫二尾子？何事又叫作嬲？

汉子干笑两声，说，那花姅粉杏眼一瞪，依旧撩拨十一哥说，我在你们寨子待得有这么一阵时日，到时候走了，干干净净把给秧老三，那传出去也他娘的是个笑话呵。人家会说，这一伙土匪，竟像读书人一样斯文呆气，个个柳下惠坐怀不乱，送上门摆上床的女人都不晓得沾一沾，真他娘荒唐。呵呵哈哈……十一哥一想，花姅说得没错，这事传出去真是天大的笑话呵。他浑身血气燃了起来，一阵燥热，就揪住花姅败败这火气。花姅也正中下怀，腰身一挺迎了上来。那一晚，这对狗男女弄得涅槃了好几回……

小狗又问，何事又叫作涅槃？

能说的我自会告诉你，不能说的，你也不必问。人不能什么事都晓得，要不然死得更快。汉子说，待瘤子老韩回到寨子，晓得这事，就让人把十一哥捆了，拖到厅上拿他错。当然，瘤子老韩倒不会把十一哥处置掉，但先前放下重话，而今不做出些样子，寨子日后也不好治理。最终十一哥落得一顿痛打，皮开肉绽。但十一哥心里毫无怨怼之意，体谅瘤子老韩不这样搞也不足以服众。

老韩把十一哥发落一顿，这事也差不多过去了。

这十一哥生性爱吃狗肉，到得冬春时分，时常把自己乔装成农人模样，走几十里地，去到界牌镇，专吃胡四毛家的瓦罐狗肉，呷些烧酒，消遣去一天光阴。秧家兄弟摸清十一哥这一嗜好，就遣一个崽子去到界牌镇，递给十一哥一封信，约十一哥做个内应，到时候一举端掉瘤子老韩。秧家兄弟还许诺，这事成了以后，花雉就留给十一哥，长久夫妻也行，受用一时也妥，绝不食言。十一哥哪是轻易反水的人，他跟瘤子老韩一二十年的交情，又哪是别人轻易厘得清的？但在界牌镇，十一哥不便杀人，让秧家兄弟派来送信的崽子走了就是。这就留下了祸端。

回了寨子，十一哥立时闻到气味有些变，瘤子老韩睃着的那眼光，腾地漠然起来。两人相处十余年，这情势从不曾有过，这隔膜的滋味也不曾遭受过。十一哥晓得是有人把界牌镇的事报给了瘤子老韩，便耐下心来，等着瘤子老韩同自个黑下里再喝几盅，摆摆这回事。只要掏心置腹，哪样事不能说清楚？一天云迟早也会散去。可瘤子老韩跟十一哥摆出一派不杀不剐的架势，每日阴鸷着眼看十一哥。

……其实两人间的关系，太过亲近，也不是好事，就同细瓷花瓶，但凡有一道损伤一条缝隙，整个物件便报废了，铜都铜它不得。弟兄亲友间平日里有些小的磕绊，未尝不是好事，哪时突遇变故，见怪不怪，容易弥合过去。

汉子喃喃自语地说道着，也不顾旁的人个个兴致萧索。这时，汉子无故又叹一口气，尾音拽得老长，如同这夜雾一般久久不见消散。

……十一哥见这情势扭转不了，在山寨里实在待不下去，找机会带身边几个崽子跑下山去。瘤子老韩哪能不晓得，却也不拦，让十一哥走了清静。十一哥心底凉得很，不想再干这营生，遣散一帮崽子，独自谋生计。先是去了辰州一处挑筋教教堂做事，那里是亡命藏身的上好去处。但日子过得着实清苦，十一哥做不了多时又离开了。他出逃时匆忙得很，没带得钱物，打算贩几趟盐，赚些洋钱，再投一门旁亲远戚落脚，找个借口把这些年做下的勾当全都掩去。反正，以前干活都是瘤子老韩出头露脸，他只在背后谋划，没几人认得他，要瞒完全瞒得下去。他这一阵东奔西窜，弄得心力交瘁，只想抹杀过往一切，规规矩矩做一回人。

十一哥有一阵在朗山藏身，跑朗山去靖德的盐道，干了几手，还没搞到几个钱，就被一伙野贼关了一回羊。钱被搜走以后，关羊客们按部就班要剁去一个手指。十一哥老老实实伸出左手，按这规矩，他这回应该蚀掉满指，满指上长着风纹。关羊客拿起他左手一看，稀罕，摸起刀要剁那个歧指。十一哥下劲地求饶，想留一条命在，说一堆好话。那伙关羊客里头，也有人认得，这歧指八成就是人记，一时来了兴趣。他们也想见识见识，这人记到底是不是如人所说，连着性命。

十一哥的歧指被关羊客平整地切了下来，等得好一阵，浑没有要死的迹象，搞得那伙关羊客兴致索然，复又把十一哥捉住痛打一顿，打得他软作一坨，扔在道旁。十一哥活过来以后，左手的拇指旁边，就落下圆溜溜一小块疤，肉红色，一直结不了硬痂……

汉子叹了口气，轻幽幽地说，哎，就是这个样子。

8

琴僮见汉子把左手摊开了，一时好奇，带着几分懵懂，把脑袋凑过去，看汉子的那只手上有什么名堂。

火堆已经燃得差不多了，汉子的手和他的脸一样暗淡无光。琴僮还没看出任何蹊跷，就被汉子一手摁在地上。

一旁的小狗和石小狗惊骇得同时叫出声来，他们看见汉子手里多了样东西，那东西银白雪亮，在月亮下折射着幽微的光。

琴僮喊一声，叔……

琴僮的声音断了。这汉子自怀里掏出一把剔骨尖刀，轻轻往琴僮那细长如鹤的脖颈上一抹，琴僮的声音便断了。再过得一会，那血线才蚯蚓一般从刀创处钻出，黏黏糊糊挂到地上。

这时石小狗闷声地说，枪！

他那柄枪被扔在地上，距汉子有四五尺远，距小狗不足两尺。小狗被这一声闷哼喊醒，身子一长，手一探率先把那柄枪拾起。这以前他没碰过枪，凭着些许想象，把枪管对准汉子。

汉子说，这不行，你还不会玩那东西，但我可以调教你。哎，那里有股拴撞针的细绳子，不解开的话，子弹就打不出来……说着，他往前跨两步，手一伸，就从小狗手上轻易地把枪取了过去。汉子看看枪口，一个甩手，枪就往后面打去，仅有的那颗子弹嵌进琴僮的胸膛。

汉子说，加个保险。我这人做事，一向稳重惯了。汉子收起那枪，忽而又以一种慈爱目光看着小狗，说，你怕个鸟，我不舍得杀你。你们三个兔崽子，就你让我满心喜欢。我杀了谁，也舍不得杀你。

小狗哪曾见过这样的阵势，软瘫在地上，一头虚汗。石小狗赶紧又磕了两响，说，十一爷，我老早看出你是十一爷，今后我和这小狗兄弟一前一后跟着你。

你嘛……汉子拿那柄枪朝石小狗指了指，又往他脑壳顶敲了敲，笑了。他说，你这人倒还蛮机灵，稍有些油滑，但并不让人生厌。本来可以留你活路……

石小狗浑身筛糠似的颤抖着，再开口讲话，上下两排牙磕得吧嗒吧嗒响。他说，十一爷，我就是死，也不会跟人说起今晚的事，你饶我一条命，我……

汉子嗤地一笑，说，这天底下，哪有关羊客去揭发土匪的道理？你这狗一样的东西，多有几个我也不放心上。只是你脖颈后面那颗瘤子，跟炳先长得太像了，委实太像了，我看着那瘤子，就浑不舒坦。——你娘还活着？

石小狗鼻血长流地看着汉子，发起呆来。之后他说，我娘是死掉了，可是我老子还在，病在床上。我要料理他老人家。

我又没问这个。汉子把空枪扔掉，说，过一会你应该去问问你娘，怎么就给了你一颗和炳先一模一样的人记。本来我不想杀你，我下山那天就交代自个说，以后不杀人了，他娘的，戒了戒了。现在我他妈有了个女人，女人怀了我的孩子，冲着这点，我更得积德。要不然，生下一个没屁眼的孩子，是会让旁人笑掉大门牙的……有机会，你应该问问你娘，你生下来的那天，天色云相是不是有什么征兆，才落下了这颗瘤。

说这话的同时，汉子抬头看看天色，看看月光。汉子铁锈色的脸绷得铁紧。

石小狗哭着说，爷爷，留我一条命在，这往后，随便爷爷怎么使唤，随便爷爷……想怎么嬲，就怎么嬲。

汉子一脚踹倒他，说，你这崽子倒蛮开窍呵。但你以为，老子馋得不行了，见个人就想嬲是么？

汉子捏住小狗的后脖颈，把软得像一摊泥的小狗提起来，再把那柄尖刀硬塞在他手里。汉子掰开小狗的右手手指，把刀放进去，然后又把每根指头重新掰回去，捏住那刀。汉子努了努嘴，跟小狗说，把他瘤子割下来。——也就是割下那一坨瘤子。要是他不死，就没你的事了。

小狗拿不稳，手一抖刀子掉地上了。汉子扇了小狗一个巴掌，不见反应，又扇了一响，问他，你去是不去？小狗依然没动，汉子正反手扇去，扇了小狗不下十记耳光，打得他鼻血像花洒一样喷散开去。小狗蹲下去把刀拾起来。

汉子说，这就对了嘛。汉子又说，瘤子老韩说是死了，我心里却一直安定不下来。今晚，活该这家伙长着瘤，也让我亲眼看看真假。他把小狗推了过去，又是几个耳光打来，但小狗像是被打皮了，没动静。汉子一手抓住小狗握刀那只手的手腕，稍一用劲，刀锋触着了石小狗的后脖颈。

石小狗觉得后脖颈一阵冰凉，皮肉猛地抽搐起来。汉子说，原来还当你会好点，看来和琴僮也差不到哪去，都是不值价的货。

汉子打雷似的跟小狗吼叫着，你他娘快点，快点。你心里清楚，今晚上我多杀一个少杀一个，也没什么区别了。你他娘的乖巧点，别搅得我心烦。

小狗和石小狗都想哭，都没哭出来，嗓子眼里堵得有东西。

汉子说，其实，杀人也就是那么回事。我一开始学杀人，哪有今晚这样便利？可以揪个活物摆在这里试手？汉子说着，手也没闲，又在小狗的脸上扇起耳光来。小狗一边脸已经肿了，耳朵里闪着叽叽喳喳的鸣叫。

汉子继续扇他耳光，耐性十足地扇。他循循善诱地说道，要想哭就哭出来，哭的时候再杀人，就能轻松些……

汉子说，反正他是活不过今晚的，你动手我动手，结果还不都一样？

汉子说，你他娘的，一开始都这般摆出一脸不落忍的样子，假模假式。到后面惯了，杀得顺手了，我怕你隔一阵找不着人杀，还憋不住，像吃了烟膏一样有瘾头哩……

汉子又说，切记不要闭眼，要是闭了眼睛，那滋味就寡淡了。

汉子一面看看天色，一面催促地说，早点动手，还可以在这里睡个囫囵觉……

汉子手上仍然扇得起劲，而且力道不断地加重。小狗禁不住哭出声来，脑袋被那一阵巴掌打热了。不晓得几时，手轻轻一颤，石小狗后脖颈上的那颗东西就滚落下去。那柄尖刀上，跑满了月光，还沾有几颗绿豆大小的血珠。汉子把刀拿过去，轻轻一吹，血珠子掉到了泥地上。

石小狗遭刀那一刻，撕心裂肺叫着，十一爷饶命……

汉子颓唐地听着石小狗底气十足的叫喊，暗自说，难道这不是人记？再看看石小狗，依然鲜活着。汉子想往他胸口添一刀，却忍住了。他抄着手，要自己静下心来，再等等，再看看。

不消半刻，石小狗向后一瘫，在地上躺直，双脚往虚空处踢腾。宰鸡宰鸭时，被放血的禽畜，通常也会这么踢腾。汉子拎起小狗，打雷似的跟他说，看呐看呐，看着他怎么个死法。小狗想把脑袋撒向一边，但汉子手劲大，掰着小狗的下颚，稍一用力便把他整个头又扳了回去，再一掐他眼眶，小狗的一双眼球就凸了出来，迫不得已看着地上的石小狗。

石小狗的脚踢弹了几下，又踢了几下，渐渐地，不再动弹了，像一张没硝好的板皮一样，软塌塌地覆盖在地上。

汉子嘘出最悠长的一口浊气，冲着石小狗的尸身轻轻地说，炳先呐炳先，看样子你确实是死掉了。

掰月亮砸人

砍火畬的村人在河这边山地上看见对河屋杵岩下面，鹅卵石和芭茅弄成的那矮房里蹿出火烟。村人打几声吆喝，扯嗓子冲对面河喊，是狗小吗？河谷把村人的声音间得稀疏，一字一顿，飘飘摇摇传了过去。隔好一阵，才听见对河回应一声。村人又嚷了一句，狗小你哪时回来的？狗小咿里呜噜答些什么，村人没听清。村人只隐约听见狗小答话中间杂啜泣的声音。被风一吹，河谷里诸多的声响枝枝蔓蔓，浑浊不清。砍火畬的村人还要看顾火势，不让火苗蹿入别家的沙地。收工后村人告诉一路上碰见的人，叫花子狗小又回来了。听见这话的人哦了一声，然后又自顾走路。

田老稀的婆娘瞧见男人扛了篙回来，手里提着酒和卤包。这时天色像一块旧抹布抻开了，灰黑灰黑，看着有几分脏。婆娘说，今天营生还好？田老稀说，拉了两个官，说是南京城下来的大员。韩保长今天跟在后头走得勤快，大员拿他当小马弁用。大员听不明白乡话，韩保长给翻转，但韩保长官话讲得寒碜死人，听得我屁眼都痒了。婆娘说，净说怪话，又不是拿屁眼听。大员下到我们这地方做何事？田老稀大概知道大员是要去铁马寨子探查巫蛊一类事项的。撑船时候他问那个挑脚客盐拐，盐拐这样告诉他。搭船的人客里头，除了韩保长他就认得盐拐。据说这挑脚客专爱偷嘴，一次主家雇他挑巴盐，到地方复秤，仍是短去两斤。主家无奈地说，看来，以后只有让他挑粪了。田老稀当时问盐拐，盐拐子哎，今天偷了几口？盐拐苦着脸说，挑的全都是洋铁皮的匣子，找不到地方下嘴，要不然牙都要崩脱。说着，盐拐用挑杠磕了磕那行李，发出丁丁丁的硬响。韩保长就在船那头骂了，说，博士的仪器匣子是你们狗东西当响器乱敲的吗？韩保长骂人也操起了官话。

婆娘问南京城来的大员什么样，博士又是哪一品级。她这一辈子县城没去过，比保长甲长大的官没见过，见见保甲长，还得是秋后派租谷公捐那阵。田老稀也说不上来，只是说，穿六个兜的衣服，盘帽大得像铁锅倒扣着，不过是瓷白色的。婆娘在自己身上比划，想不透衣服上六个兜怎么摆放。田老稀就指着胳膊，说，这上面也有，八成是放鼻烟的，抬抬胳膊就能扯一鼻子。城里人净想出些懒主意。婆娘给田老稀端来饭甑。饭甑一直在灶火前焙着，还热。田老稀扒了卤包里的菜，倒半碗酒，摆开架势吃。田老稀问，稗子批了吗？婆娘说，批了。又问，草灰沤进粪窖吗？婆娘说，沤了。问完，田老稀才动起筷子。

婆娘又想起个事，说，叫花子狗小今天回来了。田老稀说，晓得了。婆娘说，我不讲你怎么晓得？田老稀说，我最早看见他的。他眼瞎了。这狗日的，做叫花子都还没到头，以后就变成了瞎子狗小。

　　清早田老稀接了口信，扛着篙去河口接人。刚走到岔道口上，看见老远飘来一个人。那人脚在地上碎步移动，而瘦长如麻秸一样的身体则向两边荡开，像挑重担的人踩着晃步。但那人肩上分明没压挑子，只是拄了木棍。那人穿一件不贴体的白衣，布纽没扣，两片衣襟就摆起来。田老稀在村上活了几十年，确定村子没有这种走相的人。天色仍然暗着，田老稀看不分明，于是他放下篙点一块烟。那个人就飘到了眼前。田老稀猛嗦了几口烟，看清了来人。他说，狗日的，原来是你啊叫花子狗小，吓我一跳。狗小茫然转过脸来，说，老稀麻子，我回来了。田老稀说，发财了吧，有一身细布衣服，啧，不会是讨来的吧？嘿，还拄一根文明杵。你以为你是老爷？说着田老稀在细布衣服上摸了一把，吓了一跳，说，怎么瘦得像柴扉一样？你发了财也不晓得吃几坨肥肉，光买身衣服给别人看？狗小辩解地说，不是文明杵，半路捡的破棍子。老稀麻子，我差点，嗯，死在外头了老稀。他的声音很细，还发梗。停一停，狗小又说，老稀，我的眼瞎了。田老稀不信，狗小两只眼分明还忽闪忽闪。他叉开两指作势往狗小眼窝子里面插。指甲都划着狗小的眼皮了，狗小还不晓得眨动。看样子，是瞎了。田老稀就说，反正，活着回来就好，死在外头的话，别人也不晓得你死了，那就麻烦。

　　那头船客还在等，田老稀没问个究竟，只在狗小肩头上拍了一下，然后往河口赶去。狗小继续摸索着，寻屋杵岩的方向走去。田老稀扭转头，看着狗小那身白衣在黏湿的早雾里飘摇，活像说书人口中白无常那形象。

扒完了甑里的饭，田老稀问，骡崽回来了吗？婆娘嗯了一声，说，早睡下了。又问，那桑女呢？婆娘这才说，还没有。田老稀燃上灯檠，在油灯下破篾。他要再做几个抓篓子。平日熄灯的辰光，桑女才踅身进门，捧起灶台上那只碗，咣唧就喝下半碗凉水。田老稀问，怎么这么晚？桑女说，牛进了鬼打墙，伏大伏下帮我找了半天，才找见。田老稀说，又把牛赶去屋杵岩了？桑女说，嗯，那里的草旺势，搭把手还能拣砍一捆柴块子。田老稀说，我都跟你讲无数遍了，莫到那地方去，那地方，恶。还有，狗小今天回来了，就更不要去那里。桑女说，是的，今天我也看见狗小叔了，穿细布衣服，吓，瘦得跟柴屌一样。田老稀一张苦荞脸愈加地挤皱起来，说，女娃家的要有个忌口，不要净说那个……"屌"字，不好。桑女难堪地舔了舔嘴皮子。田老稀烦躁得很，说，要死啊，不要净拿舌头蠕嘴皮子，怎么他娘的跟牛一样？桑女不敢答话，仰脖子把另半碗水喝了，拿起饭甑跑屋外吃去。

　　婆娘抱进来一捆麻秸，用鞋底板碾破了再用棒槌捶起来。她说，桑女没个忌口，还不是你张口闭口讲得多了，她就学了去。田老稀说，怪我啊，你生的几个女，都是柴头柴脑宝里宝气。桑女早点打发掉才好。婆娘讷讷地说，你狗日的怪我啊。田老稀不再说什么，往碗里又添半碗酒，喝了起来。桑女是他一桩心事。年前弯溪的麻家退了亲，找个借口说桑女爱蠕嘴皮，不是好兆头。后来田老稀听说，有相面的点拨麻家的人，这种女娃长大以后定是口不把门，长舌滋事，轻则败门风，重则罹祸事。田老稀想他娘的这是哪门子相法。这毕竟给麻家落下个口实，把婚退了。田老稀能做的事，是死活不还那份彩礼，当天挂不住脸，差点把讨彩礼那人打了一顿。

抿一口酒，田老稀又记起来，以前，大女荞花没送出门时，也老往屋杵岩去，劝也劝不住。狗小这家伙讨饭走过些地方，能讲出一大堆古里古怪的故事，放牛那帮崽女就喜欢围着他。荞花虽然脑袋不灵光，样貌却生得蛮好，提亲的媒婆来了几拨，田老稀一直不松口，就图着攀一家剩有余谷能放租的，年年青黄时节也周济一点。荞花自己不想过门，她和狗小挺有话说——村里柴头柴脑的崽女们都和狗小有话说。狗小当时就三十几岁了，光棍一条。田老稀留心过狗小的样貌，半长不长的刀脸，皱纹过早拧巴在一起，就是鼻头特别显得大。一直有个说法，男看鼻头女看嘴。相表知里，田老稀琢磨着，狗小穷得不可开交，以致脑子里关于男女之事这一窍，老也开通不了。否则，狗小弄起女人来应该是一把好手。所以，荞花每回把牛赶往屋杵岩，田老稀就悬起一颗心来。为这事田老稀抽了荞花几回，要她别把牛往那里放，可荞花脑子只记得狗小讲的故事，记不住身上的痛。有个晚上，他要婆娘问荞花几句，婆娘就骂他神经，说这没凭没据，怎么问得出口。田老稀就自己去问。他问，荞花，今天狗小给你讲故事了？荞花说，嗯，牛郎织女，王母娘娘是个坏东西。又问，就只讲讲故事？他有没有，摸了你？荞花说，有啊，他摸了摸我的头发，他说我头发真多，黑油油的好看。田老稀眼皮子就跳了起来，继续往下问，还摸了……哪些地方？荞花想了想，说，没有啦。田老稀放不了心，跑去屋杵岩把狗小打发了一顿。之后，田老稀赶快找了个镇上的裁缝，把荞花嫁了过去。到这时候田老稀想通了，不巴望那点周济粮，只要荞花不败在狗小手里就行。田老稀喝着碗里的酒，想想狗小，想想狗小的鼻头，又想想桑女天天往那里放牛，眼皮子又一次跳了起来。

过两天桑女看见了串亲戚回来的夜猫，告诉他狗小叔回来了，并且两只眼都瞎掉了。夜猫心里猛一沉，心头有种洪水溃堤般垮塌的感觉。

在菟头寨子里面，夜猫和狗小最有话说。夜猫七八岁时就偷偷攥着狗小出门讨饭，一去半个多月，走村过寨，最远到了沅陵，看见了百多丈宽的大河，兴奋得不得了。他觉得寨子里狗小是头一个有本事的人，比那些天天下地弄庄稼的人要强。那次回来以后，他老子杨吊毛就把他吊着打了一顿，说，你狗日的竟然要去讨饭，饿死在家也不能讨饭。其实杨吊毛家的田有好几丘，又只有夜猫一个崽，饭是足够吃的。夜猫被打怕了，他决定等杨吊毛老得舞不动吹火棍了，或者死了，再跟着狗小去讨饭。他还有一个不可告人的大想法：沿着潮白河，一路讨到南京城去。——潮白河一路通得到南京城，也是狗小告诉他的。日近黄昏，夜猫按捺不住地想见到狗小，就往屋杵岩的方向去了。

. 河流一路弯转，找不出十丈河道能扯得笔直。拐到屋杵岩这地方，雾腾然多了，有地势的原因。村人一般不来这里，说这地方恶，偶尔有一些喜好扳罾毒捞的人到这里弄鱼。沿河道走向，老辈人根据地形山势拿出许多小处地名，如屋杵岩、吊马桩、大水凼，有了大水凼免不了有小水凼，诸如此类。也一直有说法，说是某地方好，某地方灵，某地方败，某地方恶。一路拐下来，就属屋杵岩这一片河湾最恶，怎么个恶法却没有人说得出个子丑寅卯。

夜猫去到屋杵岩脚下那一湾水潭时，太阳已经完全落掉了。从河谷的缝中往天外望去，红彤彤的云还在，那种云块被火烧着的景象折个角铺在水潭之上，但整个河谷里的暗色堆积起来，更显浓重。夜猫看见对岸，狗小的茅屋里飘出一笔烟子。茅屋没有烟囱，烟子让茅草顶子篦得蓬松，飘到半空以后，又纠结成一股。夜猫脱下一身衣裤用手擎着，游过河，中间趴着河中的大石块换了两口气。到了这边河岸，水柘和洋荆条都长势旺盛，枝头还挂着绒球状的花。夜猫穿上衣裤，拔开了那茅屋枞树皮的门。里面湿热异常，十分晦暗，一时还找不见狗小。撑木上挂一束燃着的艾蒿，熏死了一地的蚊虫。地灶里的火灰堆起了尖，皮头有几颗没燃尽的烰炭。夜猫看得出来，灰堆里埋着吃食。狗小睡在床上，听见有响动就支起身子，问是谁。夜猫说，是我。狗小没能听出来，又问，你又是谁。夜猫说，夜猫。狗小说，哦，夜猫，你狗小叔的眼睛全瞎了。夜猫走过去，想看一看狗小的眼，却看不清楚。狗小的眼隐藏在晦暗的光线当中。夜猫问，狗小叔，怎么就瞎了呢？狗小哑着嘴说，我怎么跟你说呢？反正，是被太阳晒瞎的。夜猫忽然失声哭了，说，太阳怎么就晒瞎眼了？还能好起来么？以后你还能带我出去讨饭吗？狗小说，不要哭，现在到吃饭的辰光了吗？夜猫就停止了哭泣，说，早过了啊。狗小自嘲地笑笑，说，你狗小叔现在看不见天色明暗了，经常摸不准吃饭的辰光。你这么一说，我就饿瘪了。

狗小摸索着到地灶前，扒开火灰堆。里面烀着几棒苞谷。有些苞谷粒裂开了，苞谷浆溢出来粘在缝隙里，香气扑面而来。狗小继续往火灰下面刨，还有几颗肉辣椒，表面有几分焦煳。然后，狗小又折回床前。那床不过是几截木桩支起几块边木板，上面有张篾席。狗小从篾席下面取出一个扎口的小袋，里面装的是鱼籽盐。他问，夜猫你要不要嚼盐？夜猫说，不要。狗小自己拣来拣去挑了一颗个小的鱼籽盐，放舌尖上舔一舔。他说，这颗盐还是齁咸的。茅屋里的燠热能把人也烀熟了。天气本来没这么热，只是狗小的茅屋里就挖了个地灶，架上三角铁，上面再置一个鼎锅，就是他全部的吃饭家当。烟子飘得出去，热气都在屋子里积淤着。狗小和夜猫拿着吃食去了河边的沙地坐着，蚊虫又特别的多，一团团朝人滚来，发出喑哑的鸣叫。于是狗小就说，还是上月亮洞里去吃吧。他要夜猫去房中把篾席拿着，晚上就睡月亮洞里。

屋杵岩远看是一蔸巨大石笋，大约百来个人围抱那么粗，但有两面是和后面那山粘连一体的。石笋子中空，里面有天然石梯转折盘旋着往顶上面延伸。上面是长宽三四丈的石洞子，顶上面通了个圆窟窿，如屋顶的明瓦一样可窥见天色。石洞另有岔洞子通向紧邻的后山，却不能随便进去，说是那一路天坑地斗密布。圆窟窿上虬得有一蔸枯藤，弯如钓钩。有时候月亮行经顶上这一方天际，恰巧铺满了窟窿，就像是被那枯藤钩住似的。先辈人看过了这景象，也拿出一个贴切的名字，叫金钩挂玉。

夜猫扶着狗小进入那洞中。狗小进入洞中就甩开夜猫的手，自己能寻路上去。狗小把这洞当成自己的另一间房子，夏秋两季睡在里面，远比自己的茅屋舒适。两人进到石洞，把篾席铺在地上。地上的石头早就被狗小拣过，坑洼不平的地方也填了土石。狗小啃着苞谷，并不时用牙磕下一小块盐粒子，响亮地咀嚼起来。他问，夜猫呵，今晚上有月亮么？夜猫刚才也没留意，往窟窿上瞟去一眼，天际不是特别黑，分明是月亮爬出来的迹象。再掐指算算日期，果然已是月中。夜猫说，有月亮的，现在还没行到窟窿顶上。狗小哦的一声，还抬头仰望了一眼，当然是什么也看不见的。烀熟的苞谷已经凉下来，夜猫慢慢嚼着，嚼出一股清甜。那肉辣椒熟了后没辣劲，嚼起来挺寡淡。狗小就说，那是没有盐。他把盐粒子沾些唾沫，放在肉辣椒上来回拭几下，夜猫就吃得出香味来。夜猫脑子里还是那种疑惑，太阳怎么就能把人的眼睛晒瞎呢？

嗯，是这样的。狗小哑着嘴皮，想起那件并不遥远的事情，脸上相应浮现出心有余悸的表情。他说，我到竹山煤矿挖煤时，洞井塌了，被埋了好些天。被挖出来时，那帮矿丁忘了遮拦我的脸，结果那天抬出去，外面太阳挺大，我的眼睛好久不沾光了，一下子就……就被太阳晒爆了。狗小喃喃地说着，嚼碎了最后那一丁点盐粒，还舔舔捏盐粒的两根手指。很奇怪的是，狗小是个能讲故事的人，但是这讲自己这桩事，又没有多少讲头，轻描淡写几句就过去了。夜猫说，还能好起来么？狗小说，不晓得，那是要钱的。夜猫说，那以后还能出去讨饭么？狗小说，是要去的，不讨饭我怎么活？再说，眼瞎了，搞不定能讨得更多。说到这里狗小挤出一丝笑意。他竟然笑了。然后，他拍拍夜猫的脊背，说，夜猫呵，别跟我学讨饭，丢人的。趁着年轻，学一门手艺，瓦匠、皮匠、弹匠、封匠都行，同样到处走，还体面多了，搞不定哪时候能骗来个好媳妇。夜猫就不说什么了。

当初狗小挺玄乎地告诉他说，这不叫叫花子，叫讨匠，知道么？在狗小说来，讨饭这行当也是技术活，无本买卖，出门去闯随身工具都不要带。一样的讨，技术好的吃香喝辣，没技术的饿死路边没人发埋。狗小说，这一行当最见水平高低了，不是看上去那么简单。起码要有一双相面的好眼，看出来是善人的话伸手他就能掏钱把你，讨错了人就挨一阵棒子。当时夜猫被狗小绕得晕乎乎的。虽然狗小自己没讨出个人样，但夜猫已向往着混进这一行。

　　现在，狗小忽然又反口说，这一行还是丢人的。夜猫脑子有些发懵，想说什么，没有说出来。狗小却在那里问，你老子帮你寻亲了没有？夜猫说，没有。狗小又问，那自己相上谁了？夜猫迟疑老半天，终于轻轻嗯了一声。狗小又问，是谁啊？夜猫说，桑女。她长得好看，我想讨她当媳妇。狗小就笑了，说，田老稀肯定会答应的。哪天碰见桑女的时候，要不要我替你向她摆明？夜猫说，不要。

　　这时夜猫的眼被什么晃了一下。抬头看看，月亮已经拢向了头顶那圆窟窿。枯藤被月光映亮了，果然弯如一柄钩子。落到石洞里的月光是一种暗白偏黄的颜色，斜着铺进了石洞西面的那一隅。夜猫低头看看地面上的月光，觉得那跟嫩苞谷浆凝结后的颜色差不去许多。狗小也抬起了头，准确地面向那一眼窟窿。夜猫就奇怪了，问，狗小叔，你能看见月亮？狗小说，不是。眼仁子上像蒙了层白翳，什么都看不见，但能察觉到有光亮——月亮圆么？

　　这时候月亮正好被框在圆窟窿当中。夜猫留意地看看，不是很圆。月亮饱满的那半边，轮廓线是清晰的；稍有亏缺的那半边，轮廓线就很模糊。狗小喃喃地说，以前有好多次，肚皮饿了找不见东西吃，就爬进这石洞子睡觉。睡也睡不着，睁开眼就看见窟窿里有月亮。我想那是一张薄饼该多好，我要小口小口地吃下去。我眯上一只眼，再伸出手往窟窿里抓捞，好像差一点点就把月亮抓在手里了。把月亮想成一张饼，看在眼里，也是一件让人快活的事。但是，夜猫呵，现在我连月亮也看不见了。

夜猫应和着，表示他在听。不久狗小就睡去了，没有一点鼾声，像个死人。夜猫嘴角衔着一根草，时不时瞟一眼月亮。月亮很快就要飘出那一眼窟窿，挂在洞内看不见的地方。夜猫漫不经心地看着月亮，脑子里想的是桑女。

南京城下来的两位博士，一位姓丁，浙江宁波人，一位姓凌，广东茂名人。在铁马寨子待了几天之后，两人从另一路经其他寨子，返回县城。这个把月以来，两人携带各种器械，走了远近十余个村寨，考察传言中的巫蛊事项。

两人得来的观点基本一致：佴城一带乡里村寨所言的蛊并无其事，所谓的蛊毒致病，待查实后，俱是日常病症。村人之间遇有纠纷口角，常以蛊公蛊婆彼此诋毁。诸多偏远村寨常将罹患麻风之人诬为弄蛊者，以此借口动用私刑，烧死杀戮，手段卑劣残忍，令人发指。

到佴城后，丁博士将此行遭遇以及调查结果整理成文。文中写道：世界趋进，神明日消；蒙昧低愚，迷信日深。所以苗民僻处山陬穷谷，未有知识；生疾罹病，时常误诊。加之地在巴楚之际，巫风盛称，巫医猖行，病不能治，归咎鬼神，久渐而成诸多巫蛊谣言。余考查史书，巫蛊兴于汉武之时。因其国势强大，版图廓张，号称雄主，重巫信神，当时方士及诸神巫聚于京师。后以女巫往来宫中，教美人度厄，埋木人祭祀。会帝病，江充适时进言，疾在巫蛊，招神神不至，招鬼鬼即来……

　　这天县府给凌博士转来《觉报》一记者电话，说是佴城苋头寨一男子，日前在广林县竹山煤矿挖煤，遭遇塌方，被困井下有九十余天，挖出后竟然活了过来。记者是凌博士旧交，打听到凌博士这一向在佴城做事，就一个电话挂过来，要凌博士去落实这事，并且，最好取得该男子照相一帧。凌博士听见这事也觉得不可思议，某一年他从某报上看见新闻说，英国东北部约克郡某矿山遭遇塌方事故，有矿丁井下存活四十七天。这已经是有记载的井下存活最高时限。没想到眼下，这佴城之中就有这号能耐人，一下子把存活的最高时限翻了个番，着实不简单。凌博士也不敢贸然相信，但既然是旧友打来电话，肯定有几分根据。凌博士把这事讲给丁博士听。丁博士从事医科研究，对人的体质骨骼肌理病征诸项深有兴趣。凭他的经验，隔绝地下存活三月简直如《聊斋》鬼话，天方夜谭。不过，丁博士倒宁愿信其有。他跟凌博士说，来一次不易，既然来了，一头羊是放，一群羊也是放，倒是希望真有这事。丁博士手中有矮克发照相机，底片还剩一匣。凌博士说，不到半月，乡话俚语学来不少。

　　去苋头寨子依然走水路。韩保长派个挑脚客前夜就去给田老稀报信，要他次日尽量早起，在河口那地方等着。田老稀听说又是那两个大员，不敢有差错，当夜睡了个囫囵觉，天色还一片昏黑的时候就起床赶路。两个博士跟田老稀算得面熟了，见面时候也不忙叫他走船，拿了一撮土厥产的白筋烟丝让他抽。田老稀没有烟斗，手卷了一只喇叭筒，燃上。抽起来后，田老稀蠕着嘴皮品味一番，评价说，嗯，真是蛮好，有一股鸡粪烧着的气味。凌博士把记者朋友电话里说起的事大体跟田老稀复述出来，问他知不知道这个人会是谁。田老稀想都不用想，就说，只能是狗小了。以前他跟我讲过的，讨不够饭的时候他会去挖煤。

河谷里是很阴沉的样子，加之天色太早，那阴霾之象更深重几成。抬头往上面看去，两岸崖壁像是一斧头劈到底的，天被崖壁夹成一条线。有时掉落一阵疾雨，不大，河水豆绿的颜色陡然鲜艳起来，戗人眼目。雨后，河道两侧大石下面，那些孔洞罅隙里升上来一笔笔水烟子，并不断往河心洇开来。两位博士看这景色来了兴致，做起对子相互娱乐。凌博士出个上联是：阴晴陡转，河低烟树茂。丁博士脑子不是很快，上下看看左右想想，好半天对了下联：昼夜顷分，月隐晓山明。对上以后丁博士说，这倒是一副藏尾联，送给你蛮好。凌博士表示谢意。

船只能行到大水凼一带，再往上行，河道里大石过多，只有梭船勉强得过。田老稀的方头船即便削掉一多半也挤不进石头跟石头之间的缝隙。于是让一船人找地方靠岸，沿河的走势上溯，再行个五里地，能到屋杵岩。丁博士又给了田老稀半块钱，要他前面引路。田老稀想，半块钱可买一斤多咸盐，划得来，于是去了。道路不好走，经常有几丈远的路段被泥水泡稀了，挑脚客和田老稀各背一个博士蹚过去。到屋杵岩时，已时已过。田老稀一脚踹开狗小那茅屋的门，发现里面没人。火灰是才烧成的样子，显然是昨天狗小还待在自己茅屋里面。田老稀走出屋子，手掌搭在嘴角朝四周里叫了几声，没有人应。田老稀不耐烦了，扯着嗓子大声地叫唤起来，狗小，狗小，日你个娘哎，在哪里咯？狗小应了一声，声音是从头顶上的地方飘下来的。田老稀就晓得，狗小晚上睡在月亮洞里。

田老稀把狗小架着走下来的时候，两位博士看看这个人非常瘦小，身体蜷曲，眼睛还是瞎的。这和两人之前的预想大相径庭。丁博士认为既然生命力如此之强，其人体质应该超出常人许多，必然筋骨强健肌肉夯实。这个唤作狗小的人又瘦又脏，闻着有一种膻臭的气味。丁博士一时竟联想到蛆虫之类的腐生生物。凌博士问他，是不是曾去广林县的竹山煤矿做过工，还被埋在塌井里面？瞎子竟然点了点头。凌博士又问道，是不是被埋了三个月有余？瞎子的表情有些发懵。他说，我也不晓得被埋在地下多久，反正，有时候觉得不止三个月，倒像是几辈子那么长；有时脑袋昏沉了，又以为自己没待多久。我是被搅糊涂了。不过，现在慢慢记得起，塌井那天天气还冷，我多穿了几重衣服。后面被挖出来，没想到，天气已经这么热了。

两位博士交换个眼神，显然，这人正是记者提起的那家伙。丁博士让狗小坐下来说话，在茅屋里根本找不到板凳，只有在河边找了几块光溜的卵石坐在上面。凌博士支起个本子，掏出自来水笔，要狗小说一说埋在井下的事情。狗小说，没有什么事情，就是被埋下去了，又挖出来。哦，挖出来时我的眼被太阳晒瞎了。凌博士说，不是这些。我是想知道你埋在井下时吃什么，又是怎么方便的，这些个事。丁博士许诺地说，不要慌。我不通眼科病症，按讲你的眼睛可以治好，回头我找一个这方面的大夫。现在，你不妨慢慢想一想，埋在井下那一阵，都有哪些事情发生？

狗小听不明白，韩保长又把这意思讲一遍，末了又加一句，放明白点，讲得好摆你几根骨头啃，讲不好老子扒你的狗皮。丁博士大概知道韩保长自己发挥地说了什么话，表情凶狠，就问，老韩你怎么跟他说的？韩保长扭过头谄媚地一笑，说，没什么的，跟他提个醒。狗小很费心地去回想那一阵埋在地底下的日子，于是，一种介于半睡半醒之间的浑噩之感铺天盖地而来，攫住了整个脑门子。毫无疑问，那一段时日里面，说是有一口气在，其实脑子并不清晰，像是连场大梦做着，这梦做得分外痛苦、憋闷。井口怎么就坍塌了？他记得，当时身边原是有几个人，叫老王的，老柴的，还有一个好像叫秧老七，每个都提着灯扛着丁字镐，还有长锹，那声巨响传来的时候，那几个人鬼一样消隐去了。他不知怎么就躺倒在地，脑子撞在一根木桩子上。他摸摸木桩子，有一米多高，上面还支着个木架子。如果没那根桩，上面一大摞黑岩块压下来，自己也变成煤了。他听不见任何声音，直到他听见自己心子搏动的声音，眨眼的时间会有两到三次，无比巨大，他担心心子会突然蹿出自己这具皮囊，血淋淋地掉在煤矿上，还蹦它几蹦。狗小得时不时捂着胸口把心子摁回去。他挪了挪身子，如果想坐起来，他的脊椎骨就必须抽掉。这样，他只好躺着。不知从哪个地方滴着水，有时候水量多一点，形成一注，有时候是抠紧巴了一滴滴地掉下来。水往低洼的地方流去，最后，在狗小指尖大概触到的地方形成一孔水洼，两个巴掌宽。溢出水洼的水不知道浸进了什么地方。狗小就是靠那一洼水活了下来，要不然，他想他会存活五天，或者三天。

丁博士问，那你吃的是什么呢？

狗小记得，一开始头脑还没发昏的时候就意识到，必须找到吃的。里面有很多木桩，他把他能够得着的都聚拢过来，用指甲一寸一寸地试木桩的表皮，果然，有些部位，当指甲掐着的时候就陷进去一块，摸着有粉末。这次塌方应该和木桩用的年头久了，逐渐朽坏有关。狗小这么想着，心里还有些庆幸，因这朽坏的木头用牙嚼得动，捏着鼻子囫囵咽下去，骗住肚子再说。狗小记得以前自己也嚼过木头，嚼出汁液，但不会把木渣咽进去。柘树嚼着有些涩，松木有种奇异的香，枞树嚼着淡得出鸟来……他把朽坏的木头掰下来，放进水洼里面浸泡。水泡过后木头变得更松软。但是，不记得从哪一天起，狗小脑子已经模糊了，不再理智，老是昏睡着。他的肚皮正变得麻木，以前，饿就是饿，狗小找不到吃食的日子一直挺多，饿的感觉一成不变就是痛。但这时候，狗小饿得没法了就睡死过去，睡去以后饿就是稀奇古怪变化万端的梦境，有的狰狞有的阴冷，有的灰暗有的却空灵起来，整个人一阵烟似的朝着某个地方飘。有一次他梦见他在吸他娘的奶，于是隐约有一些奇怪，老想看看娘是什么样子。狗小从来没见过他娘，也没见过他爹。梦里头狗小始终没能看清楚娘的面目，于是痛苦得紧，醒了。醒后发现自己已经挪到水洼边，吸着里面的水，还吸进来几块木渣子。木渣子原来是桩上的疙瘩，根本嚼不烂。还有一次他梦见了月亮，把整个梦映照得明亮起来。他觉得月亮从来没离得那么近，于是伸手去，想掰下一片，就像是掰开一只糠饼。

奇怪的是那月亮变成一只肥鸟，长得难看死了。他不费力捉住了这鸟，想要吃肉，但是毛太多，他找不到地方下口。情急之下张开口把鸟脖颈切断，结果咬出一口鸟毛。醒来，狗小发现自己口里头有毛线一样的东西，一摸，原来一副衣袖已经被自己用牙撕碎了，放在口里嚼。那一身衣裤倒是嚼了很长一段时间。还有鞋子，因为是问别人借来的，所以嚼鞋帮时狗小不免心生忐忑。

凌博士插话说，哦，衣服也能吃？说话的时候，凌博士依然运笔如飞地记些什么。他又问，那你解手怎么个搞法？韩保长就翻成乡话说，狗小你一天拉几道？

狗小摇摇头，他不记得埋井下时自己曾拉过大便。按说他也吃了一些东西，朽木、衣裤、鞋帮子，后来也没拉过。这些东西的渣滓不知到哪去了——反正不是拉出来的。后面那一段时间，狗小处于一种谵妄状态，怎么喝水怎么嚼东西，全都不由自主。那个时候，狗小以为死无非就是这样，一开始像是睡觉，慢慢地，每睡一觉的时间越拉越长，越拉越长，到最后，不再醒来。他只知道，脖颈以下的身体已经脱离了自己，他觉得自己正在变融进周边的煤层。有一天，他仍是睡着，忽然听见有一种声响，响了不止一下。他竟然被惊醒了，一开始以为是心跳紊乱，再一听，那声音非常巨大，铿铿极了，显然是铁镐錾在硬石上发出来的。于是，狗小扯起嗓子叫了几声。这一来，他仅有的那点劲消耗去了，人又陷入半昏迷之中。当他被人抬出来的时候，他浑浑噩噩地察觉到光正从脚趾一点点铺遍全身。光铺到眼睛上时，犹如有人往他两只眼睛里灌了两瓢生辣椒水。他惨叫一声，当时只觉得烧灼般的剧痛，没想到过后再也看不见事物了。

凌博士记录着狗小的说法，同时，他想起从记者那里得来的相呼应的说法。昨日凌博士给记者回拨了一个电话，记者告诉他别的一些情况。记者说，当时他是无意中从竹山煤矿几个矿丁嘴里听来这回子事。说是一个矿丁那天想錾开堆积的岩石寻几根木桩子。那是个塌洞，三个月前出的事，当时挖出了七八条人来，挖出来后那些人都被塌得血肉一团没了人样子。那以后，洞子就废在那里，血气太重，即便有些余矿也没人敢去采挖。那天，这矿丁錾了几镐，忽然听见地底传出幽幽的呻吟。矿丁以为是撞了鬼怪，吓得掉头就跑，撞上别人就把这稀奇事讲了出来。人多了也不怕撞鬼，一伙子矿丁又回转到那地方，用镐一錾，那声音又丝丝缕缕地钻出了地层。有个老矿丁估计底下有个活人，挖上几个时辰，真的找出一个人来。那个人被抬出地面时，浑身精赤，仅五六十斤重，抬在手里就像一团发起来的老面，大家生怕不小心掰下这人身上一块皮肉，或者用力不慎把这个绵软的人拉长成一条蛇。抬进见光的地方，那人皮肤犹如江米纸一样透明，血管呈暗蓝色，埋在皮肤下面，从麻线粗的一股最后分叉到细如毛发，纤毫毕现，让人不敢多看。

狗小讲完了这一堆事，就说，老爷，我都讲半天了，能不能赏我点东西吃？夜饭的吃食我都来不及去寻了。韩保长说，叫花子狗小，要你讲一通废话也敢讨赏？狗小涎皮涎脸地说，不是讨赏，老爷，就算当我是条狗，叫了半天，也得撂两根带肉渣的骨头吧？丁博士从行李里面掏出两个洋铁皮的罐子，递给狗小。狗小摸摸那两个铁皮罐，苦着脸说，老爷，你把小的当成铁匠炉子了，哪消化得了这铁疙瘩？丁博士一想也是，又从包中找出一块片铁，只几下就把罐口的封铁撬开了。里面散发出轻微的肉香。狗小的鼻子相当利索，罐被撬开的那一刹鼻头就翕动了几下。凌博士把狗小这些个表情都看进眼里，不禁蹙了蹙眉头。

河谷里天色昏暗，云团稠密，一行人怕晚上下雨，准备回菀头寨子先住。丁博士要狗小明日到寨子里去，把身体详查一道。看看狗小的脸色有几分犹疑，丁博士就说，明日早些来，管你两顿饱饭。狗小听懂了以后，说那好那好。他已经不记得有多少年没吃过饱饭了。

回寨子的路上，凌博士颇有感慨地说，倒是不要检测身体器质，今天下午跟他一说，看看他那种卑琐样子，就知道个十八九。这跟体质关系不大。丁博士嗯了一声，指了指田老稀，说，他把那狗小的情况大体跟我讲了。这人幼失双亲，讨要为生，经常忍饥挨饿，其求生本能不是一般人可比。换了个人，哪可能活这么久时间。凌博士说，老丁呐，有没有看过明恩溥所写的《论中国人之特性》？丁博士说，倒是没有。明恩溥是谁？仿佛听谁提起过。凌博士说，是个洋人，前朝来华活了几十年，写成这么本书的。其实周树人小说里诸多观点发于此书当中。明恩溥认为国人生存能力、繁殖能力极强，纵使外部环境恶劣非常，也能生存繁衍。我读到这样的论断，心里反而有种隐隐不适，觉得这人拐着弯在说国人怕死。赴英留学期间，我常听一句西谚，是说，死是向大多数人靠拢。的确，西洋人生活优越，对死的态度也有一种令我意外的淡然、超脱，想必跟这句谚语有所默契。相对于生人，死者永远是大多数。能做此想，死亡之事就有了一种亲近面目，悲哀之情必然淡去许多。而国人常说，好死不如歹活。跟那西谚之意相比较，就高下立判了。丁博士问，讲了这一堆事理，你的意思是……凌博士说，暂时不要把狗小这事告诉那记者，这则消息还是不刊发的好。说是破了英国人的井下生存最高时限，似乎不能为国人增光添彩——这破纪录之人竟是个卑贱的乞丐，而破纪录之原因又全在于其卑贱苟活的性情。

丁博士附和地点点头，然后说，你我学科不同，对这事，我是从另一方面去想来着。凌博士说，你又找到什么方面？丁博士有些踌躇，燃上纸烟吸几口，说，从成分养料角度来看，布料木材作为食物，绝不足以供一个人活上三个月。我倒怀疑，是不是还有人和狗小埋在同一地方，那人先行死去，然后狗小就……丁博士目光斜着瞟了同行的韩保长还有田老稀，似乎有话不便明说。凌博士早就会意，说，照你说来，怕是这狗小有麻叔谋那种癖好？丁博士说，也差不多。这么讲似乎不妥，你我搞的是科学路数，凡事凭个依据。但若不做此猜测，我实难相信狗小这人能存活这么长的时间，没道理的。

田老稀竟然听懂了，这两个大员在说狗小是靠吃死人才活过来的。两位博士夹杂各自乡音的官话，田老稀多半听不懂。这两番接触，田老稀渐渐听得惯了，知道他们讲话的字音差不去许多，只是声调平仄乍听起来有些陌生。田老稀小时候就听说书人讲说麻叔谋吃死孩子的故事，说是隋唐那时麻叔谋主管挖造运河，天天要厨子弄出新鲜菜肴，吃着不合口就杀掉厨子。厨子急得没法，某天就捡来个死孩子烹了。麻叔谋吃了以后连呼过瘾，从此天天要吃死孩子，换一种菜他根本咽不下去。田老稀成家以后，家里一堆小孩惯爱疯跑，很晚才见回家。田老稀就吓小孩说，再这样乱跑，小心被麻鬼捉去烹了吃。这里所说的麻鬼，其实就是指麻叔谋。

田老稀着实吓了一跳，他想，回去以后便要告诉骡崽和桑女，这以后砍柴放牛，千万别挨近狗小。狗小就是麻鬼变来的。如果骡崽和桑女——尤其是桑女这柴火丫头，要是还敢往屋杵岩那边跑，就把腿骨都打折掉。

夜猫和桑女约好把牛赶到别的地方去，不和其他那些放牛崽子混在一起。他们去了离寨子很远的吊马桩。桑女知道田老稀当天不走船，才敢到那里去。夜猫虚岁十七，桑女虚岁十六，两个人自小在一起割草砍柴，不知从哪一天起心底便滋生起别样不同的意思。夜猫从说书人那里听来一个词，叫青梅竹马。多听了几遍，夜猫大概晓得是什么意思，要用自己话说，又抓瞎说不出来。桑女听不明白这词，因为梅花和马这两样东西，莵头寨子从来没有过。她想当然地说，叫作青牛竹鞭不是更好？她手中用于赶牛的家伙是毛竹鞭。夜猫就笑了，桑女总是不开窍，脑子转得比一般人慢，有事无事爱蠕动嘴皮，笑的时候把嘴咧得老大。但夜猫喜欢桑女缺心眼的样子。

夜猫跟桑女走得很近，两家的牛也前后紧跟。两人这几天都把牛赶往吊马桩，来回要比别人多走上三四里地。昨天有两个割草的小孩看见了夜猫和桑女往吊马桩去，隔着老远冲两人喊，夜猫桑女，吊马桩的牛草是不是挺多啊。明天我们都去吊马桩割草。

两个割草的小孩回去的路上碰见杨吊毛，就说，吊毛叔，你别吊着个脸，搞不好哪天你就当爷爷了。杨吊毛说，崽崽，口里有药不要乱讲话，小心招来蛊婆打你家阴炮。小孩说，吊毛叔，不骗你，夜猫天天跟在那女孩后面往没人的地方走。杨吊毛问，女孩是谁？小孩回答，桑女。杨吊毛的脸就垮下来，之前他听过风声，现在信了。村寨里年轻人的婚姻嫁娶无非来自两种途径，一是媒人说合，一种是放牛搞的。一般认为小孩搭放牛的机会搞到婆娘，算是一桩本事。但杨吊毛不晓得夜猫怎么就看上了桑女。

桑女一看两人的事被别人发觉了，就问夜猫怎么办。夜猫说，怎么办？明天杀个回马枪，他们过来了，我们又去屋杵岩。桑女想起个事，告诉夜猫，说，屋杵岩再也不能去了。夜猫说，又怎么啦？桑女说，我爹听外面的人说，狗小叔是要吃人的，他到外面讨不到饭的时候就去吃人，这样才活了下来。夜猫不信，他说，不要乱说，狗小叔哪像吃人的人？吃人的人脸是青的，眼睛是血红的，板牙两边应该生得有两对獠牙。桑女说，不骗你，我爹是那么说的，还说看见我往屋杵岩去，就打折我腿。

夜猫还是不信，叫桑女帮着把牛赶回寨子，关进牛栏。他要去屋杵岩，拿这事问一问狗小，看他本人有什么说法。桑女把两只牛赶回寨，先去关了夜猫家的牛，再料理自家的牛。两家的牛棚相隔并不远。杨吊毛正好看见了。他蹲在别人家的柴棚下面抽起了烟，没有拢过去。桑女做事的动作还算得麻利，嘴里嘘着声音把牛赶进去，再一根根上门桩，把楔子敲进去。桑女挑着两捆草，她拣了颜色较嫩的那一捆扔进栏里。杨吊毛觉得桑女是个勤快妹子，心眼还不错。杨吊毛想，如果我有两条崽，就会让夜猫娶桑女，但现在只有夜猫一条崽，所以非得讨一个精明点的，能持家的媳妇。

夜猫回来得很晚，杨吊毛问他哪里去了。夜猫说，去拣野鸭子蛋，让桑女把牛先赶回来了。杨吊毛问，蛋呢？夜猫说，烧熟吃了。杨吊毛现在不在乎这个，只是问，你他娘的不要老跟桑女搞在一起，回头要你娘到别个寨寻一门好亲事。夜猫看看爹那一脸愠怒的样子，知道是割草那两个崽崽点的水。他说，别家的我不要，我就要娶桑女。杨吊毛说，不行，她爱蠕嘴皮子。夜猫说，我就喜欢她蠕嘴皮子。杨吊毛说，她缺心眼，看人总是傻笑。夜猫说，她缺心眼，但是她心眼子好。杨吊毛说，还是不行，她长了颗马牙。夜猫这才想起来，桑女的牙床上是有一颗马牙。他没想到，爹看得倒比自己还仔细。他说，那有什么关系呢，马牙长在嘴里面，不开口别人就看不见。杨吊毛说，你晓得个屁，搞不好以后那颗马牙会翻出嘴皮子外面，就成了一颗獠牙。你怎么能讨一个长獠牙的女人当媳妇？别人晓得了，不骂你也骂我当老子的不尽心。夜猫说，那有什么关系？把马牙撬掉就是了。杨吊毛说，不行，撬掉了也不行，生个小孩还是会长马牙。夜猫觉得爹已经在犯浑了，一点不肯讲道理。于是夜猫说，不行你打我一顿。杨吊毛说，打不死你是不是，打了你照样还是不行。夜猫就不说什么了，爬到阁楼里去睡。

杨吊毛想起什么，说，夜猫，骂你一顿饭都不吃了，跟谁怄气呢？夜猫说，吃鸟蛋吃饱了。其实他在狗小那里吃了一顿饱饭。狗小前几天不晓得从哪里弄来一袋大米，夜猫去找他，他就煮了扎实一鼎锅饭。米是上好的朗山大米，煮好了以后，饭皮子上漂着一层米油。夜猫吃着狗小的饭，狗小还一脸抱歉神色。他说，夜猫呵，早来两天就好了，我这里有两罐铁疙瘩肉，现在一丁点都不剩。夜猫觉得狗小真是蛮好的人，平时吃不饱饭，一旦有饱饭，也不悭吝，能够拿给别人吃。他没有把桑女所说的事告诉狗小。不用问，他觉得自己已经弄清楚了。他告诉狗小，桑女已经答应要嫁给他的。狗小也蛮高兴，说，好的好的。

次日起来以后，夜猫先是去了自家的苞谷地，掰下十来棒苞谷，并且把苞谷秆也砍成尺把长的秆子，用衣服兜着，再去放牛。见了桑女，两人依然去吊马桩那边，却没看到有别的谁来这里割草。那天天色难得地阴下来，河谷里不凉也不热，夜猫和桑女坐在一块整石头上，石头方方正正，像一张床。夜猫告诉桑女，说他爹杨吊毛已经答应他把她娶过来，只是觉得桑女的马牙不好看，要是能撬掉就好。桑女说，是你的看法还是你爹的看法？夜猫诅咒地说，都是我那狗日的爹才想得到的怪理由。

夜猫平躺着，用箬竹叶子吹了《嫁娘子上轿》，又吹出《嫁娘子过坳》。别人家里娶亲的时候，唢呐手一律都会吹这两首曲子的。桑女听得起劲，声音却又断了。桑女转过身去揉了夜猫几把，说，再吹《跳火盆》。夜猫忽然闻见桑女身上有股栀子花的香味，狠命吸了一鼻子，结果胯裆里的那鸟就硬了起来。他看看桑女的前胸，翠花布的衣褂子里面藏着的东西已经长到圆茄大小。他说，你让我看看你褂子里面的东西，我才有劲往下面吹。桑女就抓一把石洼里的泥，抹在夜猫的脸上，说，我就晓得你的心思，总是打我奶子的主意，被你偷看去好多回了。夜猫说，没有，你让我看我才看。他没想到桑女把"奶子"这两个字也吐了出来。这一下，搞得夜猫一腔鼻血差不多流了出来。桑女问，是不是哪个女人的奶子你都想看一眼？夜猫赶紧骗她说，不是，我……我……我就想看看你的……桑女佯作生气的样子，问，你是不是老想着看我奶子，才要娶我？夜猫想了想，说，不是，真的不是。桑女轻轻地说，我们到那边去。那边有一丛茂盛的柘树，半个人高。夜猫心虚地往四周窥去，风吹动着草树，此外鬼也不见半个。牛在山腰吃草。夜猫想，莫非桑女怕被牛看见？两人蹲在柘树丛里，桑女刚要把衣褂子往上面搂，忽然又不愿意了。她轻轻地说，你把手放进来。夜猫抖抖索索地把手放进去，刚触到一团软肉疙瘩，桑女就说，行啦行啦，够啦够啦，并把夜猫的手扯出来，夜猫觉得自己什么也没摸到。这时他看见桑女的裤带是灰的。他不知为何就把手搁了上去。桑女把夜猫那只手拍开，脸颊上忽然泛起了酡红的颜色，像喝下了一碗甜酒醪糟。

夜猫忽然想起，差不多十年前，有一天，天气很热，一帮男女崽子跳进河里洗澡，躲过午后那阵太阳。有的女娃子和着衣服跳进河里，有几个年纪很小的也像男孩一样脱光了。夜猫慢慢地凫到桑女的后面，看见桑女张开了两条腿拍着水。桑女下河不多，水性子不是很好。夜猫看见桑女两腿之间有一道缝隙。他知道，那就是屄，有人吵架时，这个字眼就会不断地挂在人们嘴上。夜猫的水性很好，他悄悄游上去一点，然后伸出指头在那道缝隙上杵了一下。桑女的反应竟然很激烈，在水中扭过身子要掐夜猫，结果呛了几口水。夜猫把桑女弄上岸。桑女吐出了水，人就没事了，但有好几天不肯跟夜猫说话。现在，夜猫跟桑女说起这回事，桑女却说，真的么，我可不记得了。

把苞谷秆外面的壳啃掉以后，白芯子可以嚼出略带甜味的汁液，但夜猫家苞谷地土不够好，白芯子嚼出了咸盐味。夜猫嚼了一截，就不想嚼了。他还是叫桑女赶两只牛回去，自己要把那十来棒苞谷送给狗小。夜猫又溯河往上走，去了屋杵岩。

　　狗小还没有弄饭，睡在河边草皮上，夜猫捉了两只岩蟹放到狗小的脸上，狗小才醒来，问是夜猫么？夜猫就应了一声。狗小说这几天特别清静，那些小孩都没来屋杵岩放牛了，所以白天也能睡得很死。两人就在河滩上烧起火来，用火灰焐苞谷。夜猫下到河里摸了一堆岩蟹。现在蟹壳还在发软，要到割稻那时候，蟹肉吃起来才香。夜猫忍不住讲起了自己跟桑女的事，还有刚才摸桑女奶子的事也抖了出来，吹起牛皮，说桑女每一只奶子足有他娘的三拳头大小，还说桑女让他摸了个够。夜猫说，我都摸出两手油汗，麻酥酥的，那个舒服，啧。狗小听得鼻子喷出了响，仿佛水快烧开时那声音。一边说着桑女，夜猫还一边不停地提醒狗小，狗小叔，可不要传出去。狗小唔唔地应着，听得很入味。后来，夜猫就问，狗小叔，你碰过女人吗？狗小气得笑了起来，说，你这崽崽，净找人的痛处戳。

　　狗小床板底下藏的那一小袋鱼籽盐只剩三粒，紧巴点吃也就两天的份。幸好去检查身体那天，他跟两位南京城的大员讨要了一口。他想，南京城当官的家伙搞不好这一辈子就只见着那么一回，不讨要点东西就放过了机会。丁博士不但送了他米面，还送了他两块钱。他拿手里一摸，和双毫子差不多大小，摸起来有点凉。狗小吓了一跳，估计这是银洋。

　　现在，他摸出了其中一个银洋。这以前他只摸过两次银洋，一次还是搭手摸一摸别人的。现在自己一手抓着两个，感觉整个人就有些不同。他准备去苑头寨称一斤细盐，再搭夜猫去箕镇买一副猪心肺。猪心肺虽说煮不出一点油星，总归花钱不多，还好歹算是猪肉。现在手中攥了两个银洋，忽然想起来，饱饭这几天算是吃上了，却没有吃上一顿饱肉，想着有些窝心。他想炖一锅心肺汤，上面撒一层细盐，再拍一块子姜搁里面去臊味。只消这么一想，馋口水就挂出了一线。狗小眨眨眼睛，察觉到这一天光线很亮，太阳应是挺好的。狗小泅过了那条河，用棍子探着路往苑头寨子摸去。

　　狗小刚到寨口一株桐树下，想歇一口气，忽然听见一群小孩的声音，杂乱地嚷着，麻鬼来啦，麻鬼来啦。狗小也听过麻鬼的事情。他小的时候，别家的父母都用麻鬼吓过自家孩子，要他们晚上别出去乱跑。狗小没有父母，他有些羡慕那些小孩子，如果自己被麻鬼吃了，是没人管的。他听了小孩们的叫嚷，不免奇怪得紧，想，大太阳天，怎么见得着麻鬼？狗小杵着棍子循着小孩们的声音走过去，他想告诉小孩，白天是不会有麻鬼的，不要乱讲鬼话。狗小刚靠拢了那一片声音，忽然脸上还有身上就挨了几下，用手一摸，是泥巴。他说，狗日的崽崽，敢打你狗小叔。他虚晃了一下那根榆木棍子，但小孩知道他的眼瞎了，不怕，又扔过来几块泥巴。狗小张口骂人的时候，有一块泥巴恰好贴进了嘴皮。小孩看得笑了起来。狗小吐着嘴里的泥巴，心里挺恼火。他说，崽崽，老子烹了你们吃。狗小还做了一个鬼脸，朝小孩扑过去。小孩四下里跑，有一个四五岁大的孩子脚一滑跌在地上，再想站起来时，狗小已经走到他身边了。狗小勾下腰要把小孩拽起来，小孩扭头看看狗小黑洞洞的嘴巴，吓得直哭，还猛打哆嗦，想叫妈都叫不出来。狗小把那小孩扶起来，小孩又瘫倒在地上，脚一点都支不起身子。跑开几步的那几个小孩一起扯起喉咙嚷着，麻鬼吃人了，麻鬼要把鱼崽吃掉了。狗小一听，小孩原来是杨四家里的鱼崽，就说，鱼崽，你站起来。鱼崽还是站不起来。狗小就在鱼崽屁股上拍了一把，说，你再不起来，狗小叔就要走了。

这时候忽然有人冲着狗小的面门劈了一拳，还揍了一把。这样，狗小就翻倒在了后面的草窝子里。狗小不晓得这人是谁，他看不见。然后那个人把鱼崽抱开了。狗小摸摸自己的面门，被那一拳打破了，淌出了血。狗小怨毒地诅咒着，狗日的，全家死绝。但他不知道这诅咒的话应该落到谁头上。狗小骂了几句朝天娘，就爬起来朝前走去。他想，我是来买细盐的。走到韩水光家的南杂铺子，一摸，门板是关着的。菀头寨不大，就开了这一家小南杂铺。

狗小撞着夜猫的时候，夜猫正要去牛栏。他看见狗小的脸也破了，身上净是泥污，就问，狗小叔你怎么啦？狗小把刚才的事讲给夜猫听。夜猫一听大概就明白了，他告诉狗小，是田老稀说了你的坏话。狗小不信，他说，他能讲我什么坏话？夜猫说，他讲你在煤井下面，是靠吃死人才活过来的。……狗小叔，你，你真的吃了人没有？狗小愤怒地说，嚼他娘的蛆，我哪能吃人呢？那地方就埋了我一个，又没有别人。夜猫说，我也不信，哪能吃人呢？狗小叔，你被埋在井下的时候，要是旁边有个死人，你饿昏头了会不会咬他几口？

崽崽，嗯，不是这么个讲法。狗小想了想夜猫的问话，忽然来了些难堪。他说，夜猫呵，我要去找狗日的田老稀评理，你去不去？夜猫说，去就去，评了理我再去放牛，屁事。两人就一前一后，一快一慢地走着。往田老稀家去了以后，夜猫忽然想到桑女。想到桑女，夜猫的头皮就发紧。他想，要是田老稀不是桑女她老子就好了。

夜猫把狗小带到田老稀家里，狗小就用榆木棍砸田老稀家的门。田老稀家也是杉皮门，只不过钉得考究些。砸开了门以后田老稀就走了出来，他说，狗小，你他娘的也敢砸我家的门？恶叫花子讨霸王饭是不咯？狗小说，老稀麻子，你凭什么说我吃人？田老稀眼睛一转，看看后面站着的夜猫，说，奇怪了，我又没说你吃人。你吃不吃人我又没看见，轮不着我说。狗小说，你说了，我晓得就是你讲出来的，现在崽崽们一见着我就喊麻鬼。田老稀心虚地说，关我屁事。他们要叫我有什么办法？狗小拖着哭腔说，日你个娘哎田老稀，你才是麻鬼。田老稀本来就长了一脸麻子，一听这话不高兴了，他说，叫花子狗小，我正要弄饭吃，不想和你扯这些鬼话。你走开，我不和你计较；你赖着我也不会多煮一个人的饭。狗小一屁股坐在了地上，说，老稀麻子你这个杂种，你只要告诉我，是不是你说的我吃人了？田老稀说，不是。狗小说，我晓得是你说的，你敢不敢诅咒？田老稀说，怎么个诅咒法？狗小说，要是你说的，你就全家死光光。田老稀呸的一声，拢过去踢了狗小一脚，说，话还没讲清楚你他娘的就敢咒我。田老稀踢了一脚还不解气，又踢了一脚。这下狗小暗自做了准备，田老稀踢来时他一把抱住田老稀那只短脚，一口咬在他膝盖上去三寸的腿筋上。田老稀腿脚粗短，狗小那一口没有咬到实处，顶多挂了几颗牙印子。田老稀哇哇地怪叫起来，他说，狗小呵，我这一身老骨头你也想啃？我让你啃让你啃……田老稀手脚一齐动了起来，又是拳法又是腿功，下冰雹子一样往狗小身上来。狗小闷哼了几声，先是骂娘，后面就求援似的叫着，夜猫，夜猫，帮帮我呵……

夜猫硬着头皮靠拢过去，攥住田老稀一只手，说，田叔田叔，算了。田老稀一把推开夜猫，说，韩家崽子，别掺进来，要不然我替你爹吊毛打你一顿，你信是不信？夜猫倒不是怕他爹，一想到桑女的事，就开不了口了。杨吊毛听着声音找过来了。他家本就离得不远，见夜猫也在场，就骂了一句真是讨卵嫌，牛都不放了，看鬼打架啊？杨吊毛把夜猫拉了回去。

不用多久，狗小被田老稀打得趴在石板上，哼哼唧唧。田老稀这时也用不着隐瞒了，一边打一边说，就是我说的。丁博士都说，你他娘不吃人肉活不过三个月。你以为躲在地洞里吃人没谁看见不是？……打你？打你还是轻的，打死你也是为民除害。你都敢吃人了，还怕挨打，真他娘的毫无道理。

田老稀打人的声音把四围的邻人都引了过来。是吃上午饭的时间，许多人端着碗一边扒着饭一边看田老稀打人，还互相夹着碗里的菜。狗小是一脸哭丧样，却又听不见他哭的声音。这时，骡崽回来了，看见自家堂门前有那么多人，不晓得是哪回事。骡崽才六岁大，扒开了人群，看自己爹没有吃亏，这才松了口气。他扯起嗓子问，爹，为什么要打狗小叔？田老稀看是儿子，手脚不停，嘴里却说，你爹被狗咬了一口，正在打狗呢！骡崽说，狗小叔你为什么要咬我爹？但是狗小已经讲不出话来了。骡崽就走过去，朝狗小的胯裆里踹一脚。田老稀看得很高兴，夸奖地说，我的崽哎，有志气。骡崽得了他老子夸奖，笑了。

　　田老稀急风暴雨地挥了一阵拳，累了，就停下来歇口气。狗小趁这工夫缓过神来，张口又骂，说，老稀麻子，你今天不打死我，迟早弄死你全家。田老稀往手上啐了两口唾沫子，又攥了拳打。旁边看的人就说了，狗小哎，打又打不赢，逞什么嘴硬嘛，诅人家全家死光做什么？你讨个饶，我们也好帮你求个情。田老稀听得高兴，手上又来一股邪劲。现在他踢狗小的屁股。那天丁博士说狗小身体有些虚，田老稀不想这狗一般的家伙死在自家堂门口。不消半袋烟的时间，狗小就讨饶。狗小说，唔唔，日你娘哎老稀麻子，我讨饶了行不？旁边看的人说，是嘛，老稀麻子，你就算了吧。田老稀本来也不想再打，他自己都打得有些虚脱了，比薅了几亩地的草还亏气力，正好趁这机会收了手。

　　田老稀像蹶在一边，问旁人要了一撮烟卷成喇叭筒，燃了起来。狗小好半天才爬起来。首先，他屁股翘了起来；然后，两手两脚尽量缩回来，抓起榆木棍往地上杵，然后撑起自己。他整个人是一截一截子竖起来的，像一条竹节虫。他啐了一口带血丝的口水，跟跟跄跄走出了寨子。狗小的嘴巴不断地蠕动。田老稀晓得他还在诅咒着恶毒的话，但狗小没有发出一丁点声音。田老稀想，刚才我应该往他腮帮子来几个耳刮，这样他下巴就没得劲动弹了。

　　夜猫过几日才帮狗小买来一斤鱼籽盐。狗小在床上躺了两天，没吃东西。夜猫买来盐以后，狗小嘎嘣嘎嘣地嚼了两粒拇指头大的盐粒子，人就有了劲，坐了起来。夜猫说，要不要去弄一副伤药？狗小说，钱不能乱花。你去找一把猪料草就行。

夜猫不信，他说，狗小叔，你身上血口子有好几道，瘀肿，猪料草就能治？狗小苦笑着说，不晓得几味伤药，还敢去当叫花子？夜猫去到山坡上，猪料草到处都是。夜猫胡乱扯了几手，回去给狗小。狗小把猪料草填进自己嘴里，嚼成糜状，再涂到创口上，还有瘀肿的地方。夜猫说，这就行啦？狗小说，对，这就行了。

杨吊毛晓得自己的崽有事没事老往屋杵岩那地方去。他倒不担心狗小会把夜猫吃掉。夜猫已经是十六七的人了，气力还蛮大。狗小那么瘦弱，怕是有两个狗小都不容易把夜猫摁住。但是村人现在纷纷传言狗小是吃过人的，夜猫老和他混在一起，时间长了，搞不好村人对夜猫有所嫌弃。杨吊毛的另一桩心事在于桑女。他想，夜猫和桑女天天避开别人，躲到一边放牛，两人干些什么勾当就不好讲了，万一哪天桑女肚子大了起来，那如何是好？到那时，夜猫想不娶桑女都不行，田老稀肯定张开了口讹钱。杨吊毛又想到田老稀。田老稀不好惹，据说以前田老稀和他哥田黑苗分家产时，田老稀拿铜炮子枪把他哥轰了一家伙。田黑苗自那以后成了个瘸子，走路像纺车把子一样前后摇摆。瘸子憋着气，只得每天朝天骂一通娘，田老稀还不罢手，把瘸子揍上一顿，结果瘸子几乎成了半瘫子。那天田老稀打狗小的情状，杨吊毛也记得。杨吊毛想，狗日的田老稀活脱脱一副王八脾性，咬住了就死不松口。杨吊毛越想越是认为，把桑女娶进屋无异于娶一桩祸事。

杨吊毛把这事情跟婆娘讲了，婆娘也认为田老稀家是桩累赘，躲都躲不赢，哪能去攀亲？回头婆娘就去找人商量，看能不能帮夜猫找份学徒工做做，好歹先离开菀头村子一阵，时间一长，不定夜猫自己就断了这份念想。杨吊毛的舅子帮着找一份事，有个屠夫眼下缺人手，不过地方远点，在界镇那边，一去五十里地。学徒两年管吃住，免帮师。杨吊毛一口答应下来，说，好好好，再远些都好。跟夜猫说了这事，夜猫不乐意，他说，杀猪也要学个两年，真奇怪了。杨吊毛说，你是不晓得好歹，只消两年就学得一门吃饭手艺，还能到哪里找去？人家店伙计学站柜，还要学徒三年帮师三年，白天晒扫夜晚帮师娘涮换尿壶——再别说学抓药了，背个《千金方》《本草》，四五年就消磨了。你有那记性吗？夜猫嘀咕地说，哪有那么玄乎，不就是手起刀落的营生嘛。杨吊毛说，手起刀落的营生你也配？那是杀人，你能杀好猪就不错。就怕你两年下来还没练出个吹胀猪肚皮的气量。再别说拿眼估买囵囵猪了，一眼看去就要估出个轻重，估多了赔老本，估少了要奸，哪这么容易？夜猫想起来了，杀了猪前蹄子上开一眼气眼，得把猪皮吹得像胀气蛤蟆，才好刮那一身硬鬃。还别说，这功夫没有年把时间，真不容易学上手。夜猫不作答，也不再吭声。杨吊毛趁热打铁地说，学屠夫别的不说，隔三岔五能吃到猪下水，哪里找的好事？

夜猫不乐意去杀猪，首先是屠夫这活是坐店生意，顶多去村寨收毛猪时有点走动。他想学弹匠，弹棉花的从来都是四方游走。但杨吊毛死活也不准。再一个事，夜猫的心事全在桑女身上。那次在吊马桩那里开了张，夜猫每晚都想着桑女那凹凸有致的身子，一去放牛，心事就在桑女衣褂子里揣来揣去。说来也日怪，手揣进桑女衣褂里，感觉无非是两块活肉，揣着有些软乎还有些热乎——也就那回子事。但一到夜晚，一脑门心事又全绷在上面扯不开了。夜猫想，这可能就是女人的好。慢慢地，夜猫怀疑男女间的乐事不在这里，而在于胯裆里面，要不然为何两人胶在一起时，最不安分最不肯消停的偏是胯裆里那只鸟呢？但夜猫一时苦于不晓得如何用法，绕着弯子问桑女，桑女显然也发着懵。隐约听得有人说，男女那裆子乐事，非得要成亲之夜，新嫁娘的母亲递一本小册页到女儿手里，女儿只消睨上几眼，就晓得如何让女娃变为妇人，让崽崽变为丈夫。那册页据传，名为《枕中笈》，内有唐伯虎传下的插画，看着能让人喷鼻血。夜猫却从未见过。夜猫最近一阵时日，被脑子里这些猜想折腾得消瘦了些，又不好问人，怕别人传出去丢脸，只好去问狗小。一寨子的人，夜猫都信不过，有话讲给狗小听，夜猫就用不着忌惮了。狗小用猪料草敷伤处，身上竟然愈合了多处。但狗小哪晓得男女之间这事。他想了半天，说，会不会，和那些狗子的交媾，是差不多的动作？夜猫不信，他看着狗交媾的样子就觉得恶心，要捡石头追着打，直到把狗公狗娘打散伙了为止。

夜猫拗不过父母，应了去界镇学杀猪的事。临去前夜，他摸着月亮在桑女家屋后学几声斑鸡的声音。以前学的是杜鹃鸟，怕次数有得多了，田老稀听出个端倪，便换一种叫法。夜猫能学的鸟叫多了。桑女睡在柴房上面，挨到父母那房灭了灯，就摸出去。两人在韩水光家的草垛后面讲了半夜悄悄话。夜猫想着，自后起码是几月时间见不着桑女，不禁燥热得紧，把桑女的身子摸了又摸，一时又摸出许多别样不同的感觉来。桑女让夜猫摸够了，就趴在他耳边说，你去学徒上心一点，在界镇那边落下脚吧，再把我娶过去。我想做一个镇上人。夜猫说，做镇子上的人有什么好喽？桑女说，反正，离开这菀头寨子就行。夜猫不说什么，把桑女的衣褂子搂了起来，慢慢脱去。桑女竟然变得很顺从。在月光下面，桑女的皮肤镀上一层银灰的颜色，看着暗淡，却有一种耀人眼目的微光闪烁。桑女问，好看吗？夜猫平抑着鼻息说，好看。

夜猫本来还想去屋杵岩和狗小道个别，杨吊毛催得紧，夜猫第二天一早就要上路。夜猫心里想，回来的时候，给狗小带一副猪心肺，炖他一大锅心肺汤，让他一次吃个腻歪。

夜猫走以后，桑女就为自己那颗马牙发起愁来。夜猫说他老子杨吊毛不喜欢这颗马牙，还说马牙会越长越长，最后嘴皮子都封盖不住，龇出嘴巴。夜猫说，你听到不咯，老鼠每天晚上都要磨牙齿，就是因为它们牙床子上长得有马牙，不磨的话就会翻出嘴皮，吃不成东西。桑女，你是属什么的呢？桑女只知道自己是十三年冬月生的，搞不清属相，田老稀从来不跟她讲。夜猫掐着手指算了半天，说，喔唷，真的是属鼠。桑女就很担心，要是真的这样，那实在见不得人。她把心事讲给娘听，娘就在她脑门子上杵了一指，说，听谁讲的鬼话？长有马牙的多了，也不见谁最后就长出獠牙来。桑女听了娘的话又安稳几日，每夜睡觉之前，把食指放到牙床上轻轻摸一摸。她吃惊地发现，那颗牙齿竟然在长。

桑女撺着人赶了一趟箕镇的场，场上有个下江佬支了个摊子专门拔牙。桑女过去问了价钱，下江佬说锉牙要五角洋，门牙只消四角洋。待桑女拨起嘴皮让下江佬看看那颗马牙，下江佬说，吓，这马牙最是难弄，没有八角洋，不敢动手。桑女说，门牙还大些的，只消四角洋。下江佬说，拔牙又不看大小斤两，宁拔三颗门牙，也不敢动你那马牙。桑女只是来问个价，一听要八角，就死了心。她晓得自己弄不来这么多钱的。回去以后，桑女发现那颗马牙还在长，像黄豆出芽一样，摩挲在上嘴皮里面，阵阵发痒。这种痒胀的感觉，撩得桑女心里也阵阵发毛。她下定决心，自己置办掉这颗牙。

次日，桑女在自家房梁上撬出一枚钉子。钉子有年有月了，已经有一层锈壳。桑女磨掉锈壳，里面呈现出烟黄的颜色。放牛的时候，桑女依然避开别的人，独自把牛放到吊马桩去。她还是喜欢去那里，那里仿佛是她跟夜猫两个人的窝。她到水面磨那一枚钉子，没费多久时间，钉头现出锃亮颜色，在阳光底下折着刺人眼目的光。桑女想起以前钉耳洞也是自己办的——先是花几天的时间，用手指不停捻耳垂，捻得薄薄的，就剩下两块皮，再一咬牙，那枚火棘刺一下子就穿透了耳垂。往创口上抹一把细盐，没几日就愈合成耳洞了，可以挂耳坠子。现在，要挖这枚马牙显然要难得多。桑女不断地给自己提气壮胆，想到长痛不如短痛，那马牙挂出来可就惨了，别人说不定会讲自己是个蛊婆。她不断地用铁钉掀那颗马牙。她想，牙迟早会松动的。到日头偏西的时候，桑女觉得那颗马牙果然有了松动，就狠命地把钉刺进了牙旁边那丝缝隙。她尖叫了一声，没有人听见，只惊起苇地里那对鹭鸶。那颗马牙掉了出来，落在掌心。桑女看去一眼，马牙只有火棘泡大小，靠里一侧有桩子，挂着血丝。桑女趴下身子喝了许多河水漱口，创口总算不再流血了。桑女捂着痛处，心里想，夜猫呵你个死夜猫，你可晓得我为你遭受那么多罪吗？

狗小费了十来天，天天嚼猪料草往身上敷，伤肿才算消了下去。狗小拿手往身上一摸，新结了好些痂。这天狗小伏在床上，手探到后背，掰下来一块痂。狗小把痂放进嘴里嚼起来，嚼出一股咸腥的味道。这味道使得狗小再次记起田老稀揍他的那回事。狗小把嚼碎的痂咽进肚里，觉得自己身上忽然长出了一股气力。被埋在矿井下面时，狗小无数次以为自己即将死去。将死之前，狗小对自己说，要把这一辈子翻出来，细细地想一遍，才好痛快地闭上眼睛。以前的一切竟然变得浑沌。除了无边无际的饥饿，没有任何一件事、任何一个人能够清晰地映现在脑子里。这些天，他一直躺在床上，两天吃一顿饭，五天拉一泡屎。他恍惚觉得自个像是回到了垮塌的矿井里面，并且不停想到了死。但眼下，每回想到死这事，田老稀的面目就噌的一下冒出来。狗小咬牙切齿地想，死是要死的，但田老稀应该遭报应。怎么个报应法，狗小死活想不出来。

　　狗小打算先去县城找找丁博士。那天丁博士检查过他的身体以后，递给他一张片子。丁博士说他本人会在县府住一段时间，如果狗小有事，不妨来找他。狗小不要那片子，他看不见上面的字迹，再说，即使看得见也抓瞎。狗小就认得"小"字，还认不得"狗"字。现在，狗小琢磨着，去了又能怎样？可不敢质问丁博士说，你凭什么要讲我吃过人。狗小认为，混他两餐饱饭，应是没什么问题。吃饱了饭，说不定就能想出对付田老稀的办法；如果运气好吃上几盘肉菜，那么，死了也没什么遗憾。

　　狗小不敢经茋头寨去县城。他沿河往下游去，到了大水凶，再折上山路去向县城。这一路绕了十来里，但是不会被人扔泥巴。天黑以后，狗小摸进了县城。县府在以前的天王庙里面，如今已经翻修得很气派。狗小找得到地方。丁博士和凌博士都走了，但出来一个同样讲南京官话的年轻人接待狗小。那人见了狗小，就说，你就是韩狗小先生？啊哈，久仰久仰，你可是个了不起的人物呵。丁博士有过交代，说要是你来，一定要我安顿好你。我是他老人家的弟子，姓马。你叫我小马。狗小听明白了，说，丁博士还会回来？小马说，搞不定会在这里长住。蔡院长是布下了任务的，要到这里开拓民族学。这话狗小就听不懂了。

小马问狗小有何贵干，狗小老实地说，只想讨一顿饱饭。小马去安排了一顿饭，桌上专门捞了一碗油肉。狗小吃着碗里的油肉，有种说不出的舒服。他想，油肉真个是天下第一好吃的东西。他把那碗油肉吃了个精光，意犹未尽，结果晚上就跑肚子蹿稀。小马照顾得周到，送来几粒药丸子，要狗小和着温水吞服。药丸子有两味，一味很苦，一味很甜。狗小要小马把那种甜味的药丸多给几粒。次日吃晌午饭，小马请狗小吃的肉菜是熘肥肠。狗小吃完肥肠还吸溜光汤水，心里想，原来这熘肥肠才是天底下最好吃的菜。晚上吃的是氽汤肉。狗小觉得氽汤肉没有肥肠好吃，也没有油肉那么多油水，于是在心里说，氽汤肉应该是第三好吃的菜。又过去一天，丁博士没有回来。小马照样招待，没有嫌恶他的意思。狗小自己却隐隐不安了。狗小从来没这么痛快地吃过连天饱饭，真正吃上了，却又总觉得会出什么事，右眼狂跳。吃肉的时候，他老是晦气地想起了田老稀。第三天晚上，狗小正喝着肉汤，脑子里腾地冒出个主意。这主意使狗小彻底打起精神来。狗小打算不再蹭吃下去。他想，即便丁博士的确造过谣，这几天的饭菜也算是兑脱了。再这么待下去，多吃上几顿饱饭，搞不好自己就会没心思对付田老稀那杂种了。狗小跟小马告辞，小马也不多留，只是嘱咐他，过一阵子再来。狗小说，那好得很。

是田老稀造出来的谣言给狗小提了个醒。他想，你造谣说我吃人，要是我不吃人，岂不是亏了？现在我吃条把人，这样，才会心安理得，对得住你田老稀。狗小头一个想到的是骡崽。想到骡崽，狗小整个脑袋如灯盏一般豁然亮起。他想，怎么不早想到呢？那条崽崽被田老稀养得白胖粉嫩，把他吃了，田老稀少说得咯七八碗血，折五六年阳寿。有了这种想法，狗小一路走得蛮快，再一想，心里不免犯难。——以前眼亮的时候，捉一个五六岁的小崽崽不是难事，现在，看又看不见，骡崽听了他爹的话决计不敢靠拢自己，如何才抓得他住？

这一路上，狗小不断记起那说书人说过，麻叔谋那厮，吃了死孩子，再什么奇珍异馐都味同嚼蜡。照这么说来，死孩子肉岂不是天底下第一好吃？竟比熘肥肠油肉氽汤丸子还要好吃？狗小不大肯信。

狗小回到屋杵岩底下自己那破屋子，即刻动手，搓起草绳来。床板子底下有两捆隔了年的稻草，经过霜，没受潮，韧性还过得去。狗小搓草绳倒有一手，即便瞎了眼睛，也没影响手上功夫。狗小一手把绳一手续草，三搓两搓，草绳便噌噌噌地在手心蹿长。狗小想，可惜，要有些生麻棕鬃添进去，绳就更结实了。狗小搓成一条一股归总，上面多股分叉的绳。平日里狗小捉竹鸡所用的麻线地套，差不多也是这种样式。

放牛的小孩如今都不来屋杵岩，通常把牛赶去黑潭那边。这天，狗小把搓好的那两把草绳盘成圈，挂在肩上，循着河往上游走去，走了约摸三里地，便听见放牛小孩们相互吆喝的声音。再前行一段路，能听见小孩们竞相从高处扑腾到潭中的声音。河谷绵长而又封闭，声音总是沿着河谷上下游动，长久不能消散。狗小的水性子很好，他趴在河畔一块柱石后面，痛苦地想，要是眼还亮着，一个猛子扎到潭里面，悄悄把骡崽的脚拽住，往潭边乱石豁口里拖，三下两下溺死这小把戏，鬼神不知，痕迹不落，哪像现在这样麻烦？他省略着这些想象，自顾往矮树林子密集处钻，不让那帮小孩发觉。这天天气大热，狗小唯一可放心的，是那帮小孩悉数钻进了水里躲避阳光，不可能去到山上守牛。狗小摸到牛群经常聚集的那一片草窝子，撮起嘴发出一阵喑哑的声响，那一群牛缓缓地朝狗小围拢过来。狗小嘴里继续撮着那种声响，并抚摸拢在身边的牛。摸了几头牛，都不是骡崽家的。狗小认得那头牛，田老稀去年冬月才买进来，是只牛崽子，得到明年才会开犁翻地。苑头寨子统共六七十股烟火，牛却只六七头，现在全都聚拢在一起。狗小终于摸到了骡崽的牛，牛粉嫩的舌头舔着狗小手板心。这头牛舌头还光滑着，鼻头沁出的水珠比老牛要多，犄角不过五六寸长。狗小确定这是骡崽的牛。

狗小轻叱着，拍拍牛臀，把牛撵到不远的草坡下面。那里一片矮小的柘树、马桑还有散把木。矮树丛中间杂着几棵稍高一些的桐树。狗小分出一截草绳缚紧了牛的两只后蹄子，把绳的另一头拴在桐树桩子上。牛崽扯起后蹄要走开，使了几股子急劲挣扎，却没能挣脱，也就安静下来，围着那苑桐树找草料吃。狗小待牛消停下来，就开始埋地套，把那只草绳归总的那头拴死在另一蔸桐树上，再把草绳每一股分叉结成活套，布在地上，还抓起地皮上的浮土枯叶掩住草绳。狗小用自己的腿试了试，探进其中一个地套再要走动，那一股绳就绷紧了，把腿缚住。狗小这才放心，褪下绳，再次掩埋。狗小想，骡崽，攒劲把身子洗干净，省得你狗小爷爷到时再洗涮一番。

狗小哪里晓得，这整个过程，被潭中那一帮小孩看个通透。小孩们老早得知狗小两眼都瞎了。纵使他要吃人，小孩们也不觉得如何凶恶可怖。伏大跟骡崽说，骡崽，瞎子狗小要偷你家的牛。骡崽只觉得狗小偷牛的动作太笨拙，差点笑出声来。年岁大点的毛脚拊着耳朵跟骡崽说，跟着他去。骡崽点点头。小孩们悄悄泅上了岸，蹑手蹑脚尾随着狗小，心头都有种莫名的快意。狗小埋草绳的时候，小孩们看明白了——那是地套子。看样子，狗小瘾头上来了，布好了圈套，急不可待要捉一个活崽崽。

狗小埋好草绳平整了浮土，这才松一口气，心情无端地好起来。他记起以前捕鸟时那种乐子，不仅是拔了毛去了肚肠吃鸟肉，还在于守候时窃喜的心情。狗小藏进一丛马桑树，悠闲地等待着，一摸树上，结着马桑葚，就捋了一捧吃起来。这东西略微发甜，但吃多了会死人。四周安静下来，狗小尖起耳朵，听见一些风吹草长的声音。

那一捧马桑葚还没吃完，就听见有小孩跑来，狗小不得不把余下的葚子扔掉。狗小再次把身子往矮树丛里面缩进。小孩的脚步声已经移到七八丈外的地方，狗小估计来的是骡崽。狗小的心悬了起来——这毕竟比捕几只竹鸡来劲得多。

来的果然是骡崽，他惊诧地说，咦，狗小叔，你怎么蹲在那里？狗小应一声，难堪地想，真他娘的，眼睛瞎了，把自己都藏不住。他只得站了起来，两手提着裤腰，佯装刚解过手的样子。他说，哦，是骡崽啊。骡崽说，我来赶牛。我家这头牛野性，爱乱跑，什么时候跑到这边来了？狗小就说，你的牛也在吗？骡崽说，在的，就在你屁股后头不很远的地方。狗小说，把牛赶走吧，别让它乱走。骡崽就嗯了一声。狗小蹲了下来，依旧支起耳朵，听着动静。骡崽却并不慌着去赶牛，而是从地上捡起一片苦楝树叶子吹了起来。骡崽说，狗小叔，他们说你爱吃人肉。人肉好吃不咯？狗小按捺住性子，放缓了语调跟骡崽说，崽崽，你看你狗小叔是吃过人的人吗？吃过人的话，眼睛会是红的。骡崽仔细地看看，说，狗小叔，你的眼白是红色的。狗小赶忙阖上眼皮，说，不要乱讲，眼白怎么会是红色的？骡崽继续问，人肉到底什么味道？狗小叔，你不会吃我吧？狗小说，不会不会……嚼你娘的蛆，我从来就没吃过人。骡崽说，我想也是，要是你吃人的话，哪能那样精瘦，像柴屑一样。狗小挥了挥手，说，快把你家牛赶走，别回去晚了你那个狗爹又要揍你。

骡崽就不说了。狗小听见矮树丛里有一阵摩挲着的声响，他知道，那是有人正钻进里面。果然，眨眼工夫骡崽就发出喔唷的一声。狗小问，怎么啦？骡崽说，狗小叔，哪个狗日的下套把老子套住了。狗小说，崽崽莫怕，狗小叔来帮你解套。狗小内心一阵狂喜。总的来说，这一天干什么事都还顺手，严丝合缝地往预想里走。骡崽轻声哭了起来。狗小正好循着声响摸过去，嘴里不停地稳定着骡崽，说，在哪里？不要哭，狗小叔来了。他摸准了地方，俯下身子跟骡崽说，套着哪条腿了？伸过来。那条腿便乖乖地伸了过来，被狗小捏在手里。狗小一摸，这腿上的肉和毛孔都有些粗，不是想象中那般细嫩，不禁稍稍有了些遗憾。再一摸，就觉得不对头。骡崽毕竟才五六岁大，怎么生了这么粗的腿，还长着发硬的脚毛？没道理呀。

这时他听见韩水光的儿子韩毛的声音，说，狗小，你摸错了，嘻嘻，这是我的腿。骡崽的腿在那边。这时，狗小听见六七个孩子迸发出齐整的笑声，笑声都从贴身的地方传来。然后，泥巴和石子一阵疾雨似的往狗小身上砸来。狗小赶紧用双手护住头皮，趴在地上，一咧嘴就吃进了枯叶和泥巴。他这时恍然明白，日他屋娘，被一帮崽崽活活日弄了。

回去后，狗小不敢在河滩那茅屋里过夜，把屋里尚余的那半袋吃食拎着，爬进了月亮洞。他揣测得不错，晚上河那边真就发出一阵响声，一伙子人可能亮着松膏油的火把冲这边来。不用看狗小就晓得，领头的是田老稀。狗小觉得躲在月亮洞也是不安全的，只有钻那叉洞子往后山去。村人都怕那叉洞里的漏斗天坑，轻易不肯进来。两袋烟的工夫田老稀领着一帮姓田的房亲爬进了月亮洞，往四壁照一照，察觉得出狗小来过。火把烧得差不多了，田老稀不敢钻叉洞子，怕折返的时候看不见亮。田老稀在月亮洞大声地骂着，日你娘哎狗小，小心你狗命。有种你拱出来，我晓得你猫在山洞里。狗小哪敢出去？在一眼石孔隙里缩成一团。田老稀下去以后，把狗小的茅屋点着了。狗小在洞子上面，仍听见火烧旺了以后那阵哔哔剥剥的声响。

桑女突然病在床上，爬不起来，一脸谵妄状态，说胡话，吃饭也要她娘一勺一勺喂到嘴边。请来草药郎中。郎中掰开桑女的牙只看了一眼，就甩着脑袋说没治了。草药郎中说，这是丹毒，又叫创口风，草药毫无办法。田老稀舍些钱去铁马寨子请个女大仙，给桑女这病杠上一堂，大仙说，是中了蛊毒。

田老稀疑心，这蛊是不是狗小栽下的？他想，桑女无非就是牙床上有那么一丁点口疮，何事会死人呢？毫无道理啊。他曾听人说，学放蛊用不着多久时间。只要拜了师傅认进那道邪门，几天工夫就能学下来。前一段日子，狗小离开屋杵岩，出去了几天，回来也不见讨着什么东西。把事情串起来前后一想，田老稀断定狗小这一向所做的事情定然都是冲自己来的，前一阵出门，定然是到哪处山旮旯里认了放蛊的师傅。田老稀跟别人说，现在，狗小已经不是叫花子狗小了，也不光是个瞎子，他见人就放蛊。

狗小那天照样睡在月亮洞里，不晓得白天黑夜，醒来就吃袋里的苞谷和红薯。苞谷好歹要炸熟了吃，红薯可以生吃。狗小肚里不停地蹿风。狗小这几日身上不疼了，脑袋却晕得厉害。他疑心自己的阳寿快要到头了。以前有个老叫花告诉他，做讨匠这一行当，囫囵吃进乱七八糟的东西，内体毒物聚得有挺多，平日看着还能撑，一旦得个病趴下来，会死得挺快。狗小只是有些遗憾，到底没能让田老稀那个杂种遭报应。

狗小正乱七八糟想着，忽然听见一片杂乱的响声。正有一伙子人爬进了屋杵岩的空腔里面，眼看着就快上到月亮洞了。狗小记起了当日遭打时那种疼痛，浑身打起了哆嗦。现在，只要听见有人的响动，狗小就会骇怕不已，老以为别人是来打他的。这一片杂乱的脚步声，来势汹汹，断然不是好事。狗小爬了起来，隔着那层眼翳，他察觉不到任何光亮，于是以为现在已是晚上。狗小心里一急，竟然忘了自己睡时是朝着哪个方位，现在，一时找不到通往后山的叉洞口子。那叉洞口子在月亮洞的石壁上，要踩准了几处石磴子才进得去。狗小拿手在地上乱摸一气，想摸到两块大点的石头，攥在手上。纵是躲不过去，也得用石头砸向那些扑过来的人。可是，狗小只摸到两块半个拳头大小的石子。

进来的人逮住了狗小，不由分说，把狗小打趴在地上。狗小只得拖着他擅长的那种哭腔讨饶，说，何事又要打我，讲个理嘛，唔唔，何事又要来打我？有人在狗小屁股上作死地踹了一脚。狗小本来趴着的，这一脚踹下来，狗小整个摊开了，呈大字形状，严丝合缝地贴紧在地上。泥巴地面升腾着湿腐的气味。接着，狗小听见田老稀的声音在说，你对桑女做下了什么，你他娘的自己心里清楚。狗小惶恐地说，我能做什么，我睡在洞子里，根本就没往寨子里去。田老稀说，你往她身上放蛊。狗小说，你他娘的才放蛊。田老稀就正反手给了狗小好几个脆响的耳光，打得狗小连牙带骨吐了出来。田老稀捆完了耳光，摩擦着隐隐生痛的手掌，说，没必要跟你这放蛊的家伙讲什么道理。我们苑头寨子从来容不下有人放蛊。趁桑女还没死，让你先去阎王那里报个信，要阎王腾一个好地方。

田老稀把一桶桐油淋在狗小的身上。桐油在狗小身上缓缓洇开。狗小闻见桐油的气味。那是大户家的木楼才能有的气味，以前，他专门循着这种气味去寻找大户宅第，翼图讨要到剩余的饭食。运气好的话，大户人家泔水里面还能有几块黏附着肉渣的骨头。狗小登时明白了，田老稀存心要烧死他。这一桶油不会没有缘故就泼到自己身上。狗小也不敢挣扎，干脆翻了个身，把脸往上面搁。上面有一眼窟窿。他晓得，月亮出来以后，会路过那窟窿。以前他无数次看过金钩挂玉的景象。

田老稀急不可待要把火苗子扔到狗小身上。田姓房族里有个辈分高的人拽住田老稀，说，等月亮照进洞子，再烧他不迟。田老稀不耐烦地说，迟早都是个烧。那人说，听说别的寨子烧蛊公蛊婆，都是在太阳底下烧的，说是夜晚烧，怕阴魂不散。也不必等到明天了，过一会月亮照进洞子，见了光，再烧不迟。田老稀蹙起眉头一想，就说，那要得，也不慌在这一时。狗小躺在地上，一丝气力也没有，但耳朵听得清楚。眼下果然是晚上，等会月亮照进洞子，就是自己见阎王的时辰。以前，他也是这样躺在这洞子里，看见窟窿里的月亮，惯爱把月亮想象成一块大户人家中秋夜才吃的薄饼。现在，虽然肚皮也在饿着，狗小却不再把月亮想成薄饼。狗小心里恶狠狠地想着，要是能爬到月亮上，就把月亮一块块掰下来，照地面上那些细若蚊蚋的人砸去，砸死一个算一个。全都砸死了，才他娘的省心。

狗小老觉着眼里逐渐有了光感，他以为是月亮已经来了。他静静等着自己身上燃烧起来，但田老稀并没有动手。狗小知道，那是错觉，今晚的月亮迟迟没有进来。田老稀叫了一个堂侄跑下去，看看月亮还有多远。那堂侄就钻了出去，下到河滩。一袋烟的工夫，他在下面大声地喊，快了快了，月亮已经过了吊马桩，打这边来了。狗小也听见了这阵叫喊。田老稀说，狗小你他娘的还有半个时辰好活。说着，田老稀阴恻恻地笑了，他觉着手头捏着别人的生死，真个是蛮有意思。

不想节外生枝，韩保长晓得了这事，派了几个人来到洞内，要田老稀停手。韩保长派来的人说，田老稀，你他娘的要烧人都不通报一声。南京城的丁博士过一阵子还要请狗小去县城。到时候交不出狗小，就剥你的皮点你天灯。田老稀不敢造次，只敢往狗小身上唾几口，放话说，留你多活几天。一洞子的人都回菟头寨了。狗小觉得自己身体软得就像一只蚂蟥，费了好半天的劲，他才把一身打散的骨头重新聚拢，缓缓地爬起来。他搞不清楚，自己背心上黏湿的东西，是桐油还是汗水。这时，眼里真正有了一层浮泛的亮光，他知道，真个是月亮照了进来。这晚的月亮让狗小吓破了胆，狗小忽然间又想捡起石头，朝月亮砸去。

过得两日，狗小正在芭茅草里躺着，忽然听得河上游飘来一阵女人的哭泣声。狗小立即想到，是桑女死了。上游河边那个湾，地名就叫崽崽坟，菟头寨子夭折掉的崽崽全都埋在那地方。桑女要是死了，定然也往那里送。狗小心头一喜。这两日来，狗小头一回有了喜色。狗小想，活的骡崽捉不住，不信你家死了的桑女还能跑掉。但崽崽坟距屋杵岩隔了几里路程，狗小腹中饥饿，心里想，就是把桑女刨出坟堆，又怎能搬到屋杵岩这地方呢？一拍脑袋，狗小冒出个想法，不妨借助这河水，像春潮时放排一样，把桑女的尸身运到屋杵岩这里。

当天下午，田老稀的眼皮子也是跳个不停，总觉得还会出什么事，却想不出个结果。到了掌灯时分，田老稀仍然安下心，邀来两个年轻人，举着松膏油火把，挎了柴刀拿了铁锹，往崽崽坟那方向去。到地方一看，坟堆还在那里，用火把照一照浮土，看不出有人动过的痕迹。田老稀疑心蛮重，用柴刀砍了根毛竹，断面削尖，往坟堆里刺去。刺了几下，觉着竹竿刺到的地方全是土末子，触不到实物。扒开坟，桑女果然不在里面。田老稀就明白了，他说，这个狗日的。

狗小把桑女的尸身捞上岸，浑身来了一股猛劲，竟把桑女的尸身拖着拽着抱着弄进了月亮洞。他想，我该从哪里吃起呢？狗小一时又发起愁来，他没有刀子。桑女的身子冷冰冰的。狗小说，桑女呵桑女，我晓得你和夜猫好，按说我不应该吃你，但你那个狗爹我又搞不赢，只有拿着你打主意了。狗小刨出桑女的时候，桑女的身上只有一张杉皮毡子和破烂的衣褂麻裤。狗小把桑女平放在地上，搂起桑女的衣褂，忽然呼吸就变得不畅了。这一刹那，狗小想起夜猫以前讲过的话。夜猫在狗小面前毫不忌讳，把他跟桑女之间那一点点隐秘的事情，细细地说了数遍。狗小浑身燥热难当。他伸手抓住了桑女的奶子，冷冰冰的，也根本不像夜猫先前说的那样，有三个拳头大小。狗小揣了揣，也就圆茄那么大。他心里说，夜猫呵，原来你也挺会骗人。狗小的手伸了出去，就收不回来了。这时，月亮又一次照进洞中，涂在桑女的尸身上面。桑女的皮肤应该涂满了暗白的、毛糙糙的月光。狗小对月亮已经极端嫌恶，他能察觉到这月亮不知趣地照进来了。狗小要把桑女移到月光照不进的地方，想来想去，只有拖进了那叉洞，往后山去。最后，狗小把桑女放在一个天坑旁边。他继续揉搓着桑女，浑身是一种从未有过的酸酥痒胀。狗小不停地问，天呐，我这是怎么了？他又想起狗子交媾的动作，于是，双手抖抖索索地探向桑女的裤腰。这时，狗小打了个寒噤，忽然清晰无比地知道了，自己这是要干什么。

田老稀带着人进到月亮洞，找不见人，但有桑女入土时穿的衣褂子。他晓得狗小肯定在洞里，于是继续往叉洞摸去。走不远，他看见前面有一团白影在动。田老稀正待靠近，那团白影忽然滚进了旁边的大天坑。好久才听到坑底传来的硬物落水的声响。田老稀只看见地上剩有一堆衣物。

丁博士和凌博士回到佴城，已是初秋。两人带着那记者再次来到菀头村，找到韩保长。原先两帧照片曝光了，记者一心要把这个新闻报道弄出来，这次专门到佴城，带着充足的底片。一问，才晓得狗小死了有一段时间。韩保长说，丢人呐，狗小后来竟得了魔症，不光学会放蛊，竟然，竟然还把田老稀——就是撑船那人死去的女儿扒出坟，做那种见不得人的事。

丁博士叹了一口气，说，搞不好，是小马让狗小多吃了几顿饱饭，狗小肚皮不饿了，就生出这邪念来。饱暖思淫欲，贤文上这些话不会错的。

韩保长说，吃个饭，我去叫田老稀渡你们到河口。

此时，夜猫正走旱路从铁马寨子那个方向，冲菀头寨而来。他提着一副猪下水，要让狗小大快朵颐，一了夙愿。这一路他走得轻快，脚下生风，鞋钉磕得石板一溜溜脆响，心底仍焦急得很。他想早点见到桑女。在界镇，夜猫一直没能见到唐伯虎所绘的《避火图》。但前不久有一天，机缘巧合，夜猫醍醐灌顶一般地弄清了男女之事。那天，夜猫刚起来拆铺板，就听见界镇的街面上很热闹。人们竞相涌向河边，嘴里还吃吃地笑着，说是打上游漂下来一对狗男女。这当然是件很稀罕的事，大半个界镇的人都涌了去。夜猫的师傅师娘也去了，夜猫只得留下来照看铺子。后来，他听看热闹回来的人说，漂下来那对狗男女，死成一坨，抱得铁紧，用竿子翻动都不能把两人分开。男人下面那根把儿还搁在女人的体内。他们还轻声议论，这男人的把儿应该生有倒钩，不然，何至于胶着得如此紧密？看热闹回来的人一面相互耳语，一面吃吃笑着，脸颊上浮出了猥狎之色，眉眼间闪烁着暧昧的光泽。

这一刻，夜猫忽然全明白了，他弄懂了以前和桑女待在一起时，总是没能弄懂的那问题。一瞬间，他觉得自己变了，和以前都不一样了。他一直想告假，但师傅的铺子抽不开人手。直到前不久。师傅又弄来一个徒弟，才肯让夜猫回去一段时日。师傅给了他两副猪下水，他说，去，给你父母送一副，给你丈人家里送一副。夜猫的脸一下子变成了猪肝色，喜滋滋接过师傅送的猪下水。他娘给他的钱一钿都没花，离开界镇之前，他买了一件细布单衣、一条棉纱抄裆裤，又咬咬牙用一副猪下水换了双桐油钉鞋。他从师娘那里讨了些胰子油，去时把胰子油抹在头发上。最终，夜猫把自己弄成一个看上去蛮光鲜的人物。

夜猫走过了铁马寨。离家越来越近，他心情也是愈加的好，要不是手里提着一串下水两盒点心，他想自个肯定能飞跑起来。他随手揉了一把葶苈子果，放嘴里嚼。眼前这一路，铺满了枯草。但在夜猫眼里，枯草和不断伸展的土路上，都跳跃着明黄的、煦暖的秋日阳光。

"老顽童"田耳的文字生存

（访谈）

张鸿，中国作家协会会员，文学创作一级，副编审。现居广州。

张鸿：前几天我在湖南参加一个活动，当我提起你的名字时我才想起，此地已经听不到你的"湘音"了。你现在在广西专事写作？

田耳：我是调入广西大学一家杂志社，干一些编辑工作，主要的时间仍是写作，这也是我唯一干得好的事。

问：我们这个对话的标题所写"老顽童"，你肯定知道来历的吧？你认为"老顽童"的个性和风格是不是通过文字体现了出来？

答：是山西大学王春林老师的戏言，给七〇后几个男作家一个命名。我自我感觉挺像老顽童，尽管不能算老。生活中我总是不能保持稳重和体面，不能喝酒偏又忍不住要喝，一喝酒就乱讲话，得罪的人多，想改也改不了。至于文字，我想也是一个人掩饰不了的个性，我的"顽劣"肯定弥漫到我的文字当中，总有一种恶狠狠的情绪，总有恶作剧的心思。

问：写作多年，发表无数，获奖无数，现在对于文字、写作是一种什么心态？

答：我刚算过的，写作十六年，发表长中短小说六十余篇，统共不过两百万字，平均一年十二万字多一点，平均一月万把字，这不能算多，更谈不上"发表无数"。要搁到网络作家面前，两百万字只是一部中等篇幅的小说，半年的工作量。

说实话，写到现在，我越来越觉得写作无意义。也许一代人发出的声音，转眼就会消失，一个也留不下来。我越来越找不到写作之初写作馈赠给我的快感，我与写作，像是从恋爱走入了婚姻，职业化与写作本身对人巨大的消耗，肯定会让写作者心生厌倦。现在我觉得身边的环境已然处于一种"热寂"状态，众声喧哗，每一个声音都可有可无。现在想靠写作获得成功，几乎是在等待某种奇迹发生。我仍然写下去，也许是一种惯性使然，再说我也讨厌三心二意的人生。如果改变职业，无非是去体会另一个行当的无奈。

问：我总有一种感觉：江湖上不见田耳的身影，但却一直有着田耳的传说。当然这是一种笑侃。但我认为作为一个作家有这种生存状态挺好的，你认为呢？

答：我觉得你狠狠夸我了，也狠狠夸张了。对于我自己，生活从来如此具体，每一天接踵而来，时而让人喘不过气，但在别人眼里却能像传说一样轻盈。就是最近两年，我发现是有不少刚认识的朋友，找我倾诉，要我提建议。我心里暗自叫苦，因为除了写作，别的方面我也是一团乱麻，处理日常事务并不比别人更好。面对难以名状的现实，我们必须承认自身在叙述当中的无奈、一知半解和力不从心。当下的作家不可能再像八十年代以前，面对大众竟起生活导师的作用，谁还这么认为，他的文字就会腐臭。因此又想起麦卡勒斯《心是孤独的猎手》，她对人的这种困境描摹如此入神，那个哑巴必然的沉默，却让周围的人认为他身上有近乎神性的、可资倚赖的力量，而他只能在沉默中自杀。不过，好的一面是人到中年，已经知道困境永在，不像年轻的时候，总以为努力奋斗到某一天，所有问题都迎刃而解。我越来越相信烦恼就是智慧，这让自己无奈地安详起来。

问：我的导师南翔曾经说过：小说应该写作者最动情的部分。也许这个柔软的部分日常为铠甲保护着，直到忽然有了合适的撞击，它才会如银瓶乍裂，奔流而出。你经营小说多年，对他这个说法有何不同看法？

答：我一直认为，作家不应该写太亲近、太私密的事物和感情，因为这种亲密无间会影响作者的文学判断。就像很多人喜欢诉说梦境，不管那个梦让你多么魂悸魄动，不管你的讲述多么逼真，别人也无法感同身受。我曾经对一个女孩有过很长的暗恋，试图写，写出来一塌糊涂，因为我没有拉开距离，找出我与读者共通的那一部分。写作十多年，我多少也有了一些经验，提醒自己不动声色地讲述，把强烈的情绪留给读者，而不是自己。也许，这只是适合我的写作途径，还有一些写作朋友，离开自己的经历和感动，就写不出出彩的文字。每个写作者的发力点和写作途径不一样，很大程度上，这一点还真不好交流，自己找准了就行。

问：你的一些作品中"冲突"很明显，这包括人物的身份命运、故事的情节，甚至人性的纠结缠绕。我当文学编辑多年，读过无数的发表了的文学作品和未发表的文字，我有一个感觉不知道你是否认同，对于具有普世文化内涵与价值的"人性"的书写，成为衡量一个文学作品价值的标准之一。

答：你的看法肯定没错，但作为写作者，我觉得这个标准有点大，难以把握。我愿意对写作做极简主义的定位，越简单，越便于操作。具体来说，我企图依赖叙述，给读者一种欲罢不能的拉动力，让小说好看，让故事和人物保持某种模糊品质，让读者看完还存有意犹未尽的感觉。至于意义和价值，我认为是小说启开读者独立思考后的副产品，我无须刻意地经营。我被导向性的文章恶心了多年，不能重蹈覆辙。

问：小说写什么和怎么写？这似乎是一个常说常新的话题。现实生活中，世俗的许多东西虽耀眼却无价值，读者并不是喜欢阅读那些自己熟悉的题材和写作手法的文学作品，反而那些与他们的生活保持着一定距离的文学作品会成为一种喜好。你怎么看？

答：人皆有好奇心。因题材的新鲜而抓人，我觉得并不难，也不是写作的大道。我倒觉得，写出日常生活的惊心动魄，在读者自以为熟悉的地方，写出无穷无尽的陌生，找出俯拾皆是的意外，才是我追求的方向。就像我写《天体悬浮》，有朋友看着新鲜，觉得我找了个冷僻题材。但我坚信，只是在写我们身边习焉不察的一切。我相信一个好作家，不会怎么在乎题材，也不怕和别的写作者撞山，他具有一种在马路边小水洼里钓出大鱼的本领。

问：我记得曾经有人问过你有关你的作品中人物的设置的问题，我也对这个问题感兴趣。你所塑的人物，常常有一种人性的"摇摆性"、立场的"不确定性"，但这一切仍然是在你所设定的"邪不压正"的路线下前行。如何将这种矛盾冲突充分体现出来？

答：我并没有设定邪不压正，作为小说，完全可以比电影的模式开放，结尾可以是以邪压正，只要你的字里行间不去歌颂以邪压正。也许我是受生活环境影响，在湘西生活这么多年，我接触太多面目模糊的人，人性的"摇摆"，是我观察到的最日常的现象。后来在广西生活时间一久，能感觉到地域差别还是存在。相对于湘西人的面目模糊、复杂、游移不定，广西人则要单纯和清晰，心态也远比湘西人平和。所以，我这么多年写人，大都以湘西人为底本，但在当时，我以为我写的是任何人。我也怀疑这是我写作中的一个优势。每个作家写人，大体都以某区域的人为底本，但这地方人格、家乡地气与一个写作者的文字能否交融，则不是写作者主观能克服。幸运的是，我的文字适合表现我在湘西体会到的人情风物，我与家乡故土有种内在的契合。

问：目前的写作状况如何？有何打算？

答：在写一个小长篇。往后，还是想少写一点，多一些自主的体验，比如换个地方生活或者另找一份工作，不让身边的人知道我是作家，这样才能有效地打量身边的一切。